Mario Fesler

Lizzy Carbon und die Wunder der Liebe

Für Lydia,
Paul und Chris.
Meine Zauberwurzeln.

Mario Fesler

Lizzy Carbon

UND DIE WUNDER DER LIEBE

magellan

Band 1: Lizzy Carbon – Und der Klub der Verlierer
Band 2: Lizzy Carbon – Und die Wunder der Liebe

Dienstag, 6. März

Tagebuchjubiläum!

Kaum zu glauben, aber wahr: Heute vor genau zwei Jahren lag das Tagebuch von Tante Andrea im Briefkasten. Ich habe ein paar frustrierte Zeilen hineingekritzelt und war mir sicher, es seien auch die letzten Worte, die ich jemals aus meinem Leben berichten würde. Tja, und jetzt sitze ich zu später Stunde am Rechner, der wegen einer neugierigen Mutter die Kladde ersetzt hat, und blähe den mit 1,2 Megabyte schon verdächtig großen Ordner „Mathehausaufgaben" weiter auf. In den Winterferien habe ich sogar mein erstes Tagebuch abgetippt, inklusive aller erfundenen Einträge für das Mutterauge. Mittlerweile glaube ich nämlich, dass sich das Tagebuch nicht nur zum Auskotzen eignet, sondern mir in einigen Jahren vielleicht sogar Trost spenden wird. Wenn ich dann mal Krise habe, ist es doch bestimmt total beruhigend nachzulesen, dass man auch in der Vergangenheit schon jede Menge Scheiße hinter sich gebracht hat. Allein diese Geschichte mit dem Schulfest, das ich mit meiner Nietentruppe gerockt habe, lässt mir immer noch die Brust schwellen, die mittlerweile tatsächlich so etwas Ähnliches wie Busen hervorbringt. Gut, im Vergleich zu Kristines seit letztem Jahr explodierter Oberweite ist es eher ein Brüstchen. Max stellt es gerne als Nebeneffekt meines leider weiterhin unbestreitbar vorhandenen Übergewichts hin. Aber beide Probleme – Nervbrüder und Gewicht – stehen unmittelbar vor ihrer Lösung.

Gestern habe ich den lange aufgeschobenen Plan, Vegetarierin zu werden, endlich in die Tat umgesetzt. Statt des Gratisdöners, den ich seit der Schulfestgeschichte einmal wöchentlich im Laden von Arifs Vater abhole, habe ich mich für ein Spinatbörek entschieden. Hat geschmeckt wie vertrocknetes Kuhfutter, aber wenigstens muss mich nun kein Rind mehr fürchten und ich habe laut www.wunschgewicht.de ganze sechsundsiebzig Kalorien gespart. Angesichts der Chips- und Erdnussflipstüten in meinem Papierkorb befürchte ich allerdings, dass alleine die Entscheidung „kein Fleisch" nicht reichen könnte, um die Pfunde purzeln zu lassen.

Etwas schnellere Erfolge sind beim Thema doofe Brüder in Aussicht: Max wird es wohl tatsächlich zum Start seines zweiten Semesters schaffen, sein Zimmer zu räumen. Er hat eine WG gefunden, was er vorhin mit pathetischem Blick beim Abendessen verkündet hat. Weder mein „Gott sei Dank" noch Mamas „Wird ja auch mal Zeit" brachten die anscheinend von Max erwartete Wehmut zum Ausdruck, weshalb er etwas angesäuert war. Papa warf meiner Mutter einen finsteren Blick zu und hob an zu einer Rede über fehlenden Familiensinn, die wir aber leider nicht zur Gänze mitnehmen konnten, weil Mama zum Yoga musste und mich wie üblich vorher beim Jazzdance absetzen wollte. Wir sind jetzt nämlich beide zu Sportlerinnen mutiert. Allerdings muss ich es irgendwie noch schaffen, ähnlich gute Laune angesichts des bevorstehenden Trainings zu entwickeln wie Mama, wenn sie ihre

Verknotungssession vor sich hat. Vielleicht hat das etwas mit der Motivation zu tun, die dahintersteht. Ich will oberflächlicherweise einfach nur schlank sein, Mama möchte „was für sich tun" - eine Idee, auf die sie Anfang letzten Jahres kam, als sie wegen ihrer frisch angefangenen Fortbildung in Kombi mit Job und Familiemanagen irgendwann nicht mehr wusste, was Freizeit ist, geschweige denn, was man damit anfängt. Ich kriege finstere Laune, wenn der Termin bevorsteht, Mama pfeift schon den ganzen Tag vor sich hin. Und danach sehe ich aus, als wäre ich gerade aus Kriegsgefangenschaft heimgekehrt, während sie viel lacht und manchmal so tiefenentspannt ist, dass man sie dreimal anquatschen muss, bevor sie reagiert. Klar, man kann aus Imagegründen nicht mit der eigenen Mutter zum Sport gehen - aber vielleicht kann man ja tauschen? Sie Jazzdance, ich Yoga?

Mittwoch, 7. März

Der Busch. Er rauchte wieder.

»Entweder ich bin Moses, und du verkündest mir gleich die Zehn Gebote, oder meiner Freundin Kristine Gärtner gehen die beschissenen Ideen aus, sodass sie die alten recyceln muss«, begrüßte ich das Gewächs.

»Scheiße«, fluchte es hinter den erschrocken raschelnden Blättern, »ich habe gehofft, ich schaffe es noch, eine durchzuziehen, bevor du aufkreuzt.« Ein verstörendes, saugendes Geräusch ertönte hinter dem Busch, das in ein Husten mündete. Eine halb gerauchte Kippe flog seitlich ins Gras und Kristine kam röchelnd hervor. »Mir war ja klar, dass du da wieder nur rumätzt.«

»Na ja, knapp ein Vierteljahr nach Beginn deiner letzten Raucherkarriere hast du mich abgeschossen, um in Alexias und Antonias Clique einzusteigen. Ist es da nicht verständlich, dass ich ein bisschen panisch werde, wenn ich wieder Rauchzeichen von Kristine Gärtner kriege?«, fragte ich und hielt meiner Freundin fürsorglich eine Packung Kaugummis hin.

Kristine zog einen silberummantelten Streifen heraus und räusperte sich ein letztes Mal. »Mann, das eine hatte doch mit dem anderen nichts zu tun. Und ich habe mich zehntausendmal dafür entschuldigt, dass ich dich damals so im Stich gelassen habe. Irgendwann könnte es auch echt mal gut sein.«

»Ich habe dir ja auch verziehen. Aber eine kleine Erinnerung dann und wann wird es bis zur Rente geben«, sagte ich.

Kristine rollte genervt die Augen.

»Aber zurück zum Rauchen. Das war damals genauso bescheuert wie heute, also warum?«, fragte ich.

»Ich weiß ja, dass du dagegen bist«, antwortete Kristine, »und mit dreizehn war das auch echt ein bisschen früh. Man hätte uns für asozial und frühreif gehalten. Aber wir sind bald Zehntklässler! Antonia raucht, Leon raucht.«

»Billy raucht.« Ich schaute Kristine fragend an, die mäßig erfolgreich versuchte, den »Ertappt!«-Gesichtsausdruck mit gespielter Empörung zu vertuschen.

»Billy hat damit so was von rein gar nichts zu tun …«, hob sie an, als ein Hupen sie unterbrach.

Es war meine Mutter, die das Fenster herunterließ. »Elli! Ich habe vor dem Büro noch einen Mediationstermin um halb acht, den habe ich fast vergessen. Ich bin zwar spät dran, aber euch an der Schule rauswerfen schaffe ich noch!«

Ein Schultag war ein Schultag und damit nichts, worüber man in Jubelstürme ausbrach.

Aber ohne die Fahrt im überfüllten Schulbus, in dem es immer nach einer Mischung aus Fruchtgummi, Schokomilch und Kinderschweiß roch, fing ein Schultag deutlich angenehmer an. Glücklicherweise rief ich nicht sofort »Gott sei Dank, wir sind gerettet!«, sondern schaute vorher zu Kristine. Ihr Gesicht verriet, dass ihr die Fahrt im Kindergartenbus deutlich mehr behagte als die Aussicht, keine Hausaufgaben mehr abschreiben zu können und nebenbei von Tina Carbon als Raucherin enttarnt zu werden.

Ich schüttelte bedauernd den Kopf. »Wir müssen noch was besprechen. Ohne mütterliche Ohren.«

»Och, das ist gemein. Mütter sind doch heutzutage die besten Freundinnen ihrer Töchter!«, sagte Mama.

»Lass uns mal schön beim klassischen Familienmodell bleiben, Mama. Das passt schon!«

Hinter dem wieder hochfahrenden Fenster lachte sie mich an. Ihre winkende Hand wurde zu einem ausgestreckten Zeigefinger, der auf den ankommenden Bus hinwies. Ich winkte zurück und lief zu den sich öffnenden Türen.

Unter beträchtlichem Einsatz ihrer Ellbogen gelang es Kristine, uns den Weg zu den Stehplätzen in der Mitte freizukämpfen. Sie riss ihren Rucksack auf und zog ein Heft heraus.

»Ich hätte Englisch und Chemie im Angebot«, sagte ich.

»Ich brauch Mathe«, erklärte Krissi.

»Wie kommst du auf die Idee, dass ich Mathe habe?«

»Du hast doch jetzt Nachhilfe.«

»Die Studentin hat nach der Probestunde aufgegeben und gesagt, es überstiege ihre pädagogischen Kompetenzen. Sie wollte Papa sogar das Geld zurückgeben.«

»Scheiße«, sagte Kristine. »Graf Zahl nimmt mich garantiert wieder dran. Der hat mich grad echt auf dem Kieker.«

»Das ist jetzt auch kein Wunder. Du hast bei der letzten Klassenarbeit schließlich deinen Schmierzettel im Heft vergessen. Mit den Top UND Flop Ten ›Boys‹. Damit sind wir eigentlich wieder bei Billy, fällt mir gerade auf.«

»Kannste jetzt mal aufhören mit Billy? Ich brauche die Mathehausaufgaben!«

»Entspann dich. Vor Mathe ist große Pause, und wenn dein Stolz dich hindert, Antonia zu fragen, suchen wir Popelino, und der rechnet uns das tiefenentspannt aus, während er uns erzählt, welche verstörenden Experimente er gerade in seiner Technik-AG mit den Unterstuflern anstellt.«

Popelino, der seinerzeit erheblichen Anteil am Erfolg des Schulfestprojektes unseres »Klubs der Verlierer« hatte, hieß weiterhin in Wahrheit Carsten und hatte das Verzehren seiner Nasenabsonderungen seither auch eingestellt. Den Spitznamen hatte er – so fair war nur Schule – natürlich trotzdem behalten.

»Gut«, stimmte Kristine zu, »dann gib mir mal Chemie.«

Ich reichte ihr das immerhin zu fast drei Vierteln ausgefüllte Aufgabenblatt. Kristine klemmte es neben ihr eigenes, leeres Exemplar zwischen Fensterscheibe und Unterarm und begann, mit der anderen Hand zu schreiben.

»Ich bräuchte übrigens Geschichte«, merkte ich an.

»Wer nicht?«, fragte Kristine, in ihre Kopierarbeit vertieft.

Das grundlegende Prinzip des Wissensaustausches hatte Krissi auch im siebten Jahr unserer Freundschaft noch nicht verstanden.

Selbst ein mit acht Stunden unmenschlich langer Schultag war irgendwann zu Ende. Gegen drei verabschiedete ich mich an der Kreuzung von Kristine und bog nach links ab. Ich hatte mir die Jeansjacke um die Hüfte geschlungen, da der Frühling heute schon mal eine ordentliche Portion Sonne vorbeibrachte. Kurz vor der Kurve zu unserem Haus blieb ich stehen.

Ein Möbelwagen stand vor dem Haus der Schwerdings, unserer ehemaligen Nachbarn, die sich im Rentenalter entschlossen hatten, ihre letzten Jahre in der Toskana zu verbringen. Es hatten sich also tatsächlich Käufer gefunden. Mama hatte sich schon gewundert, warum es so lange dauerte, bis sich jemand für dieses »schnuckelige« Häuschen entschied. Nun war es also so weit.

Ich lief langsam an der Einfahrt vorbei und versuchte herauszufinden, wo die neuen Nachbarn waren. Aber ich sah nur mehr oder weniger muskelbepackte Männer, die eifrig IKEA-Kisten ins Haus schleppten. Anscheinend waren nur die Möbelpacker da.

Ich nahm an, dass sich eine junge Familie hier eingemietet hatte. Spätestens morgen würde meine Mutter den üblichen Willkommens-Fresskorb abliefern, dann würden wir wissen, wer die Nachfolge der Schwerdings antrat. Schlimmer konnte es kaum werden. Die Schwerdings hatten mir mit ihrem Horrordackel Gonzo so manch übles Kindheitserlebnis beschert. Meine Eltern hatten sich gut mit ihnen verstanden, weil für Ehepaar Schwerdings »Nachbarschaftshilfe« ein so heiliges Wort war. Sie hatten immer freiwillig unsere Blumen gegossen und Max' Meerschweinchen gefüttert, wenn wir unseren üblichen zweiwöchigen Familienurlaub in Italien oder Spanien verbrachten.

Bevor ich ins Haus ging, warf ich noch mal einen Blick zum Möbelwagen, der gerade abfuhr. Einer der Möbelpacker, ein dunkelhaariger, kleiner, schlanker Mann war dageblieben und winkte den anderen hinterher. Es dauerte ein paar Sekunden, bis mir in den Sinn kam, dass er vielleicht der neue Hausherr war. Als hätte er meine Gedanken gehört, sah er in meine Richtung. Er lächelte mich kurz an, drehte sich um und lief ins Haus.

Donnerstag, 8. März

Also, in Sachen Verdrängung bin ich echt große Klasse. Gerade komme ich dank eines ausgefallenen Sportunterrichts bestens gelaunt nach Hause und freue mich auf Fertigpizza und Unterschichtsfernsehen, da finde ich einen mütterlichen Erinnerungszettel. Ich soll doch bitte Küche und Esszimmer aufräumen, da ja um sechs das Planungskomitee eintrifft.

Das jährliche Nachbarschaftsfest – proudly presented by the freiwillige Feuerwehr – steht an, seltsamerweise schon Anfang Mai statt wie sonst im Hochsommer. Ich habe meinen Vater als Ursache des frühen Termins im Verdacht. Nach vielen Jahren als eher stummer Beisitzer bei solchen Dorfangelegenheiten hat es ihn nun doch mal erwischt und er muss eine Führungsaufgabe übernehmen. Vermutlich will er das Amt des Planungsbeauftragten so schnell wie möglich wieder loswerden und hat dabei nicht bedacht, dass so ein Straßenfest im Mai ein recht kühles Vergnügen werden könnte. Na ja, mit etwas Glück wird das Ganze ein so spektakulärer Flop, dass diese Feierlichkeit zukünftig gar nicht mehr stattfindet. Mag ja sein, dass vereinsamte Nachbarn diesem Event entgegenfiebern, um einmal im Jahr dem gesamten Dorf zu zeigen, dass sie immer noch ein Alkoholproblem haben. Für eine Teenagerin ist es aber nur ein versauter Samstag, den man sinnvoller verbringen könnte – habe ich schon Fertigpizza und Unterschichtsfernsehen erwähnt?

Okay, eigentlich sieht die Wohnung schon halbwegs akzeptabel aus. Ich räume mal eine Viertelstunde rum und komme dann doch noch zu den Höhepunkten meines drögen Alltags. Um drei läuft „Tatort Schulhof", in denen junge Menschen, die Schule wahrscheinlich eher vom Hörensagen kennen, zeigen, dass nicht jeder zum Schauspieler geboren ist. Da nicht mal Oscargewinner die abstrusen Geschichten – Affären mit Sportlehrern, unerwünschte Schwangerschaften, ein Drogenring im Chemielabor – halbwegs glaubhaft hinbekommen würden, ist das Ganze echt ein Riesenspaß, wenn man in Sachen Fremdscham nur abgestumpft genug ist. Dank jahrelanger Übung und Freunden wie Krissi und Popelino kein Problem für mich. Nun denn, auszuräumende Spülmaschine und verkrümelter Fußboden – ihr werdet mich nicht davon abhalten, auch heute kichernd zu erfahren, wie sich Privatsender den Schulalltag in Deutschland so vorstellen!

Mama kam extra früher von der Arbeit, damit sich die Begrüßung des neuen Nachbarn nicht mit dem Besuch des Planungskomitees überschnitt. Sie hatte einen kleinen, preisgünstigen Fresskorb zusammengestellt, den sie jetzt eilig mit ein paar Gartenblumen auffüllte, damit er nicht so leer aussah. Ich rührte währenddessen aus Quark und Instantpulvern ein paar Dips an, die nachher die Karottenstäbchen und Cracker geschmacklich aufpeppen sollten. Das Angebot, mit rüberzukommen, lehnte ich dankend ab. Ich hatte den Typen ja schon gesehen, und außerdem hätte mein Vater die Gelegenheit sicher genutzt, um sich später über den neuen Schwiegersohn auszulassen. Seit meinem fünfzehnten Geburtstag hatte Dr. Benedikt Carbon eine Art Zwangsneurose entwickelt, die sich darin äußerte, dass er in jedem männlichen Wesen zwischen neun und neunzig Jahren den ersten Freund seiner Tochter vermutete.

Trotzdem beobachtete ich den Antrittsbesuch aufmerksam durch das Küchenfenster. Der Typ schien sich wirklich zu freuen. Er drückte meiner Mutter sogar einen Kuss auf die Wange, was Mama so aus dem Konzept brachte, dass man es sogar aus dieser Entfernung deutlich sah. Er wollte sie anscheinend hineinbitten. Mama schaute auf die Uhr und erklärte ihm nun mit Sicherheit, dass sie ja so im Stress sei. Trotzdem standen sie noch ein paar Minuten zusammen und redeten miteinander, bevor sich meine Mutter verabschiedete. Noch ein Kuss zum Abschied. Eigentlich sah der Kerl ja ganz nett aus, aber anscheinend hatte er eine perverse Neigung zu älteren Frauen.

Meine Mutter schwankte etwas, als sie zurücklief, und die roten Flecken in ihrem Gesicht verrieten, dass ihr das nun wirklich peinlich gewesen war. Glücklicherweise musste sie sich eh noch schminken, und als ihr Gatte gerade noch rechtzeitig vor den anderen kam, sah sie aus wie immer.

»Also, der Knoblauchdip ist hervorragend, Tina. Kannst du mir das Rezept geben?«, lobte Frau Stein.

»Oh, danke. Da brauchst du kein Rezept, den kannst du fertig kaufen.«

Frau Stein riss die Augen auf. »Echt? Also, der schmeckt ja wie frisch ge...gedingst.«

Allgemeines Gelächter bei dem fünfköpfigen Komitee, in dem Papas Kommentar, dass man in diesem Haushalt seit Mamas Zweitjob gar nichts mehr frisch dingse, glücklicherweise unterging. Man saß bereits seit über einer halben Stunde zusammen und hatte sich jetzt immerhin auf das Motto – Amerika – geeinigt.

»Also, ich mach dann eine Hamburgerbude!«, stellte Herr Stein fest. Er liebte es zu grillen, und keiner erhob Einspruch, obwohl seine Bratwürste im letzten Jahr eine geschmackliche Katastrophe dargestellt hatten.

Damit waren schon zwei Punkte geklärt, nun konnte man guten Gewissens etwas abschweifen.

»Neben euch wohnt ja ein Lottogewinner!«, bemerkte Mechthild Kramer mit leuchtenden Augen. Sie hatte den Friseursalon gegenüber meiner Schule und war deswegen immer auf dem neuesten Stand in Sachen Regionalklatsch.

»Ach, ehrlich?«, fragte Mama. »Ich habe mich schon gewundert, wie er sich das Haus leisten konnte. Ich meine, der Nils dürfte noch keine dreißig sein.«

»Dass Mechthild alles weiß, ist ja klar, aber weshalb bist du eigentlich so gut informiert?«, wunderte sich Papa.

»Ich war heute bei ihm. Hab ihm einen kleinen Willkommenskorb gebracht«, antwortete Mama.

»Hättest du da nicht gleich unsere Elli reinpacken können? Ich meine, den ersten Freund kann ich ja doch nicht verhindern, dann wäre es wenigstens ein Lottomillionär ...«

»Papa, ich bin im Raum!«, fiel ich meinem Vater ins Wort.

»Hast du gehört, was Mama gesagt hat? Fast dreißig? Das ist ein Straftatbestand, kein Schwiegersohn.«

»Keine Sorge, Elli. Und kein Anlass zum Träumen, Benedikt«, erklärte Mama. »Ich habe ja ein bisschen bei ihm reinschauen können. In seinem Flur hängen lauter Aktbilder. Von Männern.«

»Von Männern?« Frau Stein musste das noch mal bestätigt haben.

»Ja. Und im Treppenhaus eine Regenbogenflagge!«

»Häh?« Gregor Dutz, schweigsamer Kassenwart des Ortsbeirates, hatte gerade das dritte Wort gesagt, das ich je aus seinem Munde vernommen hatte. Zu diesem denkwürdigen Anlass spendierte ich gerne ein wenig Allgemeinbildung.

»Schwul. Der Typ ist schwul. Der unverkrampfte Umgang mit männlicher Nacktheit ist in heterosexuellen Kreisen immer noch die Ausnahme. Die Regenbogenflagge ist seit den Siebzigerjahren des vergangenen Jahrhunderts ein Symbol der Schwulen- und Lesbenbewegung und stellt nach allgemeiner Deutung die Vielfalt gleichgeschlechtlicher Lebensweisen dar.«

Ich war so überrascht, dass ich fast wortgetreu einen Passus Unterrichtsstoff zitieren konnte, dass mir das allgemeine Schweigen erst spät auffiel. Fast war es, als wäre die Frage »Woher weiß das Mädchen das? Ist sie etwa …?« in ihre gerunzelten Stirnen eintätowiert.

Die Haustür ging auf und schloss sich wieder. Max schaute rein, sagte »Ah, Dorffest« und wollte sich direkt in sein Zimmer verziehen, aber dann fiel ihm trotz seiner emotionalen Verkrüppelung doch noch die sonderbare Stimmung auf.

»Alles in Ordnung hier?«, fragte er.

»Unser neuer Nachbar ist schwul, und mich halten jetzt alle

für lesbisch, weil keiner der Anwesenden mitbekommen hat, dass ›sexuelle Vielfalt‹ seit zehn Jahren auf dem Lehrplan steht«, erklärte ich.

»Seit fünf«, korrigierte Max, streng seinen Klugscheißergenen folgend, und verschwand wieder.

»Das lernt man also heute in der Schule«, stellte Frau Stein mit säuerlicher Miene fest.

Ich unterdrückte mein Augenrollen. Zu Ehepaar Steins Schulzeiten hatte Sexualkunde wahrscheinlich mit der Feststellung geendet, dass der Storch möglicherweise nicht in allen Fällen hinter den neuen Erdenbürgern steckte.

Mechthild Kramer sah es positiver. »Oh, ich mag Schwule. Die sind immer so gepflegt und lassen sich auch mal was anderes schneiden als nur so nullachtfünfzehn.«

Mama verschwand mit dem schon ziemlich ausgedünnten Snacktablett in der Küche, vermutlich, um sich in Ruhe auszukichern über die Tatsache, dass alle anwesenden Männer sich schon seit Jahren bei Mechthild die Haare schneiden ließen. Ich nutzte den Moment für die Feststellung, dass ich ins Bett musste. Leider war ich nicht schnell genug aus der Tür, um Herrn Steins Kommentar zu verpassen.

»Ich brauche keine Hinterlader in unserer Straße. Die sollen ruhig alle in Berlin und Köln bleiben.«

Mittwoch, 14. März

»Hi.« Der brennende Dornbusch an der Bushalte klang traurig. Er flehte mit diesen zwei Buchstaben geradezu: »Frag mich, was passiert ist!«, und natürlich erhörte ich das Flehen.

Billy war die Ursache, klar. Er hatte Kristine gestern Abend auf dem Spielplatz gesagt, dass er nichts von ihr wollte. Jetzt war sie wieder mal am Ende, hatte die ganze Nacht durchgeheult und natürlich keine Zeit für die Mathehausaufgaben gefunden, deren Lösungsansätze sie im Bus von mir abschrieb.

»Warum sagt er dir das eigentlich auf einem Spielplatz? Auf welchem Spielplatz überhaupt?«, sprach ich die Fragen aus, die mich deutlich mehr interessierten als Billys Desinteresse.

»Der Spielplatz am Friedhof in Geroldingen. Da trifft sich Billys Clique doch abends immer, seit sie nicht mehr in den Jugendklub dürfen!«, sagte Kristine mit einem empörten Unterton, als hätte sich bei mir in Sachen Allgemeinbildung soeben gezeigt, dass ich nur drei von sieben Wochentagen namentlich benennen konnte. Das stellte mich vor viele weitere Rätsel. Warum baute man in Geroldingen Spielplätze neben Friedhöfe? Warum traf man sich da als Horde Fünfzehn- bis Achtzehnjähriger? Und wie kam Kristine überhaupt zu diesen Treffen?

Da ich befürchtete, für diese Fragen noch schräger angeguckt zu werden – und weil vielleicht rauskommen würde, dass ich bei Kristines endlosen Billy-Erzählungen nicht ganz so konzentriert war, wie man das von einer besten Freundin erwarten durfte –, fragte ich was völlig anderes. »Hast du dir unser Referat noch mal angeguckt? Nicht, dass du in Geschi wieder wie im Winter bei der Sozialkundepräsi so rumstotterst, dass der Videobeamer Selbstmord begeht.«

Kristines Gesichtszüge entgleisten. »Scheiße, die Präsi!« Aus Fassungslosigkeit wurde Vorwurf. »Hättest du mich nicht dran erinnern können?«

»Ich hab um sieben und um neun angerufen, aber da hast du wahrscheinlich deine neue Liebe zu Spielplätzen ausgelebt. Und die drei SMS klingen bestimmt auch noch ganz frisch, so ungelesen, wie sie sind.«

Kristine wühlte ihr Smartphone aus dem Rucksack und konnte angesichts der erdrückenden Beweislage schwer etwas entgegnen.

»Was mach ich denn jetzt?«, fragte sie kläglich.

Ich zog zwei Seiten Papier, die hinter meinem Laptop lagen, aus der Tasche. »Da, ich habe deinen Teil noch mal ausgedruckt. Ich hatte da so eine Ahnung. Aber ehrlich, Krissi, vielleicht solltest du erst mal deine Schullaufbahn unter Kontrolle kriegen, bevor du dich auf dein katastrophales Liebesleben konzentrierst.«

Kristine verzog trotzig den Mund, als sie das Papier entgegennahm. »Mann, du bist echt schlimmer als meine Mutter. Die hat mich wenigstens getröstet.«

»Sie hätte lieber mal die Struktur der römischen Republik mit dir durchgehen sollen.«

»Sie weiß halt, was wirklich wichtig ist.«

»Mal sehen, ob sie das auch noch weiß, wenn du an der Wursttheke gekochten Schinken verkaufst.«

Kristine atmete tief ein und entschied sich, die gesammelte Luft doch lieber für ein Lachen statt für einen Wutanfall zu verwenden.

Liebes Tagebuch,
we have to talk about Billy. Klar, das sollte eigentlich noch Zeit haben bis heute Abend, denn die ausgefallene Chemiestunde sollten wir besser für das Referat nutzen, das nach der zweiten großen Pause ansteht. Aber im Gegensatz zu Kristine bist Du - der Powerpoint-Präsi sei Dank - vor Ort, also mache ich halt was anderes Nützliches.

Du fragst Dich, wo Kristine steckt? Nun, Janine (die dumme Pute) ist anscheinend auch Mitglied dieser fragwürdigen „Spielplatz am Friedhof"-Clique und hat Kristine gesteckt, dass Billy heute „freimacht", also schwänzt, um mit seinen Jungs beim alten Wasserwerk zu skaten. Um bloß nicht in Verdacht zu geraten, zu viel Würde im Leib zu haben, pilgert also Kristine nun dahin und jubelt einem nicht an ihr interessierten Typen zu, während es ihn im alten Klärbecken auf die Fresse legt. Und ich sollte wohl mal erklären, warum ich ihn bisher noch nie auf diesen Seiten erwähnt habe.

Ehrlich gesagt, ich habe gehofft, dass sich die Begeisterung für ihn ebenso rasant legt wie Kristines unsterbliche Liebe zu Chemiereferendar Tillman Bangert, die nach zwei Wochen überraschend verschied. Oder genauso abrupt endet wie Kristines eigentlich auf Ehe und Kinder angelegte erste Beziehung mit Ramon, die das erste Wochenende nicht gut überstand. Aber falsch gedacht. Billy ist weiterhin da, also müssen wir ihn uns etwas näher betrachten.

Also, wer ist dieser Billy, dessen Nachnamen ich mir einfach nicht merken will?

Billy ist der fleischgewordene Schwiegerelternalbtraum. Mit noch nicht mal siebzehn Jahren tätowiert wie ein Seemann im Herbst seines Lebens, sind seine Hobbys Scheiße labern, rauchen, trinken und sich die Zukunft vergeigen. Da er sich eher als Teilzeitkraft in Sachen Schule versteht, hat er viel Muße für Sport, weshalb er zugegebenermaßen recht gut in Schuss ist. Wenn Kristines Begeisterung darauf basieren würde, müsste ich sie zwar für oberflächlich, aber wenigstens nicht geisteskrank halten, doch das ist es nicht mal. Tatsächlich hat sie mir irgendwann mal gesagt, dass ihr Muskeln Angst machen, und hatte dementsprechend eher ein Faible für Typen, denen man vor einem Anbaggerversuch erst mal eine tüchtige Portion Hausmannskost vorsetzen möchte. Doch für Billy hat Kristine ihre Angst überwunden, weil sie ihn - Achtung, jetzt kommt's - so klug findet. Vier Buchstaben, die auf dieser ganzen weiten Welt garantiert niemand als Beschreibung für Billy verwenden würde. Ein Popelino ist klug. Tante Andrea ist klug. Sogar der Wenz ist auf seine eigene schleimige Art klug. Aber jemand, der es mal undercover in die Schlagzeilen unserer Lokalzeitung gebracht hat, weil er diese absurde Satanistengeschichte ins Rollen gebracht hat, ist nicht zwangsläufig klug.

Ach, die Geschichte kennste gar nicht, ne? Dann mal die Kurzfassung: Im Juni vergangenen Jahres fiel einem Spaziergänger auf, dass an diesem riesigen Wegekreuz an der Verbelinger Höhe - mir von vielen öden Wandertagen noch bestens in Erinnerung – die Hauptperson fehlte. Der Heiland hatte anscheinend entschieden, dass nun mal gut war mit Rumhängen. Natürlich gab es gleich viel Empörung über diese Frevelei, aber richtig lustig wurde es dann, als Jesus gevierteilt in einem Karton vor der Kirche zurückkehrte. Auf dem Karton stand in roten Lettern: „Wir hatten unsere Gründe." Die Folge: ein einseitiger Artikel über Satanisten in unserer schönen Region, flankiert von einem Bild des Pfarrers und des Bürgermeisters, jeweils bepackt mit zwei Stücken Jesus und einem mahnenden Blick vor dem geschändeten Wegekreuz. Es folgten massenweise Informationsabende zu Okkultismus und Sekten in Schulaulen und Bürgerhäusern, bis endlich die Zeiten der Kirchweihen und Volksfeste anbrach und es wieder um die Wahl der Reichenheimer Gurkenkönigin und den Bieranstich im Gasthaus „Zum kühlen Tann" ging.

Mein Vater – sonst ja nicht gerade bekannt als Schnellchecker vom Dienst – hat damals schon gesagt: „Das waren keine Satanisten. Das waren einfach ein paar bekiffte Jugendliche."

Glückwunsch, Herr Carbon – das ist, wie ich seit vorletzter Woche weiß, eine ziemlich korrekte Beschreibung des Sachverhaltes, in der lediglich das „bekifft" durch „besoffen" und „Jugendliche" durch „Billy und sein bester Freund Mompe" ersetzt werden müssen. Die hielten es im zugedröhnten Zustand für eine gute Idee, mal auf das Kreuz zu kraxeln, und das war eben ein bisschen viel Gewicht für den Gekreuzigten. Kristine hat Billy natürlich irgendwas davon erzählt, dass er „Religion halt scheiße findet", und seinen verunglückten Kreuzbesteigungsversuch als Kirchenkritik verkauft. Und weil Kristine ihm das auch noch abnimmt, findet sie ihn klug.

Es klingelt übrigens gerade zur großen Pause. Fräulein Gärtner hat also noch genau fünfzehn Minuten, um unser Referat nicht völlig in den Arsch zu blasen und sich gewaltigen Ärger mit ihrer besten Freundin einzuhandeln.

In der großen Pause wurde ich nun echt unentspannt. Noch fünfzehn Minuten trennten mich von einem Referat, auf das ich wie üblich eher mittelgut vorbereitet war und bei dem ich eigentlich nicht viel mehr vorhatte, als den Videobeamer an meinen Laptop zu stöpseln und durch die Folien zu klicken, die Kristine vorlesen sollte. Nur war von Kristine weit und breit nichts zu sehen. Klar, vorlesen konnte ich auch selbst. Doch bei Rückfragen würde es eng werden ohne die Dame, welche die Texte verfasst hatte. Na gut, die hatte sie aus der Wikipedia kopiert und ein paar Wörter ersetzt beziehungsweise umgestellt, aber das war trotzdem deutlich mehr Vorbereitung, als ich vorzuweisen hatte. Ich hatte mich halt eher auf das Technische konzentriert. Am Kaffeeautomaten traf ich Sara – die Zeugin Jehovas, die dank unserer damaligen Schulfestgruppe ihren Glauben mittlerweile ebenso selbst gestaltete wie ihre Haarfarbe. Die hatte sich vom ehemaligen Aschblond in Blutrot verwandelt. Sara unterhielt sich mit einer Klassenkameradin, während sie sich einen Becher schwarze Brühe hinter die Binde kippte, die garantiert nicht erlaubt war im Angesicht des Herrn. Sie grinste mich an und rief: »Hallo!«

»Hi«, sagte ich. »Du hast nicht zufälligerweise Kristine gesehen?« Hatte Sara natürlich nicht. Die Pause lief ja auch gerade mal zwei Minuten, und alle anderen waren nun mal in ihren Klassen gewesen, weshalb diese Form der Recherche einfach komplett sinnlos war.

Rastlos tigerte ich durch die Gänge, schälte meine Apfelsine und las die Aushänge der Schülerzeitung. Die waren wie üblich so unspannend, dass ich keine Minute brauchte, um ihren Inhalt wieder zu vergessen. Ich lief weiter Richtung große Halle und entsorgte dort die Schalen.

Als ich aufschaute, kam mir ein älterer Junge entgegen. Ein ausgesprochen schöner Junge, wie mir auffiel, ebenso wie die Tatsache, dass er mir merkwürdigerweise bekannt vorkam, obwohl ich sicher war, dass ich ihn noch nie auf den Gängen des Adalbert-Stifter-Gymnasiums gesehen hatte. Sein Blick begegnete meinem, und schnell biss ich in die Orange, damit er nicht merkte, dass ich ihn die letzten Sekunden angestarrt hatte wie ein Vampir eine Jungfrau im Mondlicht.

Die Apfelsine spielte nicht mit und schoss mir einen sauren Strahl Saft mitten in die Pupille. Ich quiekte und stieß ein herzhaftes »Scheiße!« hervor, während ich mit meiner freien Hand die hysterisch flatternden Augenlider besänftigte. »Gefährliche Dinger«, hörte ich den Jungen im Vorbeigehen sagen. Ich nickte nur halb blind und hoffte, dass mein Gesicht nicht so rot angelaufen war, wie es sich anfühlte.

»Du siehst ja aus wie 'ne Tomate!«, zerstörte die aus dem Nichts zum zweiten Klingeln zurückgekehrte Kristine diese Illusion.

Donnerstag, 15. März

Guten Morgen, Tagebuch,
selten habe ich einen Donnerstag so freudig begrüßt wie diesen. Einfach nur, weil damit der gestrige Mittwoch endgültig hinter mir liegt. Der war bereits Ende der großen Pause reichlich versaut, aber es ging tatsächlich noch weiter bergab. Kristine hatte meinen in mütterlicher Vorsorge erstellten Ausdruck ihres Referat-Parts natürlich nicht angeguckt, und das merkte sogar Herr Rüb, unser zur Lehrkraft gewordener Beweis für die Langweiligkeit der Geschichte. Der sitzt üblicherweise bei allen Referaten wie eine Wachsfigur da, nickt zuweilen und kommentiert eigentlich alles mit einem „Schön, schön", egal, wie verkackt das Vorgetragene auch sein mag. Ausgerechnet bei unserem Referat musste ich feststellen, dass Herr Rüb tatsächlich eine Mimik besitzt, denn seine Gesichtszüge entgleisten immer mehr. Ich klickte zunehmend panisch von Folie zu Folie, damit Kristine nicht zu viel Zeit hatte, Unfug zum gerade eingeblendeten Datenmaterial von sich zu geben. Das langsam einsetzende Gekicher in unserer Klasse erinnerte mich auf ungute Weise an die Zeit, als Krissi und ich noch zu den Outsidern der Schule gehörten. Damals war das Gelächter noch ein

Zeichen jugendlicher Grausamkeit, diesmal war es angesichts bislang völlig unbekannter Fakten zum römischen Staatswesen absolut angebracht. Ich hätte vermutlich am lautesten gelacht, wäre ich nicht auch eines der unglücklichen beiden Mädchen gewesen, deren Geschichtsnote an diesem Vortrag des Schreckens hing. Zum GAU kam es dann auf der vorletzten Folie, als Kristine allen Ernstes - und entgegen dem Text, der gerade auf die Leinwand projiziert wurde - behauptete, nur Frauen und Sklaven hätten in der römischen Republik das Wahlrecht ausüben dürfen.

„Mädchen, so geht das doch nicht." Herr Rüb stand auf und schaute mich und Kristine ratlos an. Nach Kristines Blick zu urteilen, checkte sie erst jetzt, dass dieses Fiasko nicht etwa nur ein verstörender Albtraum, sondern noch viel verstörendere Realität war.

Liebes Tagebuch, ich würde ja gerne behaupten, damit wäre der Tiefpunkt des Tages endlich erreicht gewesen. Aber der kam leider erst drei Sekunden später, als Kristine Herrn Rüb ein „Er liebt mich nicht!" entgegenschleuderte, in Tränen ausbrach und auf Nimmerwiedersehen aus dem Klassenzimmer stürmte.

Bin gespannt, ob der brennende Dornbusch an der Bushalte heute etwas auskunftsfreudiger ist, als Kristine es gestern war. Die hat meine Anrufe auf Festnetz und Handy wie auch sämtliche Nachrichten per WhatsApp und Facebook ignoriert. Gut, ich mag ja in Sachen Liebeskummer aufgrund mangelnder eigener Erfahrungen nicht unbedingt die erste Wahl als Ratgeberin sein. Und dass ich ihr Objekt der Begierde für das komplette Grauen halte, steigert das Vertrauen wohl auch nicht unbedingt. Aber trotzdem finde ich, beste Freundinnen sollten beim Thema Liebe immer in einem Boot sitzen.

Freitag, 16. März

Wo ist eigentlich Kristine?«, sprach Herr Wenz zu Beginn der Deutschstunde die Frage aus, die ich mir auch schon den zweiten Tag in Folge stellte.

»Ich bin nicht die NSA«, erwiderte ich, zugegebenermaßen etwas sehr patzig, aber ihr unangekündigter Ausfall wurmte mich halt.

Herr Wenz hob entschuldigend die Hände. »Verzeihung, ich dachte, da ihr befreundet seid, wüsstest du es vielleicht.«

Damit bohrte er noch mal schön in der Wunde. Es gehörte nun einmal zu den dummerweise nicht schriftlich fixierten Grundsätzen unserer Freundschaft, dass man die andere informierte, wenn diese alleine durch die Grauen des Schulalltags musste. Gut, dank unseres Befreiungsschlages am Schulfest vor zwei Jahren waren wir nicht mehr ganz so sehr aufeinander angewiesen. Schließlich pflegten wir nicht nur zu den anderen Mitgliedern des Klubs der Verlierer noch herzlichen Kontakt, sondern hatten tatsächlich mittlerweile auch noch andere Freunde an der Schule. So hatte ich beispielsweise festgestellt, dass der ewige Klassensprecher Leon ein ziemlich netter Kerl sein konnte, wenn er nicht gerade Lehrer vollschleimte, und auch Samira echt witzig war. Vor einigen Wochen hatte ich nach ihrem Geburtstag bei ihr übernachtet, und es endete mit einer Modenshow der Scheußlichkeiten, bei der wir uns gegenseitig Samiras schlimmste Batiksünden zu passendem Beklopptentechno präsentierten. Um halb eins marschierte dann Samiras Mutter ins Zimmer und wollte uns vermutlich fragen, ob wir noch alle Tassen im Schrank hätten. Es reichte dann aber nur zu einem entsetzten »Wie seht ihr denn aus?«, was die Stimmung zum Höhepunkt brachte.

Es gab also einen Freundschaftskosmos ohne Kristine, trotzdem war ich sauer, dass sie sich nicht abgemeldet hatte. Und als Antonia – die als Freundinnenkandidatin weiterhin auf meiner No-go-Liste steht – dann auch noch sagte: »Herr Wenz, die Kristine hat mir vorhin geschrieben, dass sie krank ist«, wurde meine Laune nicht gerade besser. Schließlich hatte Kristine vor zwei Jahren fast unsere Freundschaft für die der heiligen Antonia geopfert, und es war nur meiner Großherzigkeit zu verdanken, dass sie weiterhin eine beste Freundin hatte, die diese Bezeichnung auch verdiente.

»Dann richte ihr mal gute Besserung aus«, sagte Herr Wenz. Er ging an Antonias Tisch und beugte sich verschwörerisch vor, aber ich verstand ihn trotzdem bestens, da ich direkt hinter ihm saß.

»Und sag ihr, dass auch ein gebrochenes Herz wieder heilt. Eines Tages findet sie den Menschen, der sie versteht, einfach mal zuhören kann und sie toll findet.«

Kristines Referatsausfall hatte offensichtlich schon lustige Runden im Lehrerzimmer gedreht. Und El Wenzo freute sich wahrscheinlich ein Loch in den Bauch, dass er nun den Dr. Love für Teenager geben durfte.

Vor der demütigenden Deutschstunde hatte ich noch vorgehabt, gleich nach der Schule bei Krissi vorbeizuschauen, doch nun stapfte ich beleidigt direkt von der Bushaltestelle nach Hause. Vor der Haustür stellte ich fest, dass mein Schlüssel beim morgendlichen Jeanswechsel nicht mit umgezogen war. Da das nicht gerade selten vorkam, hatte meine Mutter schon seit Jahren einen Ersatzschlüssel im Blumentopf auf der vorletzten Treppenstufe versteckt. Als ich da hineingriff, fand ich nur einen Zettel, den ich auseinanderfaltete.

Tina,

ich habe Dir schon x-mal gesagt, dass uns keine Versicherung der Welt den Schaden bezahlt, wenn ein Einbrecher derart mühelos in unser Haus spazieren kann. Auch wenn mir der Ersatzschlüssel heute gute Dienste erwiesen hat, er kommt nicht wieder hierher zurück.

Ben

Vielen Dank, Papa, dachte ich und rief meine Mutter an. Nur die Mailbox ging ran und ich hinterließ ihr die frohe Kunde von der Einbrecherphobie meines Vaters und dem daraus erwachsenen Dilemma ihrer Tochter. Dunkel erinnerte ich mich, dass sie nach der Kanzlei wieder einen Mediationstermin mit einer Kundin hatte.

Daher versuchte ich es als Nächstes in der Praxis meines Vaters, wo ich von seiner unfreundlichen Sprechstundenhilfe Frau Griebisch erfuhr, dass er heute in einer ebenso wichtigen wie vermutlich langwierigen Krankenkassendebatte im Rathaus steckte und frühestens in zwei Stunden wieder erreichbar war. Der gerade freundlicherweise einsetzende Schneeregen machte diese Auskunft nicht unbedingt besser.

Mein Blick wanderte zum Nachbarhaus und ich legte den Kopf schief. Die Schwerdings hatten immer einen Ersatzschlüssel gehabt. Hatte Mama vielleicht …? Ach nein, dazu war der Nachbar ja viel zu neu.

Andererseits – bevor ich jetzt stundenlang vor der Haustür saß oder gar aufgrund dieser Notlage meinen Groll auf Kristine gleich wieder beerdigte, konnte ich ja zumindest mal nachfragen. Ich ging zur Tür, an der das Klingelschild nun ausgewechselt war. Statt »Schwerdings« stand da nun »Nils Engstrand – Bildhauer/Maler«. Oha, ein Künstler.

Ich klingelte.

Samstag, 17. März

Seltsam, seltsam, liebes Tagebuch,
es ist halb sieben Uhr morgens, ich bin geduscht, angezogen und habe gefrühstückt. Ich bin einfach kekswach und frage mich, warum ein solch unerklärliches Phänomen ausgerechnet am Wochenende auftreten muss und nicht beispielsweise an einem Montag. Da außer mir noch keiner aus dem Bett ist, habe ich dementsprechend viel Zeit, in aller Ruhe den gestrigen Tag Revue passieren zu lassen. Dank einer verräterischen Freundin, einem sich von Kriminellen bedroht fühlenden Vater und meiner eigenen Schusseligkeit habe ich gestern unseren neuen Nachbarn kennengelernt. Eigentlich wollte ich ihn nur fragen, ob meine Mutter ihn in einem völlig untypischen Anfall von Urvertrauen keine Woche nach seinem Einzug den Schlüssel zu unserem Haus ausgeliefert hat. Das musste er mit einem bedauernden Kopfschütteln verneinen, aber da ich dank Schneeregen und dem eigentlich immer erschreckenden Zustand meiner Haare wohl ziemlich erbärmlich ausgesehen habe, hat er mich dann gefragt, ob ich nicht bei ihm warten wolle, bis jemand aus meiner Familie heimkommt.

Ja, ich weiß, solche Geschichten enden gerne damit, dass man in zwanzig Jahren von der Polizei unter dem Blitzlichtgewitter der Boulevardpresse aus einem geheimen Horrorkeller gezogen wird, aber ich habe trotzdem Ja gesagt. Und es hat sich gelohnt.

„Okay, dann drei wichtige Fragen an den ersten Besuch in meiner Butze. Magst du was trinken, auch wenn es nur ein ekliger Tütencappuccino mit Schokogeschmack ist? Wie heißt du eigentlich? Und hast du schon mal diesen seltsamerweise vor Kurzem aus dem Sortiment verschwundenen Spiegelschrank von IKEA aufgebaut?" Er wuschelte sich durch die kurzen schwarzen Haare, in denen schon ein bisschen Grau steckte, und einen verstörenden Moment lang dachte ich, dass er ein ziemlich hübscher Kerl war.

„Ja, Elisabeth … ähm, Lizzy, und nein, aber eigentlich bin ich ganz gut in IKEA." Glücklicherweise fiel mir recht schnell wieder ein, dass der Mann doppelt so alt und tausendmal so homosexuell war wie ich und ich keinesfalls Kristines Liebesirrsinn toppen wollte, indem ich mich in einen greisen Schwulen verliebte. Aber nett finden durfte ich ihn ja wohl und es wurde dann auch richtig nett. Während sein Vorrat an Tütencappuccino stetig schmolz, fanden wir heraus, auf wie viele verschiedene Arten man ein IKEA-Regal falsch zusammenbauen kann, was der guten Laune keinen Abbruch tat. Ich schickte Mama eine kurze Info, wo ich Asyl gefunden hatte, und wir tüftelten weiter.

Er erzählte mir, dass er gerade nach zehn Jahren sein Kunststudium abgebrochen hatte und nun mit seinem Lottogewinn ein neues, freies Leben als Bildhauer und Maler führen wollte. Außerdem musste er einfach mal weg aus Berlin, wo es mit seinen Eltern und Freunden wohl ziemlich stressig geworden war. Ich erzählte ihm, dass ich meine Freundin Kristine zurzeit auch ganz schön nervenaufreibend fand, und er hörte sich das Ganze sehr aufmerksam an und meinte dann, dass ich zu streng mit Kristine sei. Das war natürlich nicht das, was ich hören wollte, aber er konnte so überzeugend Kristines mögliche Gefühlswelt darlegen, dass er mir irgendwann das Versprechen abgeluchst hatte, sie noch dieses Wochenende zu einem klärenden Gespräch aufzusuchen.

Kurz vor sieben klingelte es an der Tür. Statt der von mir erwarteten Mama stand Max vor der Tür, der sich garantiert mördermäßig aufgeregt hatte, dass er mich nach Hause eskortieren musste. Aber das fremde Gesicht, das ihn unangebracht freundlich begrüßte, machte ihn ungewohnt uncool, und er stotterte an der Tür etwas davon, dass er seine Schwester suche. Nils bat ihn herein, und erst als er im Wohnzimmer stand und unser weiterhin nicht wirklich schrankartig aussehendes IKEA-Puzzle sah, fand Max zur alten Arschlochform zurück.

„Haben Sie ernsthaft meine Schwester an Ihre Möbel gelassen?" Er schaute Nils entgeistert an.

„Ich habe alle meine Billys selbst aufgebaut!", protestierte ich.

„Ja, und kein einziges richtig. Deshalb liegen deine Bücher ständig auf dem Boden, und man sieht bei jedem zweiten Boden die Schrauben, weil du sie falsch eingesetzt hast."

Ich wurde angesichts der fiesen, aber nicht ganz unbegründeten brüderlichen Kritik ein bisschen rot, aber Nils lachte nur und meinte, ich schlage mich auf jeden Fall besser als er selbst.

„Macht ihr das wirklich ohne Anleitung?", fragte Max und zeigte auf das Heft am Boden eines herumliegenden Kartons, das wir bisher tatsächlich eher wenig beachtet hatten.

„Ich bin Künstler", entschuldigte sich Nils.

„Ich bin ich", schloss ich mich argumentativ an.

Max schüttelte entgeistert den Kopf.

„Okay, Angebot", sagte Nils. „Du darfst du zu mir sagen, ich heiße übrigens Nils, und bekommst den letzten Instantkaffee, wenn du uns hilfst, dieses Großprojekt zu Ende zu bringen."

Man sah förmlich, wie hinter der Stirn meines Bruders eine gewaltige Schlacht der Gedanken tobte. Sollte er tatsächlich die ihm völlig unbekannte Tugend der Hilfsbereitschaft entdecken? Auch noch für einen Menschen, der es gut mit seiner verhassten Schwester meinte? Das Wunder geschah.

„Ich heiße Max, und wenn Sie ... ähm, du auch ein Bier dahast, können wir drüber reden."

„Hab ich. Schnapp dir die Anleitung", sagte Nils.

Max kniete sich vor den Karton und musterte die Bilder, die für ihn wohl tatsächlich Sinn ergaben.

„So jung und schon Alkoholiker", warf ich ihm zu.

„So jung und schon muss ich dich aus den Wohnungen von fremden alten Männern befreien", gab er zurück.

„Friede auf Erden", befahl Nils und drückte Max die Flasche in die Hand. „Und ich möchte nie wieder das Wort ‚alt' im Zusammenhang mit mir hören."

Und dann tat ich zum ersten Mal seit wahrscheinlich zehn Jahren etwas wirklich zusammen mit meinem Bruder. Als wir eine Stunde später nach Hause gingen, gab es eine weitere Premiere: so etwas wie Anerkennung von Max.

„Du bist gar nicht so unpraktisch, wie ich immer dachte", sagte er.

„Du bist genauso ein Klugscheißer, wie ich immer dachte", antwortete ich.

Gut, im Nachhinein muss ich zugeben, dass eine höflichere Antwort kein Beinbruch gewesen wäre. Aber ich hatte die Überdosis Versöhnlichkeit an einem Nachmittag einfach nicht so gut verkraftet.

Sonntag, 18. März

Den Samstag hatte ich durchgehadert. Sollte ich mein Nils gegebenes Versprechen, mit Kristine zu reden, tatsächlich halten? Obwohl mir das doch wahrscheinlich nur wegen der schönen »Friede, Freude, Eierkuchen«-Laune rausgerutscht war?

Sonntags um zehn war ich dann zu einer Entscheidung gelangt. Ja, ich würde es tun. Sonst wäre mein Karma wohl für immer im Arsch. Schließlich schämte ich mich immer noch ein bisschen für meine patzige Antwort auf den ersten netten Satz meines Bruders in unserer gesamten Familiengeschichte. Bevor ich meinen freundschaftlichen Stolz nun für diese Geste der Mitmenschlichkeit opferte, benötigte ich dringend eine zweite Portion Honey Balls zur Stärkung und ging in die Küche.

Die Atmosphäre dort war das exakte Gegenteil von dem, was ich am Freitag bei Nils erlebt hatte. Fast, als wäre das Pendel des Schicksals nun gerade auf der Gegenseite angekommen. Von freundschaftlichem Miteinander (Freitag) über größtmögliche Neutralität (Samstag) zur eisigen Stimmung des Ehekraches, in den ich gerade nichts ahnend reinspaziert war. Mein Vater hielt anklagend einen Schlüssel in der Hand und bedachte meine Mutter mit einem Blick, als hätte er soeben die Tatwaffe in einem Massenmord entdeckt. Mamas Blick hielt mit einem deutlichen Ausdruck von Genervtheit stand.

»Was genau hast du eigentlich an dem Zettel nicht verstanden?«, fragte Papa.

»An deiner freundlichen Botschaft, in die sich übrigens weder ein Bitte noch ein konstruktiver Alternativvorschlag eingeschlichen hat, habe ich alles verstanden. Vor allem, dass sie dafür sorgt, dass unsere Kinder wie ausgebombte Kriegsheimkehrer auf die Gastfreundschaft unserer Nachbarn angewiesen sind. Jeder von uns kann mal den Schlüssel vergessen und jeder von uns soll trotzdem reinkommen. Wenn du magst, schreibe ich dir das auch gerne auf einen Zettel.«

Plötzlich freute ich mich auf das klärende Gespräch mit Kristine und fand eine zweite Portion Honey Balls auch gar nicht mehr zwingend.

»Tina, die Einbruchsquote ist im Landkreis im vergangenen Jahr um einhundert Prozent gestiegen«, erklärte mein Vater.

»Ja, vermutlich, weil statt einem Einbruch ausnahmsweise mal zwei stattgefunden haben. Dein Verhalten ist komplett lächerlich«, giftete meine Mutter zurück.

»Sagte die Frau, deren Auto schon mal gestohlen wurde.«

»Mein Auto wurde nicht gestohlen! Meine Schwester hat es sich geliehen, um mir einen Denkzettel zu verpassen!«

Entweder meine Eltern hatten mich gar nicht bemerkt, oder sie legten es darauf an, mir sehr eindrücklich das Gegenteil einer sachlichen Diskussion zu demonstrieren.

Max kam rein und checkte gar nicht, dass die Luft hier gerade kochte. Er hatte offensichtlich nach seiner Menschlichkeitsattacke wieder zur alten emotionalen Gleichgültigkeit gefunden, die man – je nach Menschenbild – für buddhistisch oder autistisch halten konnte.

»Papa, können wir los? Wir wollten doch die Wohnung angucken«, sagte Max.

»Ich rede mit deiner Mutter!«, brüllte er ihn an.

Mir reichte es. »Reden würde ich das nicht nennen«, bemerkte ich trocken. »Ich geh zu Kristine.«

»Und ich frag Nils, ob er Zeit hat für Wohnungsbesichtigung. Hat er eh angeboten.« Max holte seine Lederjacke und ich griff nach meinem Parka an der Garderobe.

»Nils hier, Nils da! Wie konnten wir nur jahrelang ohne ihn auskommen?«, polterte Papa in der Küche munter weiter.

»Tja, denk mal scharf drüber nach«, goss Mama fleißig weiter Öl ins Feuer. Es war wahrscheinlich auch nicht nur nachbarschaftliche Nettigkeit, dass sie Max bat, Nils zum Märzraclette einzuladen. »Ich brauche dringend noch einen erwachsenen Mann unter den Gästen, sonst stehe ich den Abend nicht durch«, bemerkte sie dazu.

Max und ich verließen gleichzeitig das Haus, während in der heimischen Küche die Party nun richtig losging.

»Lizzy! Dich schickt der Himmel!«

Ungewohnt begeistert begrüßte mich Kristines Mutter. Die mochte mich zwar, aber weil sie eigentlich immer am Telefon hing, wenn ich kam – sie hatte einen Callcenter-Job, bei dem sich die Geldgeber offensichtlich das Callcenter sparen wollten –, winkte sie mich sonst immer nur mit einer ungefähren Richtungsangabe rein. Diesmal hatten die Unmenschen von Arbeitgebern aber anscheinend vergessen, dass sie Frau Gärtner freundlicherweise immer die Wochenendschichten reindrückten. Dummerweise war aber auch ein freies Wochenende nicht gerade erholsam, wenn die einzige Tochter stumm in ihrem Zimmer saß, traurige französische Chansons hörte und nicht mal mit der Aussicht auf einen Shoppingtrip vor die Tür gelockt werden konnte. Eigentlich ein völlig normales Verhalten bei Mädchen zwischen zwölf und siebzehn. Aber bei Kristine, die mehr redete als atmete, musikalisch keinerlei Anspruch besaß, außer dass irgendeine Textzeile mit »Party« oder »Fun« im Refrain vorkommen musste, und das Einkaufszentrum an der Autobahn für den Garten Eden hielt, war das echt besorgniserregend.

Frisch angefüllt mit mütterlichen Sorgen klopfte ich an Krissis Tür, um mein Versprechen gegenüber Nils einzuhalten. Eigentlich war ich ja immer noch sauer und hatte die bange Befürchtung, dass ich den unfreiwilligerweise miterlebten Ehekrach meiner Eltern nun einfach an anderer Location mit neuen Protagonisten fortführen würde. Als keine Antwort ertönte, ging ich einfach rein.

Krissi saß schwarz gekleidet auf ihrem Bett, umspült von deprimierenden Klängen in meiner meistgehassten Fremdsprache, und schaute mich so jämmerlich an, dass aller Groll weggeblasen war. Auch wenn sie nicht wusste, wem man gefälligst in einer akuten Lebenskrise die erste SMS zu schreiben hatte – dieses Mädchen brauchte Hilfe! Aber ihre Retterin brauchte dafür fröhlichere Atmosphäre.

Also riss ich erst mal die Vorhänge auf und fragte dabei: »Können wir das ausmachen? Von Französisch muss ich kotzen.«

Stumm befolgte Kristine meinen Befehl – noch ein Beweis, wie ernst die Lage war, gleich gefolgt von einem weiteren.

»Oh Gott, du bist ja gar nicht geschminkt!«, rief ich, als ich Kristine im Tageslicht sah.

»Du schminkst dich doch auch nicht«, sagte sie.

»Ich habe mich ja auch noch nie geschminkt. Aber von dir weiß ich seit eineinhalb Jahren nicht mehr, wie du in echt aussiehst!«

Sie zuckte mit den Schultern und starrte zu Boden.

Ich fegte einen Stapel Wäsche von ihrem Bett und setzte mich neben sie. »Och, komm schon, Krissi. Sonst funktioniert meine Arschlochnummer doch immer.«

Wieder nur ein Schulterzucken. Dann fing sie an zu schluchzen, ich nahm sie in den Arm und wir saßen einfach eine halbe Stunde da. Schließlich stand sie auf.

»Danke«, sagte sie schlicht.

»Und jetzt?«, fragte ich.

»Jetzt geht es mir besser. Und morgen können wir reden.«

»Warum erst morgen? Ich habe noch Zeit«, sagte ich.

»Ja, aber ich muss trotzdem erst noch ein bisschen über alles nachdenken.«

Ich stand auf und gab ihr ein Küsschen zum Abschied.

»Denken, bevor du redest?«, sagte ich. »Kennst du eigentlich ›Die Körperfresser kommen‹?«

»Blöde Kuh«, sagte sie, und da sah ich den Anflug eines Grinsens, der Hoffnung gab, dass Kristine Gärtner doch noch da war.

Die SMS, die ich auf dem Heimweg bekam, war dann ein richtig gutes Zeichen: »Ich habe den Scheißfilm drei Mal bei dir gucken müssen! DREI MAL!«

’n Abend, Tagebuch,

das Schlimmste in Sachen Krissi dürfte überstanden sein. Dafür haben meine Eltern jetzt anscheinend echt Krise. Vor zehn Minuten hat Mamas Auto mit quietschenden Reifen unsere Auffahrt verlassen. Ich bin direkt die Treppe runtergewetzt und habe Papa gefragt, ob was passiert ist. Tante Andrea im Krankenhaus oder so. Aber er meinte nur, dass er und Mama heute mal Pause voneinander bräuchten und sie bei einer Freundin schläft. Das hat sie vor zehn Jahren das letzte Mal beim Junggesellinnenabschied ihrer anstrengenden Exhandballkollegin Simone gemacht, weil sie sich einen angetütert hatte. Einen angetütert hat sich diesmal aber wohl eher Papa. Der schenkte sich einen Zimtlikör ein, der drei Weihnachten unberührt auf dem Servierwagen im Wohnzimmer überstanden hat, während ich fragte: „Bei welcher Freundin denn?“, und meinte nur: „Bei irgendeiner halt“, und ging ins Schlafzimmer. Die halb volle Flasche Likör nahm er mit.

Montag, 19. März

Scheiße, können die einen nicht anrufen?«

Ich hatte eine unruhige Nacht hinter mir und nahm die eigentlich frohe Kunde, dass die derzeit im Lehrerzimmer kursierende Grippewelle nun wohl auch den Wenz erwischt hatte, daher eher ungnädig auf.

»Die können doch nicht jeden anrufen, wenn mal eine erste Stunde ausfällt.«

Kristine zeigte völlig unübliches Verständnis für die Zwänge des Schulbetriebs. Das Thema Körperfresser war noch nicht vom Tisch.

»Außerdem haben wir jetzt Zeit, uns ordentlich auszuquatschen. Eigentlich wollte ich ja über mich reden, aber wenn ich mir dich so angucke, hast du vielleicht noch mehr Redebedarf … Gehen wir in die Cafeteria?«

»Cafeteria ist okay, aber ich muss nichts bereden. War nur Elternzoff gestern, das hat nichts in einer Freistunde zu suchen. Ich will über die Liebe reden. Die Liebe und dich«, sagte ich.

Antonia, die das Rätsel des verschlossenen Klassenzimmers anhand des Vertretungsplans auch gerade gelöst hatte, drehte sich freudestrahlend zu uns um.

»Au ja, Girls-Talk! Da hab ich auch Lust!«

Kristine deutete den Killerblick auf meine SMS-Konkurrentin glücklicherweise richtig.

»Lass mal, Antonia. Es ist privat.« Antonia verzog schmollend das Gesicht. »Außerdem weiß ich sonst gar nicht, was ich nachher in Reli noch simsen soll.«

»Auch wieder wahr«, sagte Antonia und gab ungewöhnlich schnell klein bei. Was vielleicht auch daran lag, dass ihre wahre Herrin Alexa soeben erschien und Begleitung beim Gang zum Bäcker einforderte.

Seit bei der Schulkonferenz beschlossen worden war, dass man die Cafeteria locker auch durch Eltern und Oberstufler bewirtschaften konnte, fiel diese durch äußerst unregelmäßige Öffnungszeiten auf. Daher saßen wir im Pausenraum vor dem Kaffeeautomaten, beide einen Becher Gemüsebrühe in der Hand, weil das seit Kurzem das Einzige war, was das Gerät ausspuckte, egal, was man drückte.

»Also, was ich nicht verstanden habe, ist, warum du so abgedreht bist beim Referat«, begann ich. »Ja, er liebt dich nicht. Aber das hatte er dir doch schon einen Tag vorher gesagt.«

»Neinneinnein«, widersprach Kristine. »Da hat er nur gesagt, er will nichts von mir.«

»Das ist doch dasselbe!«

»Nein, ist es nicht. Liebe wird ja eh verschenkt, und wie jedes gute Geschenk ist es etwas, von dem man gar nicht wusste, dass man es gebraucht hat.«

»Du hast wieder eins dieser Esoterikbücher von deiner Mutter auf dem Klo liegen, oder?«

Die Frage war rhetorisch. Seit meinem letzten Toilettenbesuch im Hause der Gärtners wusste ich, dass da »Die Weisheit der Feen« lag und diese Weisheiten verdächtig ähnlich klangen wie das, was gerade aus Kristines Mund gekommen war.

Krissi verzog schmollend den Mund. »Wollen wir jetzt über Literatur oder über Liebe reden?«

»Liebe. Ganz klar: Liebe«, stellte ich fest und nippte an der Gemüsebrühe, die endlich nicht mehr kochend heiß war, deswegen aber kein bisschen besser schmeckte.

»Und das habe ich Billy dann auch gesagt am alten Wasserwerk. Und dann hat er was ganz Kluges gesagt.«

Ich biss mir auf die Lippen. Wieder war der Name Billy im Zusammenhang mit Klugheit genannt worden, die wegen solch unpassender Kombinationen eines Tages diesen Erdball beleidigt für immer verlassen würde.

»Aber auch was total Trauriges, und das hat mich dann so fertiggemacht. Er hat gesagt, so funktioniert Liebe nicht. Liebe ist wie zwei Zahnräder, meinte er. Das muss alles ganz genau zusammenpassen. Und er wäre halt ein verwahrloster Jugendlicher, der irgendwann ohne Abschluss von der Schule geht, an der Tankstelle arbeitet und dann das Mädchen heiratet, das er unabsichtlich geschwängert hat.«

Ich war so verblüfft, dass Billy wusste, was Zahnräder sind, dass Kristine ungestört weiterreden konnte.

»Und ich passe da halt einfach nicht dazu. Ich wäre nur gerne eine verwahrloste Jugendliche, werde mit Hängen und Würgen meinen Schulabschluss schaffen und am Ende irgendwas ganz Vernünftiges auf die Beine stellen und ihn beim Bezahlen an der Tanke mitleidig ansehen.«

Okay, für Billy-Verhältnisse näherten wir uns wirklich nobelpreisverdächtigen Graden der Vernunft. Fast feierlich klang daher die Schulglocke, die das Ende unserer Freistunde verkündete.

»Und was hast du gesagt?«, fragte ich und merkte, wie mein Herz schneller schlug, als der unbekannte Junge von meinem Orangenunfall auf den Kaffeeautomaten zusteuerte. Er warf ein paar Münzen ein und entdeckte mich. Schnell schlug ich die Augen nieder, trank und hörte hoch konzentriert meiner Freundin zu.

»Ich habe ihm gesagt, dass er das alles gar nicht wissen kann mit Schulabschlüssen und Tankstellen. Und dass, wenn er recht hat, ich doch wenigstens das Mädchen sein kann, das er ungewollt schwängert.«

Ich spie einen dichten Nebel aus Gemüsebrühe in den Pausenraum. Der Junge am Kaffeeautomaten schaute mich verdutzt an, lachte dann und ging kopfschüttelnd weiter.

Kristine sah mich mit großen Augen an.

»Alles okay bei dir?«, fragte sie.

Ich nickte und Kristine glaubte dieser Lüge.

»Hast du den grad gesehen?«, fragte sie. »Der war irgendwie ziemlich niedlich.«

Wir standen auf und entsorgten unsere Becher im Mülleimer.

»Du scheinst Billy ja recht schnell zu vergessen«, bemerkte ich spitz.

»Verlorene Liebe kann man nicht vergessen. Aber man kann sie bewahren, denn sie ist immer noch Liebe und der Bewahrung wert«, zitierte Kristine erneut die Weisheit der Feen.

Dienstag, 20. März

Sorry, Tagebuch,
aber nach einer zweiten nervösen Nacht werde ich langsam sauer. Mama ist immer noch bei ihrer namenlosen Freundin und hat sogar unsere gemeinschaftliche Jazzdance-und-Yoga-Fahrt gecancelt. Sonst freue ich mich ja über jede Ausrede, mich nicht mit Kira und Alexa durch zehn Jahre alte Charterfolge schütteln zu müssen (unsere Trainerin Sybille Simmerink ist musikalisch irgendwie stecken geblieben), aber so langsam finde ich es echt albern. Klar, dieses Wehret-den-Einbrechern von Papa ist voll daneben, aber jetzt aus dem Ersatzschlüsselstreit gleich eine Staatskrise mit tagelanger Emigration zu machen, ist mindestens genauso Panne. Papa ist ja nicht erst seit gestern so ein Erbsenzähler, es ist also nicht so, dass er nun völlig neue dunkle Seiten seines Charakters zeigt. Daran hat Mama sich in knapp zwanzig Ehejahren nun wirklich gewöhnen können. Und sie könnte mir zumindest meine Frage, wo sie denn nun eigentlich steckt, einfach mal beantworten. Aber es scheint ja momentan der große SMS-Geiz auszubrechen, sobald ich die Empfängerin bin. Gut, ich muss los zum brennenden Dornbusch und hoffe, ich kann Mama heute Nachmittag endlich face to face die Meinung geigen.

Nach dem endlosen Neun-Stunden-Schulmittwoch verabschiedete ich mich an der Straßenkreuzung von Krissi und lief in Richtung unseres Hauses. Schon von Weitem sah ich, dass Mamas Auto nicht wie erhofft in der Einfahrt stand. Also war immer noch kein Tauwetter in Sachen elterlicher Eiszeit in Sicht. Irgendwie graute mir vor der Aussicht, in die leere Küche zu marschieren.

Ich schaute zu unserem Nachbarhaus. Nils stand hinter dem Fenster und winkte mir zu. Ich winkte zurück und sah dabei wohl ziemlich traurig aus, denn er verzog die Stirn in fragende Falten und zeigte auf die Kaffeetasse in seiner Hand. Ich lächelte und nickte. Kurz darauf saß ich mit einer neuen Tasse Dosencappuccino in seiner mittlerweile halbwegs eingerichteten Küche.

»Boah, der ist ja noch schlimmer als beim letzten Mal.« Ich verzog angesichts des eingetretenen Zuckerschocks das Gesicht.

»Marzipan-Mohn«, erklärte Nils. »Ich dachte, das wäre eine gute Idee.«

»War es nicht.«

»Kommen wir zu den wichtigen Dingen des Lebens«, beendete Nils die Diskussion zu den Schandtaten der Lebensmittelindustrie. »Als du die Straße hochkamst, hätte ich dich am liebsten adoptiert, so jämmerlich, wie du ausgesehen hast. Immer noch Stress mit deiner Freundin? Christiane?«

»Kristine«, korrigierte ich. »Nein, da ist wieder alles im Lot. Danke noch mal für den Tipp. Nee, meine Eltern haben gerade Krise. Mama ist ausgezogen, Papa trinkt seltsamen Schnaps und ich finde das alles unnötig und scheiße.«

»Autsch«, sagte Nils. »Elternkrach ist immer fies. Da merkt man immer, wie wichtig einem diese Einheit ist. Meine Eltern haben sich scheiden lassen, da war ich fünfundzwanzig. Ich habe drei Tage durchgeheult und kam mir vor wie ein Waisenkind.«

Tja, da hatte er jetzt wohl einen wunden Punkt getroffen. Denn plötzlich brach ich in Tränen aus und hörte eine Stunde lang nicht auf.

Mittwoch, 21. März

Liebes Tagebuch,
eben war Nils noch der neue, schwule Nachbar, jetzt ist er schon mein Psychotherapeut. Wenn er nicht eh schon im Lotto gewonnen hätte, dürfte er mir guten Gewissens in Rechnung stellen, dass er im Rahmen von nur einer Sitzung meine Schlafstörung austherapiert hat. Wie in der guten alten Zeit habe ich gerade noch zehn Minuten, Dir in rasendem Tempo zu erzählen, was am Vortag so passiert ist.

Als ich gestern gesehen habe, dass Mama immer noch nicht bereit war, das Ersatzschlüsselexil aufzugeben, habe ich Zuflucht in Nils' Küche gesucht. Keine zehn Minuten später habe ich geheult wie ein Schlosshund und geschrien: „Ich will meine Mama UND meinen Papa" – als wäre ich fünf und nicht fünfzehn. Und es war mir nicht mal peinlich, weil Nils genau die richtige Mischung aus Anteilnahme (ich durfte ihm sogar mit meinen Tränen den grauen Künstlerpulli an der Schulter befeuchten) und Humor („So schlimm ist der Mohn-Marzipan-Kaffee nun doch auch nicht …") gefunden hat. Als ich dann endlich wieder raus war aus dem Kleinkindstadium, haben wir ein echt gutes Gespräch geführt, in dem ich einiges gelernt habe über mich und meine Gefühle.

Seit der Geschichte mit dem Schulfest damals halte ich mich ja eigentlich für grundsätzlich erwachsen und durch nichts mehr zu erschüttern. Die Beziehung meiner Eltern war für mich nie ein Thema – sie waren da, sie waren zusammen, fertig. Und ich fand es letztes Jahr voll übertrieben, als Alexa drei Monate nur noch Gothic-Klamotten trug, als ihre Eltern sich scheiden ließen.

Tja, das sieht man dann völlig anders, wenn dieses Gespenst plötzlich durch die eigenen Flure spukt, und dank Nils habe ich mir das endlich eingestanden. Ich bin noch nicht erwachsen und laut Nils hat das mit Erwachsensein auch gar nichts zu tun. Wenn man mit beiden Eltern aufwächst, sind sie der Inbegriff der Normalität und der Sicherheit – und wenn man erkennt, dass sogar diese scheinbar unerschütterliche Beständigkeit auf sandigem Grund gebaut ist, bekommt man einfach eine Scheißangst. (Das war nicht meine Formulierung, sondern die von Nils. Mit Worten kann er echt gut. Vielleicht sollte er doch lieber Schriftsteller werden. Seine Malereien und Plastiken, die nach einem nicht durchschaubaren Prinzip im Haus verteilt sind, hauen mich nämlich, ehrlich gesagt, nicht so vom Hocker.) Und dann hat er mich auch noch von meiner kindischen Hauptsorge – „Ich sehe Mama nie wieder!" – befreit. Er hatte nämlich am Morgen die Einladung zum Märzraclette aus dem Briefkasten gefischt, also plant meine Mutter wohl nicht, sofort alle Brücken hinter sich zu sprengen.

Ich hätte wahrscheinlich noch den Abend durchgequatscht, aber ein Klingeln unterbrach das tiefgründige Gespräch. Es war mal wieder Max, der nach einem Akkuschrauber fragte, weil er in seinem WG-Zimmer noch ein paar Veränderungen vornehmen will.

„Wozu brauchst du einen Akkuschrauber?" Ich kam aus der Küche, und Max schaute mich an, als hätte Bigfoot sein neues Zuhause in Bad Waidach gefunden. „Papa kauft jedes Mal einen, wenn er mal was im Haus machen will."

Max wurde ganz untypisch rot und stammelte was davon, dass er eigentlich auch fragen wollte, ob Nils ihm noch bei ein paar anderen Sachen helfen könne. Da die traute Zweisamkeit mit Nils jetzt eh zerstört war, verabschiedete ich mich, bevor noch jemand auf die abwegige Idee kam, dass ich mich auch als Umzugs- und Einzugshelfer anbieten würde.

Als ich zu Hause war, merkte ich, wie gut mir der Plausch mit Nils getan hatte. Ich war wirklich getröstet und total beruhigt. Nicht mal der Anblick der leeren Zimtlikörflasche im Altglaskorb ließ meine Ängste wieder hochkochen. Stattdessen machte ich ungewohnt konzentriert meine Hausaufgaben, ging zeitig ins Bett und habe durchgeratzt wie eine Tote.

Eine Tote, die sich schleunigst an die Wiederauferstehung machen muss, wenn sie nicht nur noch die Rücklichter des Schulbusses sehen will.

Donnerstag, 22. März

Nachmittagsunterricht war ja eh ätzend, aber besonders ätzend war es, donnerstags eine Stunde warten zu müssen, bis endlich der Wahlsport losging. Zumal ich das einzige Mädchen war, das sich aus unserer Klasse für Judo angemeldet hatte. Kristine, Kira und der ganze weibliche Rest hatten sich für Schwimmen entschieden, und seitdem die männliche Wasserballmannschaft der Oberstufe dort trainierte, verzichteten sie meistens auf die Mittagspause, um bei Schwimmbadpommes am Panoramafenster den Jungs hechelnd beim Aufwärmen zuzusehen.

Theoretisch hätte ich ja nun das machen können, was man in Mittagspausen so tat – essen –, doch die fabelhafte Selbstverwaltung der Cafeteria trieb mich wieder zum Kaffeeautomaten mit dem einseitigen Angebot. Da ich beim überstürzten Aufbruch am Morgen vergessen hatte, meine Finanzen zu scannen, gab es mit meinem Euro eh keine großen Alternativen zur Gemüsebrühe, die ja wenigstens meinen vegetarischen Ambitionen zugutekam. Ich war so vertieft darin, über meine Vergesslichkeit zu fluchen, dass ich fast in den geheimnisvollen Fremden hineinlief.

»Das gibt's doch nicht!«, sagte er und schaute deprimiert in seinen Becher.

Ich überlegte, schnell wegzurennen, aber er hatte mich schon gesehen. Deswegen versuchte ich mich in größtmöglicher Lässigkeit.

»Tja, Reparaturen gehören in den Verantwortungsbereich von Herrn Fickenback. Gewöhn dich schon mal daran, dass da nie wieder was anderes rauskommt.« Ich klang tatsächlich halbwegs cool, und mit etwas Glück sah er auch nicht, wie meine Hand zitterte, als ich meinen Euro einwarf und irgendeine Taste drückte.

Er lächelte mich an. »Wie man so eine Type länger als eine Saison als Hausmeister arbeiten lassen kann, ist mir ein Rätsel. In meiner alten Schule hätten sie den nach einem Tag vom Gelände gejagt.«

Der erste Kontakt, ohne dass ich mich im Umgang mit Lebensmitteln vor seinen Augen blamierte, und ich erfuhr schon biografische Details! Vorgetragen mit einer Stimme, die fast so schön war wie seine grünen Augen. Sonst fand ich grüne Augen ja unheimlich, aber die hier hatten was wahnsinnig Beruhigendes.

»Tach, Lizzy! Und macht mal Platz.«

Popelino schob sich, den verwunderten Blick des *green-eyed strangers* gar nicht registrierend, mitten zwischen uns hindurch. So gerne ich Carsten eigentlich hatte, sein Talent, zur falschen Zeit am falschen Ort zu sein, war schon bemerkenswert. Er tipperte am Automaten rum, wartete das Röhren der Maschine ab, entnahm seinen Becher und drehte sich zu mir um.

»Trainieren wir gleich zusammen? Die anderen Jungs hauen mich immer so auf die Matte, dass mir die Knochen noch bis zum nächsten Mal klingen.«

Er nahm einen Schluck und schaute mich erwartungsvoll mit einem schaumig-braunen Bart über der Oberlippe an. Grünauge nickte uns zu und sagte: »Ich muss dann mal.«

Ich unterdrückte den Impuls, Carsten zu erwürgen, wahrscheinlich nur, weil mir jetzt erst auffiel, wie wundersam sein Milchbart war.

»Du hast da Kaffee rausbekommen?« Ich zeigte auf den Automaten.

»Kaba«, korrigierte er. »Kaffee macht Pickel.«

»Das Ding spuckt seit Tagen nur noch Gemüsebrühe aus!«

Carsten rollte die Augen und übte sich in der Kunst der Erpressung. »Wir trainieren zusammen und ich verrate dir den Trick.«

Ich nickte. Nicht, weil ich so leicht erpressbar war, sondern, weil ich es eigentlich ganz praktisch fand, dass Carsten mich bei den Wurfübungen nie hochbekam und ich daher nur äußerst selten fallen üben musste.

»Du musst Gemüsebrühe und das, was du wirklich willst, gleichzeitig drücken. Eigentlich logisch, wenn man kapiert, wie so ein Ding tickt.«

»Carsten«, sagte ich genervt und kramte nach meinen letzten Münzen, »keinen Menschen außer dir interessiert, wie ein Getränkeautomat tickt.«

»Deswegen trinken auch alle außer mir nur noch Gemüsebrühe. Die macht auch Pickel.«

Ich befolgte Carstens Tipp und wurde mit meinem ersten Schulkaffee seit langer Zeit belohnt.

»Wer war der Typ grad eigentlich?«, fragte Carsten.

»Tja, das hätte ich fast erfahren«, sagte ich spitz.

»Klingt irgendwie vorwurfsvoll«, stellte Carsten fest und schaute mich an wie ein Insekt unter seinem Hightech-Mikroskop, das er sich statt eines Smartphones oder eines neuen Paars Converse oder irgendetwas anderem Normalen zum fünfzehnten Geburtstag von seinen Eltern gewünscht hatte.

Ich schwor mir, dass er nach dieser Judostunde wieder darum betteln würde, mit einem der Jungs zu trainieren.

Freitag, 23. März

»Sie lebt!«

Ich schaute Kristine verdattert an, als wir nach der Schule Richtung Bushaltestelle marschierten. Gab es jemanden, der im Sterben lag? War vielleicht irgendwas mit ihrer Oma gewesen, was im ganzen Billy-Wirbel untergegangen war?

Erst als ich den Ruf »Elli!« vernahm und meine Mutter vor dem Schuhgeschäft parkend erblickte, wusste ich, was sie meinte. Mama winkte aus dem offenen Fenster ihres Autos. Ich gab ihr zu verstehen, dass ich gleich kam, und drehte mich zu Kristine.

»Natürlich lebt sie. Was dachtest du denn?«

»Na ja, sie war weg. Tagelang. Und dein Vater ist Arzt und hat Zugang zu lauter tödlichen Substanzen. Da habe ich mir halt so meine Gedanken gemacht.«

Ich schüttelte den Kopf. »Du guckst echt zu viele schlechte Filme.«

»Du zwingst mir diese Psychothriller immer auf! Ich würde ja lieber mal eine schöne Serie mit dir gucken, aber auf eurem Fernseher sind immer nur Blut und Wahnsinn angesagt!«, verteidigte sie sich und hatte nun auch recht damit.

»Willst du mitfahren?«, fragte ich, aber Kristine schüttelte den Kopf. »Nee, das wird jetzt so ein Mutter-Tochter-Gespräch bei euch. Da reichen mir meine eigenen.« Sie drückte mir zwei Küsschen auf die Wangen.

»Gut«, sagte ich. »Und morgen Märzraclette nicht vergessen. Die Gastgeber existieren ja anscheinend wieder.«

»Ähm, ja. Ich muss.« Ungewohnt schnellen Schrittes ging Kristine los.

Schulterzuckend überquerte ich die Straße und setzte mich zu meiner Mutter ins Auto.

Da Mama noch für morgen einkaufen musste, fuhren wir direkt zum Supermarkt.

»Seit fünfzehn Jahren machen wir das, und ich weiß immer noch nicht, ob festkochend oder mehligkochend besser zum Raclette passt.« Meine Mutter betrachtete das Kartoffelangebot, als hoffte sie, dass ein Beutel gleich rufen würde: »Nimm mich und Glück und Segen werden dich dein Leben lang begleiten.«

»Dann nimm vorwiegend festkochend«, befahl ich und warf ein Netz davon in den Einkaufswagen. »Ich würde das ja auch lieber am Küchentisch mit dir bereden, aber, ehrlich gesagt, kann ich jetzt nicht mehr warten«, kam ich zum eigentlichen Thema. »Wo zur Hölle warst du?«

Sie schaute mich schuldbewusst an und schob den Wagen Richtung Konservendosen.

»Ich habe einfach mal Zeit für mich gebraucht.«

»Erstens ist das keine Antwort auf meine Frage, und zweitens verstehe ich gut, wenn man mal Zeit für sich braucht. Trotzdem kann man ja wohl von dieser Zeit dreißig Sekunden für eine

SMS an seine Tochter abzwacken, damit die nicht völlig am Rad dreht.«

Mama blieb stehen und stützte sich schwer auf den Einkaufswagen. Sie sah aus, als würde sie gleich anfangen zu heulen. Ich musste jetzt dringend was halbwegs Nettes sagen, da ich solche Szenen nicht in dem Edeka brauchte, in dem gerade ein beträchtlicher Teil unserer Nachbarschaft und von Papas Patienten die Runde drehte.

Ich legte ihr die Hand auf die Schulter. »Ich hab mir halt Sorgen gemacht.«

Sie tätschelte meine Hand und griff nach zwei Büchsen Gemüsemais. Die akute Heulgefahr war gebannt.

»Ich weiß. Ich war einfach echt neben der Spur. Und ich würde es dir wirklich gerne besser erklären, aber in meinem Kopf ist immer noch ein einziges Chaos, das ich selbst noch ordnen muss.«

»Gut, dann ordne mal«, gab ich klein bei. »Aber sag mir wenigstens, wo du warst. Papa meinte, bei einer Freundin, aber ich habe mich wirklich gefragt, bei welcher. Ich meine, Siggi und Erika sind befangen, weil sie eher zu Papa gehören, Beate wohnt auf ungefähr zwölf Quadratmetern, und bei Dagmar kannst du ihre zwei verzogenen Blagen schon kaum ein Abendessen lang verkraften.« Dagmar, Mamas älteste Schulfreundin, hatte sich für ein pädagogisches Konzept entschieden, das bewies, wie wenig liebenswert Achtjährige sein konnten, wenn man ihnen nur alles durchgehen ließ.

Sie schaute mich prüfend an.

»Hotel am Rathausplatz«, sagte sie dann.

Es war ein bisschen fies, aber ich musste lachen.

»Das Hotel neben meiner Schule? Oh Gott, das ist echt traurig.«

Sie zuckte mit den Schultern, und wir gingen zur Käsetheke, wo sie eine Großbestellung Raclettekäse aufgab. Während die Verkäuferin missmutig Scheiben abhobelte, wollte ich wenigstens noch ein bisschen Zuversicht aus diesem Einkauf mitnehmen.

»Letzte Frage zu dem Thema für heute, versprochen«, sagte ich. »Das mit Papa und dir kommt doch wieder in Ordnung, oder?«

Selten klang der Satz »Kannst du noch Schinkenwürfel holen?« so unheilvoll wie heute.

Liebes Tagebuch,
Mama ist wieder da, und wenigstens haben sie und Papa nicht gestritten, als sie aufeinandertrafen. Aber außer „Hallo" gab es auch sonst keine Form der Kommunikation. Ich hatte ja die Hoffnung, die bereden das im Bett, weil das alte Ehepaare bestimmt so machen, aber Pustekuchen. Gerade habe ich durch den Türspalt beobachtet, wie Mama mit ihrem Bettzeug in Richtung Gästezimmer marschiert ist. Die Eiszeit ist also noch nicht vorbei. Das wird ja ein fröhliches Beisammensein morgen beim Märzraclette.

Da verdüstert es meine Laune noch ein bisschen mehr, dass Kristine vorhin angerufen hat, um mir mitzuteilen, dass sie morgen leider nicht kann. Als ich fragte, warum, hat sie erst rumgedruckst und dann gestanden, dass morgen Abend Disco im Jugendklub Geroldingen war und sie dahin wollte.

„Hm", sagte ich, „hat mir nicht vor knapp einem Monat die junge Dame, mit der ich gerade telefoniere, noch erklärt, dass Jugendklubs provinzielle Scheiße sind, wo nur Kinder hingehen?" Am anderen Ende druckste es fröhlich weiter.

„Und kann es vielleicht sein, dass der plötzliche Gesinnungswandel damit zu tun hat, dass da auch ein gewisser Billy auftauchen wird?"

„Das verstehst du nicht, Lizzy", sagte Kristine, „ich muss das tun."

„Mein letzter Stand ist, dass du über ihn hinweg bist", bohrte ich nach.

„Das bin ich!", behauptete sie entschlossen.

„Aha. Und warum dann?"

„Man muss sich selber prüfen", erklärte sie. „Erst wenn du der Ursache deines Schmerzes in die Augen blicken kannst und nichts mehr empfindest als Dankbarkeit für die Erfahrung, die du machen durftest, hast du den Schmerz überwunden."

Ich muss dringend dieses beknackte Feenbuch vom Klo der Gärtners kidnappen. Wenn dadrin steht, dass Nahtoderfahrungen was ganz Tolles sind, sehe ich Krissi schon im Forscherdrang vor den Schulbus hüpfen.

Samstag, 24. März

Kristine war nicht der einzige Stammgast, der dem traditionellen Märzraclette fernblieb. Auch meine Lieblingstante Andrea hatte abgesagt – angeblich, weil sie eine alte Freundin zu einem spontanen Wellnesswochenende eingeladen hatte. Ich war mir aber nicht so sicher, wie spontan das war und ob es überhaupt stimmte. Ich hatte Mama vor ihrem Schlüsselexil mit Andrea in einem Ton telefonieren hören, den sie sonst nur gegenüber unerwünschten Werbeanrufern anschlug. Da schien gerade schwesterliche Schieflage angesagt zu sein, die meine Mutter aber nicht weiter kommentieren wollte.

»Zwei fehlen, zwei kommen neu dazu. Das passt schon.«

»Zwei?«, fragte ich, während wir gemeinsam den Tisch deckten. »Nils und wer noch?«

»Irgendein geheimnisvoller Dritter bei Siggi und Erika. Erika hat sich einfach nicht entlocken lassen, wer es ist.«

»Vielleicht ein Promi«, mutmaßte ich und dachte, dass das eine schöne Strafe für Kristine wäre. Die war so promigeil, dass sie zwei Tage glasige Augen hatte, als sie irgendeine ziemlich weit hinten platzierte Teilnehmerin aus einer Kochshow in der Drogerie erkannte. Sie hatte sich von der sogar ihr Clearasil signieren lassen, während ich vor Scham fast im Boden versunken war.

Die letzte Stunde, bevor die Gäste kamen, war unheimlich. Die in über einem Jahrzehnt geübte Routine meiner Eltern, was das Märzraclette anging, ließ die Vorbereitungen gewohnt souverän durchschnurren. Papa verkabelte das Raclettegerät, machte die Kartoffeln und entkorkte den Wein, Mama richtete die Platten und Schüsseln mit den Zutaten. Es sah genauso aus wie letztes Jahr, nur hatte man den Ton ausgeschaltet. Sie wechselten kein einziges Wort.

Um halb acht verschwand Mama im Bad und kam um Viertel vor geschminkt und schick wieder, was Papa kein Wort der Anerkennung entlockte. Er ging schweigend in das frei gewordene Bad und war wie üblich noch nicht ganz fertig, als es klingelte. Es war Nils, der Max im Schlepptau hatte.

Die beiden hatten den ganzen Tag in Max' neuem WG-Zimmer rumgewerkelt.

Unser Nachbar drückte Mama eine Literflasche klaren Schnaps in die Hand.

»Berliner Luft«, erklärte er. »Eignet sich eigentlich eher zum Putzen, tut aber so, als wäre es eine regionale Spezialität.«

Mama nahm die Flasche entgegen und sagte: »Benedikt trinkt alles.«

Papa, der gerade um die Ecke bog, hatte das zum Glück nicht gehört, war in Sachen Charme aber keineswegs besser aufgestellt als Mama. Nachdem Nils sich vorgestellt hatte, sagte er: »Ah, der neue Sozialarbeiter für unsere zerrüttete Familie.«

Glücklicherweise wollte Max Nils an seinem Rechner unbedingt noch zeigen, zwischen welchen Tapeten er sich nicht entscheiden konnte, sodass unser Nachbar den elterlichen Wortwechsel zum Thema »Das Gegenteil von Gastfreundschaft« nicht mitbekam.

Dann klingelte es erneut. Das mussten Siggi und Erika sein, und nun würde sich zeigen, ob Kristine auf immerdar verfluchen würde, diesen Abend verpasst zu haben, weil Heidi Klum oder Günther Jauch überraschenderweise in unserem Speisezimmer aufgetaucht war.

Zwischen Siggi und Erika stand aber weder ein Moderator noch ein Topmodel noch ein Rockstar. Dort stand der geheimnisvolle Fremde vom Kaffeeautomaten. Ich war so überrascht, dass mein Hirn mal wieder die Ausgangskontrolle meiner Gedanken zum Mund verpennte.

»Der verratene Prinz!«, entfuhr es mir.

Mama warf mir den gleichen Blick zu, mit dem sie Papa bei seiner Nils-Begrüßung aufgespießt hatte. Sie wusste ja, dass ich Siggi und Erika »die Rabeneltern« zu nennen pflegte, weil sie ihren Sohn – den »verratenen Prinzen« eben – zu seiner Einschulung in ein Internat gesteckt hatten. Deshalb war er mir bekannt vorgekommen. Irgendwo in der sterilen Designer-Lounge, die Siggi und Erika als Zuhause betrachteten, stand ein Bild von ihm herum. Zum Glück kannten die beiden meine Ansichten nicht, daher schaute mich Erika nur fragend an, und ich stotterte was davon, dass wir gerade ein Buch dieses Titels im Deutschunterricht lasen.

Siggi schaute seinen Sohn vorwurfsvoll an, während er seiner Frau aus dem Mantel half.

»Ich wusste es doch, Dominik«, sagte Siggi. »Das Stifter hat ein völlig anderes Niveau als dein Internat. Ihr habt in der siebten Klasse mit Reclam-Heften angefangen und die lesen in der neunten Kinderbücher.«

Der offensichtlich Dominik heißende Sohn überreichte Mama lächelnd einen Blumenstrauß und sagte: »Das ist eine Novelle von Theodor Storm, Papa. Das *ist* ein Reclam.«

Ich hatte schon ein Dankeschön in den Dichterhimmel gesandt, dass Storm Novellen mit beknackten Titeln schrieb, als ich merkte, dass Dominik mir zuzwinkerte, während sein Vater ein »Ach so« brummelte. Ich lächelte zurück und war plötzlich irgendwie froh, dass Kristine nicht da war.

Trotz der elterlichen Eiszeit verlief der Abend ganz gut. Zwar redeten Mama und Papa weiterhin nicht miteinander, was aber nicht sonderlich auffiel, da trotzdem irgendwie jeder mit jedem quatschte. Siggi und Papa spielten ihr übliches »Wer hat mehr Stress im Job«, Mama ließ sich von Erika darüber aufklären, wie es war, den Sohn plötzlich wieder im Hause zu haben, und Nils machte sich erfolglos die Mühe, Max eine scheußliche Fototapete auszureden. Und Dominik unterhielt sich mit mir, und da eh keiner auf uns achtete, auch sehr offen.

»Ich bin also der verratene Prinz«, sagte er.

Ich wurde ein bisschen rot. »Danke fürs Retten«, sagte ich dann.

»Schon okay. Aber um das mal klarzustellen: Ich wollte auf das Internat damals. Ich hab meinen Eltern damit ewig in den Ohren gelegen.«

»Mit sechs wolltest du auf ein Internat?«, fragte ich fassungslos.

»Meine Lieblingshörspielserie spielte auf einem Internat. Und das war eine alte Burg, also dachte ich, da könnte ich Detektiv werden und gleichzeitig Schlossgespenster jagen.«

Ich kicherte.

»Mann, bin ich satt.« Papa ließ sein Raclettepfännchen klappernd auf den Teller fallen.

»Dann hol ich mal das Tiramisu«, kündigte Erika an.

Papa hob abwehrend die Hand. »Bloß nicht. Ich brauch erst mal einen Schnaps. Nils, hattest du da nicht vorhin irgendwas dabei?«

Nils nickte lächelnd und holte die Berliner Luft von der Anrichte, während Mama Schnapsgläschen organisierte.

»Achtung, ab jetzt geht das Niveau bergab«, warnte ich Dominik.

Er lächelte. »Ich brauch aber auch eine Pause.«

Er stand auf und legte die Serviette auf den Teller. »Ich vertret mir mal die Beine.« Dann schaute er mich auffordernd an.

»Verhinderst du, dass ich mich verlaufe?«

Ich freute mich so über die Frage, dass mir ganz warm im Bauch wurde.

Papa hatte leider sein erstes Gläschen schon intus, was mit drei Bieren keine gute Kombi war.

»Hände weg von meiner Tochter«, rief er. Siggi kicherte, während Mama und Erika synchrones Augenrollen übten.

Seltsamerweise hatte mich Dominiks offenes Angebot so kühn gemacht, dass ich total cool blieb.

»Vor ein paar Wochen wolltest du mich noch an Nils als kleinen Gruß zum Einzug verschenken«, erinnerte ich ihn. Alle lachten, während Dominik und ich die Jacken für den Spaziergang holten.

Sonntag, 25. März

Okay, Tagebuch,
ich starre jetzt schon eine halbe Stunde auf den Bildschirm und überlege, wo ich anfangen soll. Es ist zwar Sonntag, und dementsprechend habe ich viel Zeit, aber jetzt muss ich doch mal loslegen. Gestern war Märzraclette und meine Eltern waren … ach, Scheiße, ich lasse den ganzen Einleitungskram jetzt weg. ER WAR DA! Der schöne Fremde aus der Schule, der mich hauptsächlich davon kennt, wie ich Gemüsebrühe spucke und mich von Orangen blenden lasse. Er ist der Sohn von Siggi und Erika, macht auf dem Stifter die Oberstufe und ist … einfach der Hammer.

Wir haben uns den ganzen Abend schon super unterhalten, und als alle rund gefressen waren, hat er mich einfach gefragt, ob wir spazieren gehen. Als wäre es das Normalste der Welt, dass ein Typ wie er (Strahlende Augen! Groß! Sportlich! Vernünftig im sexy Sinne!) mit einem Mädel wie mir (1,52! Haare wie Medusa! Fünf Kilo zu viel auf den Rippen! Eher selten vernünftig!) einfach mal lostigert. Und für ihn war das auch ganz normal.

Er hat mich gefragt, wo es denn schön ist, und da habe ich ihn im Schein meiner treuen Taschenlampe tatsächlich in den Wald geführt – zur kleinen Lichtung mit meiner Zauberwurzel, was eigentlich ein heiliger Ort ist, den ich nicht mal Kristine zeigen würde. Aber er hat ihn trotzdem nicht entweiht und gemeint, dass man so was wohl Kraftplatz nennt, wenn man ein bisschen esoterisch drauf ist. Da habe ich ihn zugequatscht von Kristine und dem verstörenden Einfluss ihres Feenratgebers und mich dann total geschämt. Doch statt bei diesem Girls-Talk die Augen zu rollen, hat er total gelacht und mir im Gegenzug von seiner kurzen Satanistenkarriere erzählt, bei der er in der Kantine eine schwarze Messe mit Hühnerschlachtung abhalten wollte. Das Huhn hat übrigens gewonnen, weil es einen Riesenaufstand gemacht hat, und ist bis heute das Internatsmaskottchen. Dominik durfte dafür zur Strafe tagelang schwarze Wachsflecken von den Kantinenfliesen kratzen. Er meinte, wahrscheinlich wollte er damals pubertärerweise nur ein bisschen Aufmerksamkeit von seinen Eltern, aber die haben sich trotz Telefonat mit der Internatsleitung nie dazu geäußert. (Habe ich schon erwähnt, dass ich Siggi und Erika als Eltern eher minderbegabt finde?)

Na ja, ich hätte noch ewig Internatsgeschichten abhören können, doch er meinte dann zu Recht, dass wir meinem Vater jetzt nicht zu viel Anlass zu Vermutungen geben sollten, und sind wieder heim, obwohl ich eigentlich nichts anderes wollte, als diese Vermutungen Fakten werden zu lassen.

Zu Hause war eine Stimmung, wie es sie noch nie bei einem Märzraclette gegeben hat. Papa, Siggi, Nils und Max saßen auf dem Wohnzimmerboden. In ihrer Mitte war dieser seltsame Schnaps von Nils, auf dessen Hals ein Stapel Spielkarten lag. Abwechselnd bliesen die

Herren der Schöpfung, die alle kein sonderlich schöner Anblick mehr waren mit ihren roten Gesichtern, die Spielkarten herunter, und wer die letzte Karte erwischte, musste trinken.

„Karten blasen!", erklärte mein Vater. „Haben Siggi und ich im Studium immer gespielt!"

„Max überlegt gerade, ob das mit dem Studium so eine gute Idee war", kommentierte Nils, spielte aber ebenso eifrig mit wie mein Bruder.

Meine Mutter, die Saufspiele so toll findet wie Hausschlachtungen, interessierte das kein bisschen. Sie saß mit Erika am mittlerweile freigeräumten Esstisch und ließ sich das vor ihr ausgebreitete Tarot erklären.

„Tja, deine Freundin hat die Weisheit der Feen, meine Mutter hat ein Seminar bei einer Wahrsagerin besucht. Dreihundert Euro für ein Wochenende", raunte Dominik mir zu.

Der Luftzug an meinem Ohrläppchen verursachte mir eine wohlige Gänsehaut, während ich so tat, als würde mich Erikas Gewäsch wahnsinnig interessieren.

„Der König der Kelche ist ein sehr gefühlvoller Mann. Weise, einfühlsam, ruhig", erklärte sie meiner Mutter gerade eine Karte. „Möglicherweise Benedikt." Erika schaute dabei etwas ratlos auf meinen Vater, der soeben in ein brüllendes Lachen ausbrach, weil Siggi mit nur einem Puster den ganzen Kartenstapel weggefegt hatte.

„Den können wir ausschließen", sagte Mama.

„Zeigst du mir dein Zimmer?", fragte Dominik, dem das Ganze wohl auch unheimlich war. Und das zeigte ich ihm dann, und wir redeten noch zwei Stunden miteinander, bis seine Mutter ihn trotzdem viel zu früh zur Heimfahrt abholte.

Ich hatte fast drei Stunden für mein Tagebuch gebraucht. Deshalb kam ich erst kurz vor eins zur morgendlichen Grundreinigung im Bad. Als ich nach der Dusche und dem täglichen zwecklosen Kampf mit meinen Haaren die Tür aufmachte, stieß ich einen überraschten Schrei aus. Nils stand vor mir.

»Was machst du denn hier?«, fragte ich.

»Ich hab's nicht mehr heimgeschafft«, erklärte Nils. »Sind eure Abendessen immer so?«

»Nein«, sagte ich. »Hier herrschten einst Anstand und Moral.«

»Darf ich da mal rein?«, fragte er, und ich überließ ihm kopfschüttelnd das Bad. Auf dem Gang traf ich Mama.

Sie hatte wieder im Gästezimmer geschlafen.

Montag, 26. März

Gott, ist das schrecklich.

Ich meine, ich habe Montage schon immer gehasst – erst nur, weil damit das Wochenende zu einem schönen Traum verblasste. Dann drei Jahre lang auf dem Stifter, weil ich nicht wusste, welche Gemeinheiten meine Klassenkameraden für die neue Schulwoche ersonnen hatten. Dann wieder nur, weil sich ebendiese Schulwoche wie ein Berg der Langeweile vor einem auftürmte.

Aber so wie heute habe ich mich noch nie gefühlt. Ich glaube nicht, dass Nils nach einem Abend Karten blasen schlechter war als mir jetzt. Aber jetzt ist es gar nicht Hass. Sondern Vorfreude. Auf Dominik. Und gleichzeitig Angst. Dass er mich keines Blickes würdigen wird. Oder, noch schlimmer, dass er mich sieht und dann ganz schnell wegguckt. Ich bin echt ein absolutes Naturtalent in Sachen Fantasie. Ich kann mir das so detailliert vorstellen, dass ich gerade ernsthaft Gänsehaut auf den Armen kriege. Ich sehe aus wie Truthahn an Heiligabend.

Aber egal, da muss ich jetzt durch. Was soll ich bloß anziehen? Und seit wann interessiert es mich, was ich zur Schule anziehe? HILFE!

Mein Scanblick, der jedem Killerroboter in einem billigen Scifi-Film zur Ehre gereicht hätte, scheiterte. Weder beim morgendlichen Betreten des Schulgeländes war Dominik irgendwo auszumachen noch in der ersten Pause. In meinem Kopf wechselten sich zwei Horrorvorstellungen ab. In der einen sah ich ihn, wie er, benebelt von meinem Zauber, eine Kurve mit seinem Roller verpasste und den mörderisch steilen Abhang einer Felsküste herunterbretterte. Die Fluten des Meeres verschlangen sofort seinen mehrfach zerschmetterten Körper. Die Tatsache, dass das Meer und steile Felsküsten mindestens fünfhundert Kilometer entfernt waren, beruhigte mich kaum. Die andere Version war nicht ganz so blutig, aber nicht weniger erschreckend: Dominik, zusammengekauert in einem der Schulgänge, umgeben von johlenden Klassenkameraden, denen er gerade gestanden hatte, dass er sich so eine peinliche Mittelstuflerin angelacht hatte, der er nun auf gar keinen Fall begegnen durfte.

Wenigstens wurde die Frage, ob ich Kristine die neuesten Entwicklungen meines Seelenlebens preisgeben wollte, von ihr beantwortet: Sie war nicht da. Erst kurz vor Ende der vierten Stunde marschierte sie in den Klassensaal, nuschelte unserem Mathelehrer Herrn Böcke – besser bekannt als Graf Zahl – was von dringendem Zahnarztbesuch vor und ließ sich neben mich fallen.

»Lass dir bloß nicht erzählen, jeder kann eine Bierflasche mit den Zähnen aufmachen«, raunte sie mir zu. »Das ist einfach mal gelogen.«

Es klingelte zur zweiten großen Pause.

»Ich brauche eine Zigarette und du brauchst die Geschichte meines Wochenendes«, stellte Kristine fest.

Wir hatten uns hinter den Seitenflügel am Bach verzogen. Damit Kristine nahendes Lehrpersonal sofort sehen konnte und ich sie gleichzeitig verdeckte, war mir nicht mal der Blick auf das kleine Stückchen hinterer Schulhof erlaubt. Daher hörte ich nur mit halbem Ohr hin, während mir Kristine irgendwas davon erzählte, warum sie zum endgültigen Abschluss ihrer unglücklichen Billy-Geschichte quasi zwangsläufig ein Stück Vorderzahn opfern musste. Ich war mehr damit beschäftigt, mir vorzustellen, wie Dominik mich verzweifelt suchte und dabei rein zufällig seine wahre große Liebe – Antonia, meine Fantasie war echt ein Sadist – entdeckte.

Mit eher unprofessionellen Spuckgeräuschen beendete Krissi die Zigarette und schaute mich ungehalten an.

»Okay, was ist hier los?«, fragte sie. »Du nickst die ganze Zeit brav zu einer Geschichte, bei der sogar ich mich extrem anstrengen muss, sie nicht hirnverbrannt zu finden. Du bist angezogen, als wäre heute Abiball, aber das sind noch ein paar Jährchen. Und warum steht der gut aussehende Fremde dahinten und starrt die ganze Zeit in unsere Richtung?«

»Was?«, kiekste ich und drehte mich um. Tatsächlich, auf dem Pausenhof stand Dominik, die Hände in den Taschen, und lächelte mich unsicher an. Dann setzte er sich in Bewegung. Ich tätschelte mir hektisch die Wangen, was dem eigentlichen Zweck – die emporschießende Röte zu bändigen – sicherlich komplett zuwiderlief.

Es war so weit. Er war da.

»Hi«, sagte er.

Ich krächzte etwas, was auch ein »Hi« sein sollte.

Unter Kristines Argusaugen verzogen einige Sekunden Stille.

»Ich wollte euch nicht beim Rauchen stören«, sagte Dominik dann.

»Ich rauche nicht!«, stellte ich klar. »Kristine raucht. Also, sie versucht es zumindest.«

»Ach, du bist Kristine. Hallo. Ich bin Dominik.« Er streckte ihr die Hand entgegen. Sie schüttelte sie mit einem »Aha!«, das klang, als hätte sie mich gerade eines Doppelmordes überführt.

»Ich wollte dich was fragen«, wandte sich Dominik wieder mir zu.

Klar, für ein »Willst du mich heiraten?« war es etwas früh, aber ein klein bisschen hoffte ich schon drauf.

»Okay«, sagte ich sachlich.

»Ich habe am Samstag Geburtstag und wollte eigentlich nichts groß machen, weil ich noch nicht so viele Leute kenne, aber nach letztem Wochenende dachte ich … vielleicht hast du ja Lust? Und dein Bruder und dieser Künstlertyp, wenn wir ihm nicht zu jung sind? Und du vielleicht auch?« Er schaute Krissi an, die das seltene Stadium der Sprachlosigkeit erreicht hatte und mit kuhgroßen Augen nickte.

»Cool«, sagte Dominik. »Dann weihen wir den scheußlichen Partykeller meiner Eltern ein. Mit Original-Palmenfototapete!«

»Bin ich auch eingeladen?«, ertönte es unerwartet und erschreckend von links.

Ich kiekste schon wieder. Selten hatte ich so eine nervenzerfetzende Pause erlebt. Carsten hatte sich unbemerkt zu uns gesellt, wahrscheinlich, um seine Judopartnerin jetzt schon Tage im Voraus klarzumachen. In seinem bemerkenswert weltfremden Autismus war es ihm völlig egal, dass es nichts Uncooleres gab, als sich selbst irgendwo einzuladen.

Dominik zeigte auf ihn und schaute uns fragend an.

»Ist der in Ordnung?«, fragte er.

»Ansichtssache«, antwortete Kristine.

»Auf eine sehr eigene Art schon«, formulierte ich es etwas netter.

»Na dann, willkommen auf der Gästeliste ... ähm ...«

Popelino schaute ihn an und wartete völlig selbstverständlich auf die Vollendung des Satzes.

»Carsten!«, sagte ich. »Er heißt Carsten. Theoretisch spricht er unsere Sprache, praktisch funktioniert er wie ein Computer.«

Es klingelte.

»Okay, dann freue ich mich«, verabschiedete sich Dominik. »Ich würde sagen, um sieben? Und du gibst deinem Bruder und Dings Bescheid?«

»Ich heiße Carsten!«, sagte Carsten.

»Er meint Nils, nicht dich. Du hast alle relevanten Informationen«, erklärte ich Mr Robot. »Und klar, mache ich. Aber bist du sicher, dass du Nils dabeihaben willst? Der ist natürlich cool, aber halt schon fast dreißig.«

»Dann kann ich ein paar Flaschen Hochprozentiges hinstellen und behaupten, die sind für ihn. Falls meine Eltern mal was checken.«

Dominik winkte uns zu und auch Carsten trottete davon. Über all die ungewohnte Kommunikation hatte er anscheinend sein eigentliches Anliegen vergessen.

»Ich verpasse nie wieder ein Märzraclette bei euch«, stellte Kristine fest.

Dienstag, 27. März

Zwei Tage hatte trügerische Stille geherrscht. Oder vielleicht hatte ich den Aufruhr, noch süß benebelt von Dominik und der Aufregung, was mich am Wochenende bei seinem Geburtstag erwartete, mit gnädiger Taubheit überhört. Aber als ich nach ätzendem Nachmittagsunterricht die Haustür aufschloss, gab es nichts zu überhören. Papa war da, Mama war da, und das reichte mittlerweile für eine höchst explosive Mischung, die gerade wieder detonierte.

»Jetzt reg dich doch wieder ab!«, rief Papa gerade in einem Tonfall, der förmlich dazu einlud, ihm die gleiche Empfehlung auszusprechen. »Du hast mich nach meiner Meinung gefragt, ich habe sie dir gesagt, und jetzt bist du nicht damit zufrieden.«

»Das war keine Meinung! Das war eine Kampfansage!«, zeterte meine Mutter. Ihre heisere Stimme verriet, dass sie schon länger in den höheren Tonlagen unterwegs war.

Ich warf Rucksack und Jacke auf die Treppe und schlüpfte unvorsichtigerweise in einem Anfall von sozialem Engagement in die Küche.

»Ich hol mir nur schnell was zu essen, dann könnt ihr weiterbrüllen«, erklärte ich mein humoristisch gemeintes Erscheinen zur Entspannung. Statt für meinen liebenswert diplomatischen Auftritt auf der Stelle das Bundesverdienstkreuz verliehen zu bekommen, wurde ich zur Zielscheibe.

»ICH! HABE! NICHT! GEKOCHT!«, schrie meine Mutter. »Was bilden sich dein Bruder und du eigentlich ein? Wie sind wir nur so eine jämmerliche Parodie einer Fünfzigerjahre-Familie geworden? Mit Kindern, die eine Haussklavin wollen, und einem Mann, der traurig ist, dass er seiner Frau nicht einfach Arbeit und Bildung verbieten kann?« Vermutlich hätte man nun ängstlich oder wütend oder traurig sein und entsprechend reagieren müssen, aber das war in drei Sätzen so unglaublich viel Input, dass ich einfach nur verdattert war und gar nichts zu sagen wusste.

»Schrei meine Tochter nicht an«, sagte Papa nun im normal-ruhigen Papa-Modus, der aber dummerweise noch viel provokanter klang als die laute Variante. Wenigstens war die mütterliche Aggression damit wieder bei dem, der sie eigentlich verursacht hatte.

»Ach, auf einmal verteidigen wir die Rechte der Frau?« Mamas Augen funkelten gierig, als würden sie nur darauf warten, dass Papa ein Stück Hals zum Reinbeißen darbot.

Ich gab meinen Plan, als Friedensstifterin in die Annalen unserer Familie einzugehen, spontan auf und stand wenige Sekunden später wieder mit Jacke und Rucksack auf unserer Einfahrt.

Ich musste meine Gedanken sortieren. Jazzdance konnte ich eh wieder knicken – nur mit einem sehr ausgeprägten Todeswunsch hätte ich mich heute in ein mütterliches Auto gesetzt. Ich brauchte Rat und Trost. Also ging ich zu Nils, dem ich ja eh noch die Einladung zu überbringen hatte.

Einige Meter vor seinem Haus parkte ein alter Mercedes mit mir unbekannten Buchstaben auf dem Kennzeichen, in dem ein Mann mit schütteren Haaren und Schnauzbart anscheinend auch gerade seine Gedanken sortieren musste. Auf seinem Lenkrad hatte er eine Straßenkarte aufgeschlagen und fragte sich vermutlich, wie man von Bad Waidach zurück in die zivilisierte Welt kam.

Ein Gedanke, der uns einte.

Ich war erleichtert, als ich sah, dass bei Nils im oberen Stockwerk Licht brannte. Nichts erschien mir tröstlicher als die Aussicht, bei einer scheußlichen Tasse Instantkaffee mein Herz auszuschütten. Aber erst nachdem Nils die deprimierende Klassikmucke, die ich gedämpft hinter seiner Haustür hörte, ausgemacht hatte.

Ich klingelte.

Nichts passierte.

Ich drückte wieder den Klingelknopf und weiterhin tat sich nichts. Anscheinend war er etwas überstürzt aufgebrochen. Vielleicht hatte Max auch seine Dosis Mutterzorn abbekommen und Nils zu einer spontanen Renovierungsflucht überredet.

Ratlos lief ich die Auffahrt zurück auf die Straße. Eine Ratlosigkeit, die ich anscheinend mit dem wegsuchenden Mercedesfahrer teilte. Er beobachtete mich aufmerksam. Vermutlich hoffte er auf spontane Navigationstipps meinerseits, doch meine Hilfsbereitschaft war alle für heute. Ich brauchte ja selbst Beistand, und da Kristine heute Nachmittag bei Hassobjekt Antonia war, gab es nur noch eine Anlaufstelle.

»Hello again«, murmelte ich und kam mir bescheuert vor.

Es nieselte, es war kalt, es war nass, und damit waren die denkbar ungünstigsten Bedingungen für einen Waldausflug gegeben. Ich zog meine Goretex-Jacke, so weit es ging, über den Po und ließ mich zwischen den hölzernen Armen meiner Dämonenwurzel nieder. Ich hoffte auf den hochtrabenden Klang ihrer Stimme in meinem Kopf, die mir irgendwas Kluges sagte, doch es blieb still.

Vermutlich war sie beleidigt. Ich hatte sie im letzten Jahr nur einmal besucht, und das war auch noch in Dominiks Begleitung gewesen, was natürlich das ungeschriebene, doch bestimmt existierende und heilige Gebot »Die Wurzel besucht man nur alleine« brach.

»Ich bin nicht beleidigt«, sagte die Wurzel. »Ich bin nur die falsche Adresse.«

»Das bist du nicht. Du bist die perfekte Halluzination, wenn man gerade ein Aha-Erlebnis braucht.«

»Du brauchst kein Aha-Erlebnis. Du brauchst jemanden zum Reden. Und jemanden, der dir hilft, was Gescheites zum Anziehen für Samstag zu organisieren.«

»Aber Nils ist nicht da!«, jammerte ich.

»Gibt nicht nur Nils«, sagte die Wurzel.

»Aber Kristine hat so einen grottigen Geschmack! Da sehe ich bei der Geburtstagsfeier aus wie eine Rolle Geschenkpapier auf Beinen, und wenn ich sie um Rat wegen meiner Eltern frage, kriege ich nur Zaubersprüche aus ihrem Feenratgeber!«

»Sag mal, wirst du jetzt senil?«, fragte die Wurzel ungehalten. »Ich sprech doch nicht von Kristine!«

»Ach so …«, murmelte ich.

Ich hatte keine Ahnung, was sie meinte.

»Okay, letzter Tipp für heute. Du packst jetzt zusammen, gehst nach Hause. Dabei nimmst du mal dein Handy raus und guckst ins Telefonbuch. Du brauchst gar nicht lange zu suchen. Capisci?«

Ich lachte erleichtert auf, als ich endlich kapierte, was sie meinte.

»Oh Mann, manchmal ist man echt vernagelt. Danke. Das war eigentlich nicht so schwer.«

»Meine Rede«, sagte die Wurzel.

Donnerstag, 29. März

Moinsen, Tagebuch,
gut, dass es noch Menschen gibt, auf die man zählen kann. Nachdem der neue Familiencoach Nils irgendwie abgetaucht ist, muss man gerade echt gucken, wen man sich krallen kann. Krissi ist immer verrannt in ihren seltsamen Liebesgeschichten, Dominik (dem ich das zutraue) ist leider noch nicht so weit, meine anderen Freundinnen sind nicht nah genug dran, und meine Eltern sind … gerade anderweitig beschäftigt.

Gestern gab es wieder einen Mörderkrach zwischen den beiden und Mama ist schon wieder verschollen. Das Hotel am Rathausplatz dürfte dank der Ehekrise im Hause Carbon gerade einen neuen Umsatzrekord aufstellen. Immerhin ist der Grund für den neuen Zoff nicht ganz so albern wie die Geschichte mit dem Ersatzschlüssel. Papa wollte erst nicht damit rausrücken, aber als ich ihm gesagt habe, dass ich es schon ganz nett fände, wenn ich wüsste, warum ich mir derzeit vorkomme wie eine Teilzeit-Halbwaise, hat er rausgerückt.

Mama ist ja immer ganz stolz darauf, dass sie damals trotz Schwangerschaft noch ihr Jurastudium fertig gemacht hat, aber für diesen ganzen Examens- und Praxiskram, den man noch durchlaufen muss, bevor man sich Anwältin nennen darf, hat es dann mit Max und vier Jahre später mir irgendwie nicht mehr gereicht. Seitdem ist sie bei diesem „Wald-und-Wiesen-Rechtsverdreher" (O-Ton Papa nach dem zweiten Pils) angestellt, der sie den komplizierten Kram fast alleine abarbeiten lässt, sie aber trotzdem nur Anwaltsgehilfin nennt und auch dementsprechend bezahlt. Wenn Mama dann mal alle Schaltjahre wegen mehr Kohle anklopft, verweist er auf die bemerkenswert schlechte Auftragslage (die weder neue Firmenwagen für ihn im Jahrestakt noch das Ferienhaus auf Mallorca verhindert hat) und referiert noch ein bisschen darüber, warum es gerade so schlecht läuft. Na ja, und letztes Jahr hat er den Fehler gemacht zu erzählen, dass angeblich immer weniger Leute streiten und sich stattdessen lieber so einigen wollen. Weshalb Mama sich in einer ihrer seltenen (wobei, in letzter Zeit gar nicht so seltenen ...) Kurzschlusshandlungen prompt zu dieser Mediationsausbildung anmeldete. Papa fand das zunächst ganz okay, auch wenn er zuweilen stöhnte, wenn an den Seminarwochenenden Hausarbeit und Familienmanagement an ihm hängen blieben. (Ehrlich gesagt, da blieb nicht so wahnsinnig viel hängen. Er hat sich meistens nur darüber beschwert, dass es so ist, und es dann für Mama und uns liegen lassen.) Bei Mama läuft es mit der Freiberuflichkeit noch gar nicht so, wie sie das eigentlich will, und das brachte dann heute das Fass zum Überlaufen. Sie hat sich nämlich für eine weitere Fortbildung angemeldet zum Thema „Erfolgreich selbstständig". Tja, und jetzt steht wieder das erste von zahllosen Seminarwochenenden an, sie wird in der Kanzlei deswegen kürzertreten und ist wohl etwas zu selbstverständlich davon ausgegangen, dass Papa ihre Pläne finanziell wie zeitlich selbstlos unterstützt. Und als sie gemerkt hat, dass dem nicht ganz so ist, kam es zu der unschönen Szene, in die ich unschuldiges Wesen gestern hineingestolpert bin.

Ich habe jetzt mal gegoogelt, was Mediation ist. Die heilige Wikipedia nennt es „ein strukturiertes, freiwilliges Verfahren zur konstruktiven Beilegung eines Konfliktes" - eigentlich nicht dumm, da hat meine Mutter ja in den heimischen vier Wänden mehr als genug Übungsmaterial. Allerdings lässt mich die aktuelle Ausgangslage doch ein bisschen daran zweifeln, ob sich Mama da das richtige Feld zur beruflichen Neuorientierung ausgesucht hat.

Na ja, auf jeden Fall ist sie mal wieder nicht da und ich brauche dringend erwachsenen Rat zu drängenden Fragen in Herzensangelegenheiten. Und da ist mir jetzt glücklicherweise doch noch jemand eingefallen, der mich heute nach der Schule abholt. Wobei mir gerade beim Blick auf den Wecker auffällt, dass ich mich mal wieder ganz schön sputen muss, wenn ich überhaupt erst mal in ebendieser Schule ankommen will.

Hasta pronto, Tagebuch!

In Sachen Pünktlichkeit hatte Tante Andrea leider viel Ähnlichkeit mit Kristine. Eine ausgemachte Uhrzeit war eher ein grober Richtwert. Daher war ich nicht überrascht, dass ihr pinker Corsa noch nicht vor der Schule stand und mir kein farbenfroh gekleidetes blondes Wesen freudig zuwinkte. Ich lief den Bürgersteig auf und ab und schaute auf meinem Handy, ob sie mir geschrieben hatte. Fehlanzeige. Links von mir lachte es.

Ich blickte hoch. Neben einem dunkelblauen Smart stand eine schwarzhaarige Frau in einem eleganten Hosenanzug, die aussah, als würde sie einen internationalen Großkonzern leiten und zwischen den morgendlichen Sporteinheiten mit aufmunterndem Lächeln Mitarbeiter verspeisen, die nicht spurten. Nachdem meine Augen wieder auf Normalgröße zurechtgeschrumpft waren, fasste ich mich.

»Okay, netter Versuch«, sagte ich, »aber was haben Sie mit meiner Tante gemacht?«

Andrea kicherte.

»So schlimm?«, fragte sie.

Ich betrachtete sie von oben bis unten. Sie sah toll aus. Aber das war bei Andrea kein Wunder.

Sie gehörte zu den Menschen, die selbst in einem Kartoffelsack und mit einer Plastiktüte auf dem Kopf irgendwie was hermachten.

»Nee, ist super. Nur anders.«

»Da bin ich ja erleichtert. Wäre ja schlimm, wenn du eine Modeberaterin engagierst, die du für geisteskrank hältst.« Sie drückte auf ihren Autoschlüssel. Der Smart neben ihr gab ein aufmunterndes »Ich bin offen«-Geräusch von sich.

Ich schürzte bewundernd die Lippen. »Also, eins muss man dir lassen: Wenn du den Style änderst, dann konsequent.«

Auf der Fahrt zum Einkaufszentrum erklärte Andrea mir, warum jetzt genau der richtige Zeitpunkt für eine modische Kehrtwende war. Sie hatte gerade ihren Freund aus der gemeinsamen Wohnung geschmissen, was ich eigentlich schade fand. Gero hatte kein Jahr gehalten. Gut, er hatte bei Gesprächen immer gewirkt, als hätte er gerade den dritten Joint durchgezogen – was, wie ich nebenbei erfuhr, wohl auch mehr als einmal der Wahrheit entsprochen hatte –, aber ich hatte ihn trotzdem gemocht, was ich Andrea auch sagte.

»Ach du, mögen tue ich ihn auch«, antwortete sie, während sie nach einer möglichst kleinen Parklücke Ausschau hielt, in die nur so ein Kinderauto wie ihres passte. »Aber um mir abends eine Staffel ›Game of Thrones‹ reinzuziehen und dabei zwei Becher Häagen-Dazs reinzuschaufeln, brauche ich keinen Freund. Vor allem, wenn das irgendwann die einzige Art der Freizeitgestaltung ist.«

Endlich hatte sie eine Lücke gefunden, die ihren minimalistischen Vorstellungen entsprach, und fädelte sich mit glücklichem Lächeln ein.

»Ihr habt jeden Abend ›Game of Thrones‹ geguckt?«, fragte ich ungläubig.

»Und ›Penny Dreadful‹. Und ›Damages‹. Und ›Orange is the New Black‹. Und als er vor zwei Wochen ernsthaft anfangen wollte, ›Dallas‹ zu gucken, habe ich gesagt, es reicht. Ich möchte in diesem Leben noch einmal eigene Geschichten erleben.« Andrea schnallte sich ab. »Okay, bevor wir loslegen, brauche ich noch die Zielkoordinaten: Wofür brauchst du Klamotten?«

»Ich bin am Samstag zu einem Geburtstag eingeladen«, sagte ich und merkte, dass ich ein bisschen rot wurde. Das entging Andreas Adlerblick natürlich nicht.

»Und das ist nicht irgendein Geburtstag«, analysierte sie scharfsinnig. »Es ist der Geburtstag, der über deinen ersten Kuss entscheidet.« Ihr Zeigefinger war auf mich gerichtet.

»Na ja, ich mag den Typen halt irgendwie«, versuchte ich, es etwas weniger dramatisch auszudrücken.

Wir stiegen aus.

»Für ›Ich mag den Typen irgendwie‹ gehen wir zu Primark und sind in einer Viertelstunde fertig«, merkte sie spitz an.

»Ich mag ihn ziemlich«, gestand ich.

»I need to know everything«, sagte sie und zog mich für ein ausführliches Verhör in den Pizza Hut gleich am Eingang des Einkaufszentrums.

Boah, bin ich erledigt.

Shopping mit Tante Andrea ist fast so anstrengend wie eine Doppelschicht im Kohlebergwerk, nur mit Spaß halt. Aber dafür bin ich jetzt modisch gut aufgestellt für den Samstag und selbst in Sachen Geschenk hat mich Tante Andrea auf eine Idee gebracht. Statt Buch, CD oder Gutschein hat sie mir was Selbstgemachtes empfohlen, was aber gleichzeitig nicht zu auffällig zeigen darf, wie verknallt ich bin. Ich hab da schon eine Idee und hoffe auf meine „Klub der Verlierer"-Connections.

Trotzdem hatte der Tag mit Andrea auch seine beunruhigenden Seiten. Eigentlich hatte ich sie bei dem Eis nach dem Einkaufsmarathon nur fragen wollen, warum sie nicht beim Märzraclette war. Sie druckste irgendwie ganz komisch rum, dass sie gerade mit Mama nicht ganz so gut klarkäme, aber das jetzt eine Sache unter Schwestern wäre. (Völlig untypisch für Andrea. Sonst ist ihr Leben wie eine Facebook-Seite - je mehr Meinungen, desto besser.) Als ich dann sagte, dass sie sich gerade mit Papa solidarisieren könne, der es im Moment auch nicht so mit meiner Mutter hat, wurde sie ungewohnt ernst und meinte, dass sie da nun wiederum total auf Mamas Seite wäre, weil unsere Familie halt schon ganz schön traditionell mit ihr umgesprungen wäre.

„Ich meine, dieses ›Papi ist der Hauptverdiener und Mama darf was dazuverdienen und vielleicht mal eine Fortbildung machen, solange die nur schön folgenlos bleibt‹, das ist echt von gestern. Natürlich will sie damit was anfangen, natürlich braucht sie da Unterstützung, aber jetzt, wo die Versorgung von Kindern und Küche mal neu verteilt werden muss, rennt sie gegen die Wand. Sorry, aber im 21. Jahrhundert kann das auch anders laufen", hat sie gesagt.

Da blieb mir kurz die Spucke weg. Eigentlich finde ich nämlich auch, dass Mama sich gerade ganz schön viel rausnimmt, aber ich muss zugeben, dass ich in fünfzehneinhalb Jahren noch nie darüber nachgedacht habe, dass die Rollenverteilung in unserer Familie irgendwie frauenfeindlich ist. Und frage mich, ob ich damit eine frauenfeindliche Frau bin. Also kam ich ganz schön verwirrt nach Hause - das, wie es gerade schöner Trend ist, ziemlich ausgestorben war - und hätte zu gerne noch mit Nils gequatscht. Der war eindeutig daheim, hat aber trotzdem nicht aufgemacht.

Also muss ich jetzt hoffen, dass der Schlaf meine Gedanken sortiert, weil gerade kein anderer mir dabei helfen kann. In meiner Verzweiflung war ich sogar so weit, Max, der vor einer halben Stunde heimgekommen ist, nach seiner Meinung zu fragen. Aber als der zu der Einladung von Dominik, die ich ihm sozusagen als Einstieg überbracht habe, nur meinte, dass er zu alt für Kindergeburtstage sei, kam ich wieder zur Vernunft.

Freitag, 30. März

Hallo, Lizzy!«

Das Kind krähte mir fröhlich entgegen, und ich brauchte ein paar Sekunden, um in dem süßen Mädchen das pummelige Etwas von Theos Schwester wiederzuerkennen. Zwar grüßte ich Theo jeden Tag freundlich auf dem Schulhof, aber er war halt doch zwei Klassen unter mir, und damit hatte sich nach unserem Triumph mit dem Klub der Verlierer keine größere Freundschaft entwickelt, bei der regelmäßige Besuche an der Tagesordnung waren. Streng genommen, war ich zum letzten Mal vor zwei Jahren zum Grillen bei ihm gewesen.

Umso mehr fühlte ich mich geschmeichelt, dass seine Schwester mich noch kannte.

»Hallo, Svana!«, versuchte ich, ihr ein ähnliches Hochgefühl zu bescheren.

»Svea!«, fauchte sie, womit der Versuch gescheitert war.

Theo kam um die Ecke, einen misstrauisch unter seinen Fransen hervorlugenden Freund im Schlepptau.

»Hi!«, sagte er und schaute mich fragend an. »Ist schon wieder Schulfest? Sind wir immer noch die Versager und müssen eine eigene Gruppe bilden?«

»Du bist auf jeden Fall ein Versager«, nuschelte sein Kumpel, der nebenbei einen freundschaftlichen Boxhieb auf die Schulter bekam.

Ich lachte. »Nein, ich muss nur auf die damals erworbenen Kenntnisse zurückgreifen. Beziehungsweise auf jemanden, der statt mir diese Kenntnisse besitzt.«

»Ach so, du willst zu Mama.« Man merkte ihm die Erleichterung, dass ich seine Nachmittagspläne nicht vereitelte, deutlich an. Er rief seine Mutter, erklärte ihr kurz, dass ihr Typ gefragt sei, und wetzte dann, so schnell er konnte, mit Fransenkopf von dannen.

Seine Mutter schaute ihm kopfschüttelnd hinterher. »Irgendwie war er charmanter, als ihn keiner leiden konnte und sein Vater jeden Abend heimkam wie eine Gewitterfront«, bemerkte sie.

»Fairer Deal, finde ich«, sagte ich.

Sie strich mir über den Kopf und bat mich in die Küche. Die war immer schon beeindruckend gewesen, aber irgendwie hatte ich sie nicht so groß in Erinnerung. Ich teilte Theos Mama diesen Eindruck mit, und sie sagte mit unüberhörbarem Stolz in der Stimme, dass ihr seit einem Jahr immer erfolgreicher laufender Cateringservice gewisse Umbauten erforderlich gemacht hatte.

»Wow!«, entfuhr es mir. »Das ist ja genial!«

»The C-Experience«, sagte sie.

»Der Name ist nicht irgendwie von unserem Schulfestprojekt geklaut?«, hakte ich nach.

Sie zuckte verlegen mit den Schultern und gestand es schließlich. »Irgendwie habe ich vergessen, deswegen zu fragen. Ich hoffe, du bist nicht sauer. Du hast was gut bei mir dafür.«

»Perfekt!«, rief ich. »Ich brauche nämlich Ihre Hilfe.«

»Schon wieder Schulfest?«

Irgendwie schien ich jetzt mein Leben lang als personifiziertes Schulfest rumzulaufen.

»Nee, eher was Privates.«

»Super!«, rief sie. »Liebe geht durch den Magen. Da kann ich helfen!«

»Ich habe doch gar nichts von Liebe gesagt«, nuschelte ich rot werdend vor mich hin.

»Du hast ›was Privates‹ gesagt. In meinem Alter meint man damit ein Burn-out oder irgendwas Medizinisches, aber mit fünfzehn meint das Liebe.«

Da ich nun auch nicht ewig Zeit hatte, ließ ich die Diskussion über die sehr vereinfachte Sichtweise auf das komplizierte Seelenleben von Teenagern weg und kam stattdessen zur Sache.

Die drei Servierplatten, die Theos Mama mir neben den darauf angerichteten Beweisen ihrer Kunst überlassen hatte, sahen zwar bombig aus, waren aber ganz schön sperrig und schwer. Schweißgebadet und vor mich hin fluchend, stieg ich endlich die Treppen zu unserer Haustür hoch. Als diese sich von selbst öffnete, stieß ich ein überraschtes »Ah!« aus.

»Elli!«, rief Mama. »Was ist das denn?«

»Ich musste was für einen Geburtstag morgen besorgen«, sagte ich, während ich mich an ihr vorbeidrängte und meine Last auf der Anrichte abstellte.

»Warum hast du nichts gesagt? Ich hätte dich doch abholen können.«

»Tut mir leid, aber ich kriege das gerade nicht mehr auf die

Kette, wann du zwischen Nebenjob, BWL-Seminaren und Ehekrieg noch etwas Zeit für deine Kinder hast.«

Max saß am Küchentisch und blickte kurz von seinem Smartphone auf seine durchgeschwitzte Schwester und ihr Mitbringsel.

»Oh, für den Kindergeburtstag?«, fragte er, schon wieder mit seinem Telefon beschäftigt.

Eigentlich war natürlich Zeit für einen Gegenschlag, aber durch seinen blöden Kommentar war mir noch was eingefallen.

»Scheiße, ich muss Nils noch einladen!«, entfuhr es mir.

»Nils? Der ist auch eingeladen?«, fragte Max nach.

»Ja«, herrschte ich ihn an. »Vermutlich brauchen wir noch einen Babysitter oder einen Clown oder jemanden, der am Ende Tüten mit Süßkram und schrottigem Spielzeug verteilt.«

»Ich kann es ihm ausrichten. Ich muss nachher eh noch zu ihm«, sagte Max.

»Ich freue mich ja, dass ihr unseren neuen Nachbarn so mögt, aber ihr könnt den armen Kerl nicht die ganze Zeit belagern.«

Ach ja, Mama war ja auch noch im Raum. Max' Blick verriet mir, dass wir in Sachen familiäre Mitspracherechte meiner Mutter ausnahmsweise die gleiche Meinung hatten.

»Er hat sich ein neues Auto gekauft. Das wollte er mir zeigen, da richte ich ihm das aus.«

»Ich würde ja Danke sagen, wenn ich nicht das Gefühl hätte, dass deine Einladung klingt wie die Einladung zu einer Wurzelbehandlung beim Zahnarzt.«

»Kindergeburtstag«, korrigierte mich Max. »Ich sag ihm, er ist zu einem Kindergeburtstag eingeladen. Und Nils mag Kinder ja, sonst würdest du ja nicht so oft bei ihm rumhängen.«

»Warum hasst ihr euch nur so?«, fragte Mama verzweifelt.

Da sie immer noch nicht kapiert hatte, dass sie prinzipiell keine Teilnehmerin des Gesprächs war, wandte ich mich ihr zu.

»Man mag halt nicht jeden. Und Geschwister kann man sich nicht aussuchen. Ehemänner übrigens schon. Wenn hier also jemand moralisch verpflichtet ist, seine aggressiven Einstellungen mal zu durchdenken, ist das wohl eher dein Part.«

Mit dieser töchterlichen Weisheit ging ich aus der Küche. Aus den Augenwinkeln sah ich, dass Max nickte. Wir waren also tatsächlich zwei Mal in Folge einer Meinung.

Samstag, 31. März

Hi,

zu den bescheuertsten Dingen auf der Welt gehört es ja wohl, an einem Wochenende um sieben Uhr wach zu sein. Aber es ist so. Nicht, weil ich so früh im Bett war (23:07 Uhr) oder dann so friedlich durchgeschlafen hätte. Ich habe unter anderem die interessanten Zeiten 0:05 Uhr, 1:17 Uhr, 3:45 Uhr und 5:05 Uhr auf meinem Digitalwecker kennengelernt. Okay, klar, ich bin nervös. Aber Dominiks Geburtstagsfeier fängt um neunzehn Uhr an! Es gibt keinen Grund, zwölf Stunden vorher wach zu sein.

Ah! Da! Ich bemerke eine gewisse Schläfrigkeit beim Tippen. Vielleicht erreiche ich doch noch auf einem regulären Wege die übliche Samstags-Aufwachzeit elf Uhr.

Hi,

hat ja super geklappt. 7:23 Uhr. Und das auch nur, weil der Rechner fünf Minuten zum Hochfahren braucht. Sonst habe ich Müdigkeit immer als zuverlässigen, immer drängender werdenden Gefährten kennengelernt. Jetzt benimmt sich mein Schlafbedürfnis wie ein

ADHS-Kind. (Müde! Doch nicht! Doch! Vielleicht! Vergiss es!) Ätzend. Ich greife zu einem Mittel, das verzweifelter nicht sein könnte: Ich mache jetzt meine Mathehausaufgaben. Numerische Berechnung von Wurzeln! Klingt nach Zahnarzt, nur weniger lustig. Dürfte mich gut zwei Stunden beschäftigen.
7:58 Uhr.
Wäre ja erfreulich, wenn das bedeutet, dass meine Mathelücken doch nicht so groß sind wie angenommen. Sind sie aber. Als ich nach einer halben Stunde noch mit der ersten (und einfachsten) von drei Aufgaben beschäftigt war, weil ich einfach nicht verstand, um was es ging, habe ich schlechte Laune bekommen. Und schlechte Laune kann ich nicht gebrauchen, wenn ich heute Dominik wiedersehe. Ringe unter den Augen kann ich auch nicht gebrauchen. Ich hoffe, der Drogeriefachmarkt Kristine Gärtner hat in seiner breiten Kosmetikauswahl auch etwas Bauschaum, um die zu kaschieren. Frag ich doch gleich mal! Wozu gibt es Telefone?

Okay,
war 'ne blöde Idee. Kristine hat gefragt, ob ich den Arsch offen habe, sie morgens um acht nach Schminktipps für Augenringe zu fragen. Natürlich sollte ich bei solch rüder Sprache beleidigt sein, aber irgendwie hat sie ja recht. Ich räum jetzt mein Zimmer auf.

Um vierzehn Uhr erstrahlte mein Zimmer in nie gesehenem Glanz. Poster, deren Schieflage mich seit Monaten nicht gestört hatte, freuten sich über die Neuausrichtung dank der passenden Zahl an Reißzwecken und Tesastreifen. Ich hatte lernen müssen, dass der leicht muffige Geruch doch nicht an der schlechten Isolierung unseres Hauses lag, sondern an der Tatsache, dass ich dreckiges Geschirr anscheinend eher selten gleich nach dem Essen zurück in die Küche brachte. Natürlich würde ich meiner Mutter nicht verraten, dass ihre These doch keine gemeine Unterstellung war, wie im letzten Krach zu diesem Thema von mir behauptet. Die drei Wäschehaufen (vor dem Bett/neben dem Bett/unter dem Schreibtisch) waren verschwunden und hatten manch verloren geglaubtes Lieblingsshirt wiedergegeben. Vom ungewohnten Staubsaugergeräusch aus meinem Zimmer aufgeschreckt, hatte mein Vater reingeschaut und wollte wissen, ob alles okay sei. Anscheinend war die töchterliche Putzwut so verstörend, dass er sogar fragte, ob ich was spielen wolle. Das hatten wir zum letzten Mal vor fünf Jahren gemacht, und da mein Vater als Gewinner genauso unerträglich war wie als Verlierer, sah ich keinen Grund, dieses Hobby wieder aufzunehmen. Ich verscheuchte ihn mit den nicht gerade charmanten, aber wirkungsvollen Worten: »Kümmer du dich um deine Ehe!«

Mein Zimmer sah nun aus, als wäre ein neues Familienmitglied aus einem katholischen Mädcheninternat eingezogen. Ich griff zum Telefon und rief Kristine an.

»Ja, ich hab was gegen Augenringe«, begrüßte sie mich. »Komm einfach um sechs vorbei, dann machen wir dich schick und um halb sieben fährt uns meine Mutter.«

»Das sind noch vier Stunden!« Ich hasste meinen weinerlichen Tonfall, konnte ihn aber nicht unterdrücken.

»Ja, und?«, fragte Kristine.

»Ich habe gerade mein Zimmer aufgeräumt! Und fast die Mathehausaufgaben gemacht!«

Schweigen am anderen Ende des Hörers.

»Okay, komm vorbei«, sagte sie mit einer Stimme, als habe sie soeben entschieden, sich allein gegen eine Armee von Untoten zu stellen. Glücklicherweise erkannte sogar eine Kristine Gärtner, wann eine Situation wirklich ernst war.

Nach zwei Folgen von Krissis neuer Lieblingsserie bedauerte ich, dass ich mich nicht einfach noch mal an Mathe versucht hatte. Aber dann wurde es doch noch hysterisch-fröhlich, als wir uns endlich durch Kristines beeindruckendes Make-up-Arsenal arbeiteten, nachdem wir gegenseitig ausgiebig unsere Garderobe bewundert hatten.

Kurz vor halb klopfte es an die Badezimmertür. Kristines Mutter schaute herein.

»Ich dachte, ich soll euch fahren«, sagte sie.

»Ja?«, fragte Krissi zurück.

»Draußen steht ein nagelneuer Golf mit zwei Männern, die euch mitnehmen wollen.«

Stirnrunzelnd huschten wir in Kristines Zimmer, um von dort aus auf die Straße zu schauen. Tatsächlich, dort stand ein Golf. Auf dem Beifahrersitz winkte uns Nils fröhlich zu, während hinter dem Lenkrad Max mit einem Augenrollen zu verstehen gab, dass das alles nicht seine Idee gewesen war.

»Dein Bruder kommt ja doch!«, rief Kristine mit einer Begeisterung, die bedenklich war.

Wir packten die Futterplatten aus dem Kühlschrank in der Küche, verabschiedeten uns von Frau Gärtner mit dem üblichen

Versprechen, es nicht zu spät werden zu lassen, und gingen zum unerwarteten Escort-Service.

»Du weißt schon, dass Max zweimal durch die Führerscheinprüfung gefallen ist«, begrüßte ich Nils, als ich mich plattenbeladen auf den Rücksitz fallen ließ.

»Das heißt gar nichts. Ich bin dreimal durchgefallen«, übertönte Nils fast das gezischte »Blöde Kuh« meines Bruders. Er wiederholte es, als ich kurz andeutete, warum sein eigenes Auto nicht mehr unter uns weilte.

»Dass Nils Bock auf die Party hat, wundert mich nicht, aber woher dein plötzliches Interesse an der Jugendarbeit?«, kam ich auf ein neues Thema.

»Das ist soooo geil, dass du mitkommst!«, zerstörte Krissi meinen Plan eines erfrischenden Geschwisterstreits während einer für Max sicherlich nervenaufreibenden Fahrt in einem neuen, teuren Wagen.

Meine Befürchtung, völlig uncool als Erste bei Dominik aufzutauchen, erwies sich als unbegründet. Der zwanghaft überpünktliche Carsten saß natürlich schon im Partykeller und schaute uns an, als wären wir nicht zehn Minuten zu früh, sondern zehn Stunden zu spät.

Ich verzog mein Gesicht zu einem halbherzigen Grinsen in seine Richtung und raunte Dominik zu: »Ich hätte dir sagen sollen, dass du ihn lieber eine Stunde später einlädst. Hat er sich benommen?«

Dominik lachte, was ein ebenso schönes wie reichlich übertriebenes Kribbeln in meinem Bauch auslöste.

»Eigentlich war's ganz gut, dass er da war. Irgendwie hat die

Technik hier gerade den Geist aufgegeben, aber er hat's wieder hingekriegt. Nur mit den Fleischpflanzerln wird's jetzt vielleicht knapp.«

Er warf einen sorgenvollen Blick auf die nur noch halb gefüllte Frikadellenschüssel neben dem Kartoffelsalat auf der Anrichte.

»Perfekt!«, rief ich. »Da ist unser …«

»Wo kann das hin?«, muffelte hinter mir Max, den ich ebenso wie Krissi und Nils als Plattenträger zwangsverpflichtet hatte. Ich hatte beim Einzug nicht wie eine außergewöhnlich schicke Kellnerin wirken wollen.

»Wow!«, rief Dominik, als er die Frischhaltefolie anhob und darunter die Wraps von Theos Mutter erblickte. »Das kommt ja wie gerufen!«

»Und sogar dreifach.« Nils zeigte mit dem Kopf auf seine und Krissis Lieferung.

»Gerne da neben den Kartoffelsalat«, sagte Dominik und wandte sich wieder mir zu. »Vielen Dank, das ist super. Jetzt kann echt nichts mehr passieren.«

»Na ja, mein Bruder ist da …« Ich schaute skeptisch zu Max, der betont arrogant die Playlist auf dem an die Soundanlage angeschlossenen Laptop durchscrollte.

»Ich find's super, dass Max mitgekommen ist!« Krissi strahlte über das ganze Gesicht.

»Krissi, wenn du noch einmal das Wort ›super‹ oder ›toll‹ oder ›geil‹ im Zusammenhang mit meinem Bruder verwendest, lass ich dich einweisen.« Sie hörte meine Drohung gar nicht mehr, weil sie plötzlich auch ihr Interesse am Musikprogramm entdeckt hatte und ihren Kopf zwischen Nils und Max am Laptop steckte.

»Dominik? Brauchst du noch Hilfe?« Seine Mutter Erika stand in der Tür des Partykellers. Dominik schüttelte lächelnd den Kopf und sie ging wieder.

»Ist das eigentlich normal, dass Eltern immer erst dann Hilfe anbieten, wenn alles erledigt ist?«, fragte er mich.

»Sorry, ich bin gerade der falsche Ansprechpartner, wenn du jemanden brauchst, der was Nettes zum Thema Eltern im Angebot hat.«

»Dann haben wir ja ein gemeinsames Thema.« Er lächelte, und mein Bauch tat wieder Dinge, bei denen ich mich fragte, wie das biochemisch genau ablief.

»Wer kommt denn noch so?«, fragte ich.

Wie eine Antwort grölte ein »Happy Birthday« in der unmusikalischsten Fassung, die ich je gehört hatte, die Kellertreppe entlang.

Sonntag, 1. April

Liebes Tagebuch,
ich habe gerade noch einmal meine gestrigen Einträge überflogen. Gott, ist das peinlich. Das klang ja, als würde ich Dich per WhatsApp befüllen. Dafür wird das heute epischer, das kann ich Dir versprechen. Es gibt so viel zu erzählen, ich habe überhaupt keine Ahnung, mit was anfangen.
Sehr wichtig: Konzentriert bleiben, präzise schreiben, sonst bin ich im Morgengrauen noch nicht fertig.

Okay, erklären wir erst mal die Grundkonstellation: Dominik – Geburtstagsfeier – ich verknallt (habe ich das irgendwo schon mal zugegeben? Ah ja, Tante Andrea hat mich gezwungen und Theos Mutter hat es mir einfach mal unterstellt und ich habe mich nicht gewehrt). Weitere handelnde Personen: Krissi – Max – Nils und ein paar Statisten. Ort des Geschehens: Anwesen Gründler, auch bekannt als „bei Siggi und Erika". Eine Location, die ich als Kind immer gehasst habe, weil da immer alles so picobello war, dass man sich kaum getraut hat, beim Essen die Gabel schmutzig zu machen. Und wenn es mal ein bisschen lauter wurde – was bei Kindern im Anhang ein recht übliches

Phänomen sein soll -, haben sie immer wahnsinnig gestresst geguckt, als wäre es schlimm, die ewig gleiche Phil-Collins-Platte im Hintergrund mal nicht zu hören.

So weit die Basics, die irgendwie klingen, als wollte ich ein Theaterstück schreiben. Und auch nicht ganz so wesentlich und präzise sind wie angekündigt, aber ich muss mich da auch erst mal reinwummeln.

Kurz vor sieben sind wir da aufgetaucht, meine Cateringplatten haben dem göttlichen Gastgeber das Lächeln auf die Lippen gezaubert, ohne das ich nicht mehr leben kann. MANN! Ich klinge wie Kristine, und der habe ich immer erzählt, dass man auch ganz normal verliebt sein und sich dieses peinliche Gekitsche sparen kann.

Weiter im Text. Vielleicht sollte ich über Fußnoten nachdenken.

Okay, also irgendwann kamen dann die restlichen Gäste - sechs Jungs aus Dominiks altem Internat, die der strengen bayerischen Internatsleitung mit viel Geduld den Ausflug zum verlorenen Sohn aus den Rippen geleiert haben. Während Dominik sich tierisch freute, fiel mir auf, dass kein einziger Gleichaltriger aus unserer Schule da war. Da das immer etwas ungute Erinnerungen an meine ersten Jahre auf dem Stifter-Gymnasium weckt, sah ich anscheinend so bedröppelt aus, dass mich Dominik, als er sich wieder mir zuwandte, fragte, ob alles in Ordnung sei. Ich erzählte ihm meine Beobachtung, und er sagte: „Ja, so richtig Fuß gefasst habe ich am Stifter noch nicht. Ich meine, die sind alle schon in Ordnung und nicht fies. Aber irgendwie reicht's nicht, um sich am Nachmittag noch mal zu treffen."

Ich nickte und schwieg, und er fragte, ob ich ihn jetzt traurig fände.

Ich sagte: „Na ja, ein bisschen schon", und die nächste Frage war, ob ich traurige Jungs gut finde, und bevor ich wusste, was ich tat, waren mir die Worte „Nur einen traurigen Jungen" entschlüpft. Zum Glück waren im Partykeller eh farbige Glühbirnen im Einsatz, sonst hätte mein Gesicht alleine schon für rote Puffbeleuchtung gesorgt. Dass dann einer seiner Kumpels rief: „Domi, wir sind nicht dreihundert Kilometer gefahren, um dir beim Baggern zuzuschauen", machte meine Gesichtsfarbe nicht besser.

Seine Kumpels waren aber sonst ziemlich lustig und sahen alle nicht so glatt gebürstet aus, wie ich mir das bei Internatsschülern vorgestellt hätte. Tatsächlich hatten sie was ziemlich Raues, und eigentlich hätte ich mir Sorgen machen müssen, dass ich mir bald von Krissi die Leiden einer Fernbeziehung anhören musste, doch die machte noch viel beunruhigendere Dinge. 1. Sie sagte den ganzen Abend kaum was, und 2. sie war immer maximal einen Meter von Max entfernt (der sie kaum eines Blickes würdigte und fast ausschließlich mit Nils quatschte) und hatte dabei ein entrücktes Lächeln auf dem Gesicht. Selbst Popelino fiel die untypische Schweigsamkeit der Kristine Gärtner auf, und als er sie fragte, ob nicht wenigstens sie mal mit ihm reden könne, sagte sie, sie sei beschäftigt. Und damit meinte sie bestimmt nicht den Becher Fruchtbowle, der in ihrer Hand warm wurde.

Okay, ich brauche ein bisschen frische Luft. Das verbinde ich doch gleich mal mit einem Spaziergang zu Krissi, um zu gucken, ob dieses Grusellächeln immer noch in ihrem Gesicht hängt.

Frau Gärtners freundliche Vorgesetzte hatten ihr mal wieder die Sonntagsschicht angedreht. Während sie mir aufmachte und mich hereinwinkte, erklärte sie einem schreienden Kunden,

den ich sogar trotz ihres Headsets hören konnte, warum seine Kfz-Versicherung teurer geworden war.

Auch Kristine war schwer beschäftigt. Auf dem Boden lagen wie ein zweiter Teppich die Poster ihrer Lieblingsband und der Fernsehserien, die sie so liebte. Auf ihrem Bett standen zwei Kartons, die sie ordentlich mit »Flohmarkt« und »Müll« beschriftet hatte. Das noch in Folie eingepackte Gläserset, das ich ihr zum vorletzten Geburtstag geschenkt hatte, wanderte nach einem prüfenden Blick immerhin in die Abteilung Flohmarkt.

»Hi«, sagte ich. »Frühjahrsputz?«

»Ach, das ist mir alles zu überladen. Ich brauche Veränderung. Ich will mein Zimmer so ein bisschen schlichter haben. Aber mit Klasse! So skandinavischer Stil, dachte ich.«

Ich schob den »Müll«-Karton ein Stück zur Seite und setzte mich aufs Bett. Wie sollte ich meinen Verdacht nur äußern?

Ich bekam etwas Bedenkzeit, da Kristine mit den Worten »Ich hol uns mal was zu trinken« aus dem Zimmer verschwand. Als sie statt mit der üblichen Zweiliterflasche Cola mit einer Karaffe Wasser zurückkehrte, in der eine Zitronenspalte schwamm, entschied ich, dass der direkte Weg wohl am sinnigsten war.

»Krissi«, sagte ich, »ich habe nichts dagegen, wenn du umdekorierst. Aber dass du es tust, nachdem mein Bruder die Worte ›skandinavisch‹, ›Klasse‹ und ›schlicht‹ gestern exakt so über seine Wohnungseinrichtung geäußert hat, habe ich doch ein bisschen Angst.«

Ich hoffte auf entgeistertes Augenbrauenhochziehen, Empörung oder hysterisches Gekicher angesichts der absurden Idee. Doch ich hoffte umsonst.

Hallo, Tagebuch,
bin wieder da von Kristine und schreibe jetzt weiter über Dominiks Party. Die Krissi-Eindrücke sind noch zu frisch und vor allem zu unheimlich, um sie Dir jetzt schon anzuvertrauen.

Also, die Party war einfach richtig, richtig gut. Coole Musik (musste sogar mein Bruder zugeben, der Dominik peinlicherweise sagte, dass er in seiner Playlist eigentlich eher Rolf Zuckowski und seine Freunde vermutet hatte), leckeres Essen (ja, das war mir zu verdanken) und vor allem ganz viele gute Gespräche. Dominiks Freunde erzählten vom Für und Wider des Internatslebens, Nils davon, wie es war, als er merkte, dass er schwul ist, und Max davon, wie cool er doch alles gemanagt hat nach dem Abi, damit der Lebenslauf später stimmt. Hat bei mir zwar den üblichen Brechreiz ausgelöst, doch für Dominik und seine Freunde, denen das Abi ja nun noch etwas näher ist als mir, schien das wirklich interessant zu sein. Selbst als Popelino plötzlich – in meinen Augen ja etwas deplatziert – die Gründe aufzählte, warum die Dinosaurier ausgestorben sein könnten, lachte keiner, sondern man hörte zu und fragte nach.

Noch vor gar nicht allzu langer Zeit hätte ich gedacht, eine Geburtstagsfeier braucht ein ordentlich durchgetaktetes Entertainmentprogramm mit Spielen, Fressen, Spielen und zum Abschluss vielleicht noch einen Film. Hier wurde eigentlich nur geredet und es war trotzdem interessant. Es fühlte sich ... erwachsen an. Also, erwachsen im coolen Sinne. Im Andrea-und-Nils-Sinne, nicht im Mama-und-Papa-und-Nachbarschaftstreffen-Sinne.

Das Einzige, was mir zum völligen Glück fehlte, war ein bisschen Zeit mit Dominik allein. Aber, und jetzt kommen wir zum Höhepunkt dieses epischen Tagebucheintrages, und mir vibriert das Bauchfell, als hätte ich mir einen dieser nutzlosen Fitnessgürtel umgeschnallt, die einem Stromschläge verpassen: Diese Zeit werden wir haben! Denn als wir dann um elf langsam aufbrachen – Max hatte vorher in einem durch Nils aufgedrängten Anfall von Ritterlichkeit die Internatsleute in ihr Hotel gefahren –, fragte Dominik mich, ob ich Ostern schon was vorhätte. Das ist schon nächste Woche! Siggi und Erika sind auf einem geheimnisvollen Treffen, und Dominik ist ganz alleine, und da fragte er mich, ob ich nicht Karfreitag zum Essen kommen wolle, weil ja wegen Tanzverbot und so eh nicht viel los sei. Ich packte all meinen Mut zusammen und sagte, dass das nicht viel mit dem Tanzverbot zu tun hat, wenn ich komme, und da hat er gelacht und mich zum Abschied umarmt. In dem Moment habe ich es bereut, dass mir Andrea beim Shopping diesen – ansonsten wirklich geilen – eng anliegenden schwarzen Pulli gekauft hat. Hätte ich ein T-Shirt getragen, hätte ich nämlich meinen nackten Arm an seinem nackten Arm gespürt, und wenn ich mir das vorstelle, kommen mir Gedanken, die Krissi nicht schwülstiger formulieren könnte. Die erspare ich Dir jetzt, liebes Tagebuch, und schließe mit der Feststellung, dass nicht mal die kommende Schulwoche mit zwei Klassenarbeiten in meinen Fachgebieten Chemie und Mathe mir noch die Laune verderben kann.

Montag, 2. April

Kristine stand vor der Hecke und sah aus wie eine Märtyrerin, die auf ihre Steinigung wartete. Klar, so ein Start in die Schulwoche war schlimm, aber trotzdem fand ich die Pose dafür doch etwas übertrieben.

»Fällt dir etwas auf?«, fragte sie, nachdem ich sie betrachtet hatte wie eine besonders seltsame Statue in einem Kunstmuseum.

»Du hast schon seit dreißig Sekunden nichts gesagt?«, tippte ich.

Sie rollte die Augen und fiel wieder in die alltägliche, etwas schlabbrige Kristine-Gärtner-Haltung zurück, die genau zwischen Neandertaler und Homo sapiens lag. »Ich rauche nicht mehr!«, verkündete sie die korrekte Antwort.

»April, April?«, legte ich eine neue These nach. »Dann wärst du aber einen Tag zu spät dran.«

Der Bus kam, wir stiegen ein und fanden sogar einen Sitzplatz, da alle achten Klassen des Stifters auf Sportfreizeit waren. Nachdem Krissi und ich abgecheckt hatten, dass keine von uns die heute geforderten Hausaufgaben anbieten konnte, nahmen wir unser Gespräch wieder auf.

»Okay, du bist zurückgekehrt in die Liga der Nichtraucher. Schlagen die Kippen doch zu sehr aufs Taschengeld?«

»Die habe ich mir doch eh immer bei meiner Mutter geklaut«, sagte Kristine mit dem Tonfall einer Milliardärin, die gerade erklärt, dass Geld nun wirklich keine Rolle spiele. »Nein, es hat was mit Selbstverantwortung zu tun. Sucht ist eine Schwäche und Schwäche kann man sich in der heutigen Welt nicht leisten.«

Ich zog die Augenbrauen hoch angesichts des nun zum Regelfall werdenden Phänomens. »Kristine, zwei Tonlagen tiefer, und man hätte das Max-Zitat noch deutlicher erkannt.«

Tatsächlich hatte mein Bruder am Samstag das Gleiche zu Nils gesagt, als der sich für eine Zigarette in den Garten verzogen hatte.

Krissi schürzte die Lippen. »Kluge Dinge darf man zitieren. Deine Referate sind auch immer Zitate.«

»Meine Referate sind Diebesgut aus dem Internet, das ist was anderes. Nein, aber jetzt mal ernsthaft, Krissi, auch wenn ich es niemals akzeptieren werde, dass du dich in meinen Bruder verknallt hast, hat das jetzt nichts damit zu tun. Du kannst nicht für jeden Typen, auf den du abfährst, deine komplette Persönlichkeit austauschen.«

»Ach, jetzt soll ich doch wieder rauchen, oder was?«

Wir waren angekommen und stiegen aus. So konnte ich in Ruhe meine Gedanken ordnen und den Zorn verrauchen lassen, dass Kristine wieder mal souverän am eigentlichen Thema vorbeischoss.

»Nein, du sollst nicht wieder rauchen«, erklärte ich, während wir durchs Schultor trabten. »Aber du sollst dein Zimmer umdekorieren, weil *du* Tapetenwechsel brauchst, und du sollst das Rauchen lassen, weil *du* es kacke findest. Nicht weil du gerade irgendwem hinterherrennst.«

»Ich renne niemandem hinterher.« Krissi war nun im kompletten Realitätsverlust angekommen.

»Sagt die Frau, die vor Kurzem noch eine Tankstellendynastie gründen wollte.« Kampf dem Selbstbetrug, dachte ich tapfer.

Kristine schnaubte und war sichtlich erleichtert, vor dem Schulgebäude Antonia und Janine die Begrüßungsküsschen verpassen zu können. Nachdem das endlich durch war, setzte ich meinen Kreuzzug fort.

»Aber Esso und Aral haben nun keinen Reiz mehr für Kristine Gärtner. Stattdessen wird sie sich jetzt die FAZ statt der Glamour für die Schule mit einpacken, obwohl sie CDU bislang für ein Gütesiegel auf Bio-Lebensmitteln gehalten hat. Eine Wissenslücke, mit der sie nicht mehr leben kann, seit der Traumprinz Politikwissenschaft studiert.«

Wir gingen in den Klassenraum und ließen uns auf die Plätze fallen. Kristine riss ihren Collegeblock aus der Tasche, als könne sie mir damit die Luft oder wenigstens die Lautstärke abdrehen. Mein Blick blieb an ihrem Rucksack hängen, aus dem auffällig rotes Papier mit weißem Aufdruck ragte.

»Oh, du liest jetzt den Spiegel?«, sagte ich mit oscarwürdiger Überraschung in der Stimme.

»Du musst dir echt aus jedem Zufall irgendeinen Scheiß zusammenreimen«, antwortete sie genervt.

»Er heißt nicht Zufall«, stellte ich fest. »Er heißt Max.«

Guten Abend, Tagebuch,
nur noch vier Mal schlafen und ich bin bei Dominik zum Essen.

Ja, so schamlos egoistisch sind meine Gedanken, obwohl auch um mich herum so allerhand Interessantes passiert. Kristine bleibt bei ihrer widernatürlichen Begeisterung für meinen Bruder und das wird uns sicherlich noch viele grauenvolle Stunden beschäftigen. Und als ich heute aus der Schule kam, stand überraschenderweise nicht nur ungewohnt früh Papas Auto in der Einfahrt, sondern auch Tante Andreas Smart. Sie hatte Papa aus der Praxis herbeordert, um mit ihm zu sprechen. Dazu muss man wissen, dass Tante Andrea meinen Vater ungefähr so gerne mag wie Mama ihren Chef (man ist freundlich zueinander, weil man sich dummerweise doch immer wieder begegnet), doch meine Mutter würde ihre Freizeit nur in allerhöchsten Notfällen auch nur minutenweise für Cheffe hergeben. Also ist Andrea anscheinend viel besorgter, als sie das vor mir zugibt. Ich habe gelauscht und das Gespräch zwischen Andrea und Papa klang so konstruktiv wie meine Beiträge zum Matheunterricht. Ich hatte extravorsichtig die Haustür zugezogen, was angesichts der bereits von Papa erreichten Lautstärke völlig überflüssig war. Er wurde auch nicht ruhiger, als Andrea in einem mir von ihr bislang unbekannten Grundschullehrerinnenton sagte, dass er nicht schreien müsse.

„Wie? Ich bin zwar ein Machoarschloch, aber nicht mal schreien darf ich? Sind das die Machos von heute? Chauvinistisch, aber leise?"

Tante Andrea hatte also das Thema traditionelle Rollenbilder auch bei Papa aufs Tapet gebracht.

„Herrgott, jetzt sei doch ein Mal sachlich!"

Ich muss zugeben, sosehr ich Tante Andrea liebe, bei der rauszuhörenden Abfälligkeit wäre ich auch an die Decke gegangen. Das merkte sie anscheinend auch, denn danach klang sie wieder normal. Na ja, sie klang wie Tante Andrea, die normal klingen will.

„Unser Gespräch hat irgendwo die falsche Abzweigung genommen. Ich will einfach nur sagen, dass du nicht wirklich verstehst, wie wichtig es Tina ist, auf lange Sicht aus der Kanzlei rauszukommen, und dass sie jetzt ein bisschen Unterstützung verdient hat. Das ist nicht nur wichtig für sie, das ist wichtig für euch." Sie betonte das „euch" so übertrieben, dass sie damit beim Vorentscheid für den Vorlesewettbewerb rausgeflogen wäre.

„Ah, jetzt kommt die bedrohliche Nummer, nachdem die vorwurfsvolle nicht gezogen hat", sagte Papa (womit er, glaube ich, nicht ganz so falsch lag). „Meine Frau MUSS Vollzeit-Mediatorin werden, sonst ist unsere gesamte Ehe in Gefahr."

Andrea räusperte sich oder sagte: „So ungefähr", wahrscheinlich beides.

„Warum interessiert dich denn plötzlich der Fortbestand unserer Ehe so? Die Dame, die meiner Frau in den Tagen vor der Hochzeit nicht etwa half, den passenden Friseur zu suchen oder die vergessenen Einladungskarten einzutüten, sondern ihr ständig aufgezählt hat, welche Männer eigentlich die bessere Partie wären?"

Das war so unbekannt und faszinierend, dass ich jede Würde verlor und mein Ohr an das Holz der Küchentür presste.

„Das habe ich gemacht, während wir die Einladungskarten eingetütet haben", murmelte Andrea. „Warum erzählt sie dir so etwas überhaupt?"

Sie klang beleidigt. Gut, wahrscheinlich ist man beleidigt, wenn man unverhofft mit seinen dunklen Seiten konfrontiert wird.

„Weil man das in einer Ehe so macht, Andrea", sagte Papa. „Solltest du eines Tages mal einen Typen länger als ein paar Monate halten können, wirst du so was vielleicht auch noch kennenlernen."

Der nächste Schusswechsel war eröffnet. Auch wenn ich es schäbig fand, Andrea nicht wenigstens Guten Tag zu sagen, verwandelte ich mich in eine vernünftige Version meiner selbst und ging in mein Zimmer, um für die anstehenden Klassenarbeiten zu büffeln.

Das habe ich tatsächlich bis gerade eben getan, was vier Stunden am Stück bedeutet. Muss eine seltene Art sinnvoller Übersprunghandlung sein und hat viel geholfen. Die vielen Fragezeichen in Mathe und Chemie sind ausgedünnt und mir macht das ganze Gekrisel meiner Eltern nicht mehr so viel Angst und ich kann wieder an schöne Dinge denken. An ein schönes Ding mit D, das ich am Freitag ein paar Stunden für mich habe.

Dienstag, 3. April

Ich hatte mich gerade von Kristine an der Kreuzung verabschiedet, da kam mir Mamas Auto entgegen. Sie hielt und ließ das Fenster runter.

»Hallo, Schätzchen«, begrüßte sie mich abgekämpft. »Geht's dir gut?«

»Nee, also komm, unsere Mutter-Tochter-Gespräche müssen wir jetzt nicht auch noch zwischendurch auf der Straße führen. Ich geb dir nachher ein Update, wenn wir zum Sport fahren.« Ich schaute auf die Uhr. »Da müssen wir aber auch in einer Stunde los. Schaffst du das überhaupt?«

Sie schüttelte den Kopf. »Yoga ist Geschichte bei mir. Bis wir eine andere Lösung gefunden haben, besteht mein Chef darauf, dass ich die Fehlzeiten wegen der Fortbildung und der Kundentermine anderweitig raushole.«

»Und wie soll ich dann zum Jazzdance kommen?«, fragte ich entgeistert.

»Bus? Fahrrad?«, fragte meine Mutter zurück. »Oder Max mit dem Roller. Den hat er wenigstens noch nicht zu Schrott gefahren.« Sie merkte wohl, dass ich von ihrer Antwort reichlich angepisst war, und strich mir beruhigend über die Wange.

»Langfristig finden wir da schon eine Lösung. Aber jetzt muss ich los.«

Das Fenster ging wieder hoch und ich stand da mit meiner Fortbewegungsproblematik.

Hallo, Tagebuch,

wenn man schon eine unverhoffte Busfahrt reingedrückt bekommt, kann man wenigstens Tagebuch schreiben. Meine Mutter hat soeben mal unsere sportliche Fahrgemeinschaft aufgelöst, und da ich zu viel Würde im Leib habe, um Max zu fragen (der eh gerade auf dem Sprung zu Nils war - der arme Mann!), und mit Sicherheit nicht Sport treiben werde, um zu Sport zu kommen, habe ich die Busvariante genommen.

Ja, ich gestehe, ich dachte eigentlich daran, es schicksalhafterweise mal wieder ausfallen zu lassen. Aber dann fiel mir ein, dass ich am Freitag ein Date habe und damit alle Gründe, wieder in Shape zu kommen. Okay, da wäre Fahrrad fahren auch ganz gut für gewesen, aber die Frau ist nun mal ein widersprüchliches Wesen.

Und Shape war zugegebenermaßen nicht der einzige Grund. Als ich nach der Schule zu Hause einlief, fand ich einen Zettel meiner Mutter vor, der meinen Vater daran erinnerte, dass das Planungskomitee für das Straßenfest um sechs auf der Matte steht. Ich kann mir gut vorstellen, in welch freudiger Stimmung Papa sein wird, wenn er um fünf nach Hause kommt und merkt, dass er da noch was vorzubereiten hat. Daher sitze ich nun hier und stelle fest, dass der öffentliche Nahverkehr in ländlichen Gebieten ein Verlustgeschäft ist. Außer mir sitzen genau drei Personen hier drin. Alle drei sind so alt, dass ich nicht darauf wetten würde, dass sie nächste Woche noch den Fahrgastbestand sichern.

So, nur noch zwei Haltestellen. Ich pack Dich mal ein, ich kann ja auf der Rückfahrt noch ein bisschen schreiben.

Da bin ich wieder. Aber ich sitze nicht im Bus, nein, ich muss jetzt irgendwie noch siebzig Minuten totschlagen, um nicht doch noch in Sachen Straßenfest einspringen zu müssen.

Jazzdance fällt aus. Am Turnhalleneingang klebt ein schon auf den 20. März datierter Aushang, der mitteilt, dass die Jazzdance-Gruppe etwas früher in die Osterferien geht. Hätte Alexa, die blöde Kuh, mir das nicht einfach mal in der Schule stecken können? Nur weil man zweimal unentschuldigt fehlt, heißt das doch nicht, dass man sich komplett verabschiedet hat.

Jetzt sitze ich hier im Sportlerimbiss „11 Freunde", und der Typ hinterm Tresen fragt sich zu Recht, wie lange man eigentlich an einer Fanta nuckeln kann. TUT MIR SEHR LEID! Ich hätte auch lieber eine Currywurst, aber ich hatte halt nur zwei Euro dabei. Wobei Currywurst nun auch nicht gerade die beste Figurvorbereitung für das anstehende Date ist. Mir fällt gerade auf, dass ich ja irgendwann mal Vegetarierin war. Keine Ahnung, wann dieses Vorhaben unter den Tisch gefallen ist.

Ah, ich hab's. Ich lauf einfach heim. Dauert lange, verbrennt Kalorien und ich muss wenigstens die letzten Schlucke Limo nicht in Zeitlupe nehmen. Das nennt man dann wohl Win-win-win-Situation.

Donnerstag, 5. April

Die letzten Stunden vor den Ferien waren wie üblich völlig für den Arsch. Lehrer, die versuchten, trotzdem noch Unterrichtsstoff abzuarbeiten, brachten selbst die üblichen Streber kaum in Gang, während der Rest der Klasse sich auch einfach »Arbeitsverweigerung« auf die Stirn hätte tätowieren können. Dieser Geduldsprobe setzten sich nur Vertreter der klassischerweise für Gefühle und Stimmungen eh unzugänglichen Gattung Naturwissenschaftler aus. Der Rest des Lehrpersonals versuchte sich an Lockerheit. Da Lockerheit fachübergreifend keine natürliche Eigenschaft von Lehrern war, führte das zu fast noch schlimmeren Resultaten.

Madame Eiffler zeigte uns eine Folge einer angeblich legendären französischen Sitcom. Weil man Witze, die man nicht versteht, nicht lustig findet, lachten alle etwas zeitverzögert, wenn die Tonspur das offensichtlich auch in Frankreich übliche Konservengelächter einspielte. Unser Geschichtslehrer Herr Rüb hielt Galgenmännchen für einen angemessenen Zeitvertreib und ließ sich in diesem Glauben auch nicht beirren, als den Leuten, die an der Tafel den nächsten Begriff vorgaben, nur noch Wörter wie »Pausenglocke«, »Langeweile« und »Selbstmord« einfielen.

Den Vogel schoss dann zum Abschluss des Tages Klassenlehrer Viktor Wenz ab, der sich zum Start in die Osterferien eine neue Frisur gegönnt hatte. Die in den Gesichtern aller Klassenkameraden abzulesende Einschätzung, dass mit Mitte dreißig einfach Schluss sein musste mit Experimenten wie Irokesenschnitt, fiel ihm nicht auf. Wahrscheinlich, weil er gerade seine ebenfalls neuen und ebenfalls unpassenden Sportschuhe in Knallrot bewunderte.

»Es ist ja eine lieb gewonnene Tradition, dass ich euch in der letzten Stunde vor den Ferien von den Schildbürgern vorlese«, läutete er seinen Programmpunkt ein. Am Blick unseres Klassensprechers Leon erkannte ich, dass auch er sich fragte, wer denn genau diese Tradition lieb gewonnen hatte. Schon in der fünften Klasse fanden wir uns eigentlich zu alt dafür und das war vier Jahre her.

»Aber«, Herr Wenz hob bedauernd die Schultern, was mit dem Irokesenschnitt nun echt gruselig aussah, »ich muss euch leider sagen – mein Buch ist leer.«

Er hatte es schon ausgepackt und aufgeschlagen, nun klappte er es geräuschvoll zu. Ich merkte trotzdem, dass selbst Antonia hörbar erleichtert ausatmete.

»Aber dann fiel mir ein, dass ich ja Deutschlehrer bin.« Er lächelte. Mit dem Iro sah einfach alles gruselig aus. »Und wie jeder Deutschlehrer bin natürlich auch ich ein verkannter Schriftsteller. Deshalb muss die Geschichte der Schildbürger niemals enden. Ihr erlebt heute die Premiere meines ersten eigenen Schildbürgerstreiches. Er heißt ›Frühlingsgefühle in Schilda‹.« Er zog einige Blätter Papier aus einem Sportrucksack, der anscheinend seine Ledertasche abgelöst hatte.

»Ich muss jetzt entweder aufwachen oder ich bin in der Hölle.« Ich warf Kristine einen flehenden Blick zu.

Sie schaute mich bedauernd an. »Du hast doch noch nie geträumt, Lizzy.«

Womit sie leider recht hatte. Mir standen fünfundvierzig sehr lange Minuten bevor.

Ich wetzte nach Hause, als wäre eine Armee lockerer Lehrer hinter mir her. Gerade noch rechtzeitig vor der Einfahrt erkannte ich, dass Papa und Mama zu Hause waren. Ich stoppte und drehte um. Auf keinen Fall konnte ich jetzt direkt aus Herrn Wenzens Schilda und dem anschließenden Sportunterricht in den familiären Eispalast stolpern, das war selbst für die strapazierfähigen Nerven einer Fünfzehnjährigen zu viel.

Nils' Auto war echt praktisch. So erkannte man gleich, ob es Chancen auf Asyl gab, und obwohl er recht lange brauchte, öffnete sich irgendwann die Tür. Er war im Bademantel und hatte verstrubbelte Haare.

»Bist du gerade erst aufgestanden?«, fragte ich.

Er schaute kurz hinter sich und wandte sich mir zu.

»Ich? Nein. Hast du wieder deinen Schlüssel vergessen? Warte, ich hol ihn.«

Er eilte die Treppe hoch.

Auch wenn er mich nicht offiziell hineingebeten hatte, trat ich ein und setzte mich in die Küche. Dann hatte er es nicht so weit bis zum Wasserkocher für den Instantkaffee, wenn ich ihm den wahren Grund meiner Anwesenheit verriet. Ich hörte ihn oben hektisch herumräumen, hatte kurz das Gefühl, eine andere Stimme zu hören, merkte dann aber, dass er nur Musik angemacht hatte. Auf seinem Küchentisch stapelte sich eine beeindruckende Menge Post und Zeitschriften. Da es anscheinend länger dauerte – chaotische Künstlerseelen hatten wohl nicht viel übrig für die Aufbewahrung nachbarschaftlicher Schlüssel –, griff ich mir eine »Schöner Wohnen«. Bevor ich sie aufschlug, blieb mein Blick auf dem Adressaufkleber hängen.

»Da ist er!«, rief Nils begeistert. An seinem Zeigefinger hing unser Schlüssel. Außerdem war Nils mittlerweile vernünftig angezogen.

»Toll!«, sagte ich. »Aber eigentlich wollte ich fragen, ob ich hier eine halbe Stunde verschnaufen darf, bevor ich ins elterliche Schlachtfeld hinausmuss.«

»Oh … ähm … klar!«, sagte er. »So schlimm?«

Ich nickte. »Aber das ist trotzdem nicht so schlimm, weil ich …«

Nun hatte ich sogar das Interesse des etwas zerstreut wirkenden Nils geweckt, der die Augenlider auffordernd hochschlug. Ich ließ die Spannung noch ein bisschen steigen.

»Sätze sind zum Beenden da«, sagte Nils.

»… weil ich morgen mit Dominik verabredet bin.«

Nils stieß einen Jauchzer aus, klatschte in die Hände, entschuldigte sich dafür, weil er fand, dass das zu tuckig wirkte, und schmiss endlich den Wasserkocher an. Während der klappernd seine Arbeit aufnahm, hielt ich die Zeitung hoch.

»Wer ist eigentlich Enrico Pestalozzi?«, fragte ich.

Nils drehte sich erschreckt um, erkannte die Zeitschrift und schüttelte dann resignierend den Kopf.

»Keine Ahnung. Ich hatte gehofft, du weißt das.«

»Nie gehört«, sagte ich.

»Schade. Dann ist da wohl ein Nachsendeauftrag bei der Post in die Hose gegangen.«

Ich zupfte am Adressaufkleber.

»Eigentlich müsste da drunter noch ein Aufkleber mit der alten Adresse sein. Dann kannst du damit vielleicht rausfinden, wo das eigentlich hinsoll.«

Nils nahm mir die Zeitschrift aus den Händen und legte sie auf den restlichen Poststapel.

»Enrico Pestalozzi interessiert uns jetzt nicht«, sagte er und stellte mir eine Tasse heißes Wasser und eine Cappuccinodose mit der verheißungsvollen Sorte »Vanille-Cranberry« hin. »Uns interessiert jetzt ein gewisser Dominik.«

Er löffelte mir Pulver in die Tasse und rührte um. Mich beschlich die dunkle Ahnung, dass Mohn-Marzipan nicht das Schlimmste war, was heißem Wasser zustoßen konnte.

»Also«, fing ich an. »Wir waren ja am Samstag auf Dominiks Party.«

Es klingelte.

Nils verdrehte entschuldigend die Augen und ging zur Tür.

Ich hörte eine Stimme, die ich nicht allzu gerne hörte. Schon gar nicht, wenn ich gerade Details aus meinem Liebesleben bekannt gab.

»Liegt bei dir zufällig noch mein Laptop rum?« Max schob sich in die Küche und schaute mich vorwurfsvoll an. »Was machst du denn schon wieder hier?«

»Im Vergleich zu dir hat mich Nils noch nie gesehen. Warum sollte dein Laptop hier sein?«

»Friede!«, rief Nils und schob Max sanft an den Schultern in den Flur. »Guck doch schon mal, ob du ihn findest. Deine

Schwester muss mir noch was erzählen, und dann kann ich dir helfen, falls du noch nicht fündig geworden bist.«

Max grunzte etwas Unverständliches und Nils setzte sich wieder an den Tisch.

»Warum sollte sein Laptop bei dir sein? Der liegt wahrscheinlich irgendwo in seiner Studentenbutze.«

»Weil … «, begann Nils und hielt dann inne. »Hey, du lenkst schon wieder ab! Es geht jetzt nicht um Laptops oder Nachsendeaufträge, es geht um Dominik!«

Da Nils' Ordnungssinn viel Ähnlichkeit mit meinem hatte, sein Haus aber viel größer war als mein Zimmer, konnte ich ihm tatsächlich alles Wissenswerte berichten, bevor Max endlich seinen Laptop gefunden hatte.

Freitag, 6. April

Kaum zu glauben, aber wahr, Tagebuch!
Ich konnte tatsächlich schlafen. Ruhig und friedlich, obwohl ich heute Abend mein erstes Einzeldate habe. Ich fühle mich wie eine Finalistin beim Bachelor, nur halt ohne eine Horde Sekt trinkender Zicken, die mich dafür umbringen möchte. Außerdem erwartet mich kein schmieriger Typ, der eine eigene Werbeagentur hat und zu viel Zeit im Solarium verbringt, mit einer Rose, sondern ein richtig netter Kerl mit einem Abendessen. Nicht in einer Traumvilla in Kapstadt, sondern in Siggis und Erikas Einfamilienhaus in Geroldingen. Also eigentlich ist quasi nichts wie beim Bachelor, aber es fühlt sich halt trotzdem so an.

Damit diese Seiten nun nicht allzu sehr vor Glück überschäumen, müssen hier natürlich noch ein paar düstere Neuigkeiten vermerkt werden. Freundlicherweise steuern die mal wieder meine Eltern bei.

Als ich gestern von Nils nach Hause kam, rechnete ich eigentlich mit einem lautstarken Feuerwerk der Vorwürfe, aber es war totenstill. Beide Autos waren weg. Die Erklärung folgte in zwei Zetteln auf meinem Schreibtisch. Auf dem ersten las ich:

Hey, Süße!
Habe Dich leider nicht mehr persönlich erwischt. Wer seine Selbstständigkeit wuppen will, muss leider auch Ostern opfern - da können halt alle, die das wie ich neben dem Job machen. Falls Ben das Einkaufen nicht auf dem Schirm hat - hier die Notversorgung.

In einem gemalten Herzchen lag ein gefalteter Zwanzigeuroschein. Während ich mir den in die Hintertasche schob, las ich die zweite Botschaft, die Papa natürlich nicht mit der Hand geschrieben, sondern ordentlich ausgedruckt hatte.

Liebe Elisabeth,
ich seile mich über Ostern ab zu Onkel Jürgen. Da einkaufen damit nicht hinhaut, versorge Dich und Deinen Besuch - denn den wird es nun ja bestimmt geben - gerne damit.

Auf seinem Schreiben lag ein Stapel Flyer von Lieferservices und in einem davon ein Fünfzigeuroschein.

Der unerwartete Geldsegen freut mich nicht ganz so, wie er es sonst tun würde. Ich komme mir vor wie ein Scheidungskind, bei dem die Eltern auf dessen Zuneigung steigern. Obwohl, bei Scheidungskindern wollen ja die Eltern immer ganz, ganz viel Zeit mit ihren Ablegern verbringen, und das scheint ja aktuell nicht das Hauptanliegen meiner Eltern zu sein. Außerdem mache ich mir echt Sorgen um Papa. Wie verzweifelt muss man sein, drei Tage bei Onkel Alki zu verbringen? Gut, seit er bei den Anonymen Alkoholikern ist, labert er nicht mehr nur Müll, aber trotzdem halte ich einen Mann, der in fünfzig Jahren vier Ehefrauen vergrault hat, nicht gerade für eine glückliche Wahl in Sachen Paarberatung.

So, genug Düsternis für heute. Jetzt denke ich wieder an Dominik und schon finde ich die verunglückten Lieben anderer Leute nicht mehr so wichtig.

Um in gestraffter Bestform bei Dominik einzulaufen, entschied ich mich, mit dem Rad anzureisen. Da ich aber natürlich auch nicht verschwitzt und keuchend vor seiner Haustür stehen wollte, rechnete ich statt der eigentlich notwendigen dreißig Minuten großzügige zwei Stunden Reisezeit ein. So konnte ich alle fünf Minuten fünf Minuten pausieren, was locker reichte, um die natürliche Schweißbildung zu überlisten.

Da zwei Stunden für sechs Kilometer selbst eine Hundertjährige unterfordert hätten, war ich natürlich eine Stunde zu früh da. Ich versteckte mich in einer Seitenstraße, saß auf dem Mäuerchen vor einer Autowerkstatt und hatte reichlich Zeit, mir einzubilden, dass ich doch zu viel geschwitzt hatte oder sich gerade fieser Mundgeruch bildete. Die Vorstellung beängstigte mich so, dass ich eine halbe Packung Fisherman's Friend intus hatte, als ich dann endlich bei Dominik klingeln konnte.

»Hi!« Er riss die Tür so schnell auf, dass er direkt danebengestanden haben musste.

Ich hob die Hand. »Waisenkind eins grüßt Waisenkind zwei.« Immerhin hatte ich in meiner Stunde Wartezeit einen coolen Begrüßungsspruch aushecken können.

Er rieb sich die Augen, die plötzlich anfingen zu tränen. »Wow. Du stehst auch auf Fisherman's Friend?«

Ich verzog peinlich berührt das Gesicht und nickte.

»Die blauen mit den weißen Streifen sind auch echt die geilsten«, erkannte er fachmännisch sogar die Sorte. Er zog die Tür weit auf und bat mich mit einer Verbeugung herein. Im Esszimmer erwartete mich ein festlich geschmückter Tisch mit einem frischen Rosenstrauß in der Mitte.

»Bachelor meets Promi-Dinner.«

An Dominiks Lachen merkte ich, dass ich einen nur für mich bestimmten Gedanken leider mal wieder laut ausgesprochen hatte.

»Ich bin auf die Punkte gespannt«, sagte er und ging in die Küche. Ich folgte ihm. Er goss Kartoffelwasser ab und ließ Butter in einer Kasserolle schmelzen. Mir schwante Übles.

»Ich hoffe, du magst Spargel«, rief er über seine Schulter, während er in der Butter rührte.

»Ist ja gerade Spargelsaison«, erwiderte ich fröhlich, in der Hoffnung, dass das begeistert klang und ich trotzdem nicht lügen musste.

»So ist es.« Dominik nahm den Topf vom Herd. »Und ich glaube, die erste Hollandaise meines Lebens ist tatsächlich was geworden.«

»Ach, so sieht die eigentlich aus«, sagte ich nach einem Blick in den Topf. »Ich kenne die nur klumpig. Bei meiner Mutter sieht sie meistens aus wie eine Bolognese, die ihre Farbe verloren hat.«

Er kicherte und füllte sein Debütwerk in eine Sauciere um.

»Kannst du die Kartoffeln in die Schüssel da machen?«

Natürlich konnte ich und trug sie dann gleich mit der Schinkenplatte ins Esszimmer, in das Dominik schon den Spargeltopf und die Sauciere gebracht hatte. Wir setzten uns und Dominik füllte die Teller.

»Guten Appetit«, wünschte Dominik.

»Guten Appetit«, sagte ich und begann mit Kartoffeln und Schinken. Ja, ich würde diesen Spargel essen und ich würde um Nachschlag bitten. Das tat man, wenn man verliebt war und den Koch nicht enttäuschen wollte. Aber erst brauchte ich etwas, was die Bezeichnung Nahrungsmittel verdiente.

Während Dominik schon relativ lange auf seiner zweiten Stange herumkaute, schob ich mir vorsichtig ein Stückchen meines Anti-Lieblingsgemüses in den Mund. Es schmeckte leider immer noch genau so, wie ich es in Erinnerung hatte.

Dominik murmelte »Entschuldigung« und zog sich hinter seiner rechten Hand verborgen eine lange Faser aus dem Mund. Bei jedem anderen hätte ich das eklig gefunden, bei ihm sah selbst das sexy aus.

Ich nahm das nächste Stück Spargel und tat so, als sähe ich nichts. Es hatte eine Konsistenz, die vermutlich auch meine Zauberwurzel im Wald nicht holziger hinbekam.

Angewidert legte Dominik die Faser auf seine Serviette und schaute sie vorwurfsvoll an.

»Ich hasse Spargel einfach«, sagte er dann resignierend.

»Ich auch!«, gestand ich.

Wir schauten uns an. Ein komisches dumpfes Grollen schob sich unsere Zwerchfelle entlang, und wir brachen in brüllendes Gelächter aus, mit dem wir zwei Minuten lang beschäftigt waren.

»Warum hast du ihn dann überhaupt gegessen?«, fragte er, immer noch kichernd.

»Warum hast du ihn gekocht?«, stellte ich die Gegenfrage, während ich mir ein paar Tränen aus den Augen wischte.

»Ich wollte dich beeindrucken!«, antwortete er.

»Och, beeindruckend war das schon. Also, mehr im Stephen-King-Sinne, aber schon beeindruckend.«

Wir lachten wieder. Dann packte Dominik seinen Spargel zurück in den Topf.

»Aber der Schinken ist gut«, bemerkte er.

»Die Soße auch«, stimmte ich zu und befreite meinen Teller ebenfalls von den verhassten weißen Stangen.

»Ach.« Er atmete auf. »Jetzt ist mir leichter ums Herz. Nächstes Mal mache ich Innereiengulasch.«

Wir kicherten wieder.

»Was meintest du eigentlich vorhin mit Waisenkind eins und zwei?«, fragte er.

Es war der Auftakt eines langen, wundervollen Gesprächs.

Sonntag, 8. April

Na, liebes Tagebuch,
schon nervös geworden, dass gestern keine Eintragung erfolgte? Das Mädel muss doch was zu erzählen haben. Was hat das nur zu bedeuten? Weshalb blieb der Laptop zugeklappt? Schon seit – lass mich schauen – knapp über fünfzig Stunden? Musste das Kind am Freitagabend zerstört heimkehren, zerschmettert von der Erkenntnis, einen noch schlechteren Männergeschmack als Kristine zu haben? Oder war ihr Geschmack zwar völlig in Ordnung, aber dummerweise wurde sie den Ansprüchen ihres Angebeteten bei Weitem nicht gerecht? Oder ist Dominik Gründler ein junger Hannibal Lecter Süddeutschlands, der mit einer gewissen Lizzy Carbon auf den Geschmack kommt? Warum zur Hölle schreibt sie kein Tagebuch, am Morgen nach dem wichtigsten Abend ihres jungen Lebens?

Weil sie nicht da war.

Zugegeben, es ist ziemlich bescheuert, Spannungssteigerung in einem Tagebuch zu betreiben. Schließlich ist man der Einzige, der es jemals lesen wird, und daher sollte man ziemlich genau wissen, wie es ausgeht. Obwohl, wenn ich mal dement bin, wird die eigene Vergangenheit wahrscheinlich wieder ein echter Thriller.

Okay, aber jetzt wieder normal. Ich war nicht da. Der Abend bei Dominik war fantastisch. Wir haben gegessen, geredet, gelacht und Stunde um Stunde haben wir uns besser kennengelernt. Ich weiß jetzt, dass er einen totalen Achtzigerjahre-Tick hat. Seine Bude hängt voll mit Postern von Bands, deren Mitglieder aussehen, als wäre der Modegeschmack eines geisteskranken Transvestiten Grundbedingung für den Eintritt ins Musikgeschäft. Wobei ich das jetzt nicht Musik nennen würde, aber Dominik kriegt einen richtig verklärten Blick, wenn er diese Lieder hört, bei denen anscheinend kein Instrument natürlich klingen darf. Ich muss wohl nicht erwähnen, dass ihm auch dieser Blick sagenhaft gut steht. Außerdem weiß ich, dass er seine Kumpels aus Bayern tierisch vermisst, der Lehrplan am Stifter irgendwie ganz schön anders aussieht als auf seiner alten Schule, er seinen Kaffee gnadenlos überzuckert und er keine Katzen mag. Im Gegenzug kennt er meine Geschichte über den Klub der Verlierer, die Top Ten absurder Kristine-Begebenheiten, er weiß, dass ich zur Expertin für scheußliche Cappuccinosorten gereift bin und Pferde doof finde - wobei er schallend gelacht hat, als ich zugeben musste, dass ich mir das erst nach fünf Jahren Reiten eingestanden habe.

Das war im Groben unser Karfreitagsdate. Ich hatte das Gefühl, noch ewig weiterreden zu können. Und er anscheinend auch, denn als ich dann gehen wollte - es war schon kurz nach elf -, fragte er schüchtern, ob ich nicht bei ihm schlafen wolle. Da mir keine einzige Begründung dagegen einfiel, die nicht irgendwas mit meinen Eltern zu tun hatte, sagte ich Ja.

Wenn ich gerade auf jemanden echt keine Rücksicht nehmen muss, dann ja wohl auf Ehepaar Dauerzoff.

Dominik hat coolerweise ein Hochbett und so haben wir uns noch ganz schön lange unterhalten. Obwohl, bei der letzten Stunde bin ich mir nicht mehr ganz sicher, ich glaube, er war schon eingeschlafen, als ich sehr ausführlich Popelinos Psyche analysierte.

Gestern waren wir dann erst mal einkaufen, da wir anscheinend beide stillschweigend entschieden hatten, den ganzen Tag miteinander zu verbringen. Dann machten wir uns zusammen ein fettes Frühstück, sahen zwei Horrorfilme aus den Achtzigern (um unsere beiden Ticks unter einen Hut zu bringen), bereiteten uns zum Mittag eine vegetarische Rohkostplatte, die wir angesichts ihrer Geschmacklosigkeit einträchtig in Ketchup und Majo zu Tode dippten, und fuhren mit den Rädern zum Geroldinger Spielplatz, um mit eigenen Augen zu sehen, ob er tatsächlich direkt am Friedhof liegt. (Tut er. Und Billy wohnt da anscheinend mit seiner Crew.) Dann machten wir Spaghetti Bolo und dann war es irgendwie schon wieder so spät, dass ich erneut die obere Etage seines Hochbetts erklomm. Und wenn Dominik nicht über Ostern zu seinem Freund Simon eingeladen wäre, hätte ich wahrscheinlich auch zu einer weiteren Runde Hochbett nicht Nein gesagt. Aber so mussten wir uns heute ziemlich froh verabschieden.

Und ja, wir taten es mit einem Kuss.

»Ah, dich gibt's noch«, stellte Kristine fest und winkte mich rein.

»Hast du was anderes erwartet?«, fragte ich, während wir in die Küche gingen, um uns einen Tee zu machen.

»Nee, ich nicht, aber dein Vater. Der hat hier gestern Abend megapanisch angerufen.«

»Ach du Scheiße«, rief ich und sah meinen Fahndungsaufruf schon auf Tausenden Facebook-Seiten der Republik geteilt. »Und was hast du ihm gesagt?«

»Dass du mit Samira und ihren Eltern im Kino bist und bei ihr schläfst und dein Handy bei mir liegen gelassen hast. Hast du übrigens wirklich, daher konnte ich ihm heute Morgen eine SMS schreiben, dass es mir, also dir, gut geht und du dich heute Abend meldest.«

»Puh.« Ich atmete auf. Dann kamen mir doch einige Fragen. »Woher weißt du überhaupt meine PIN?«

»Wir sitzen nebeneinander und ich gucke überallhin, nur nicht zur Tafel?«, fragte Kristine, als wäre diese Schlussfolgerung das Natürlichste der Welt.

»Und dass du mir ein perfektes Alibi verschafft hast, ist natürlich echt gut, aber – was wäre denn, wenn ich nach einem Unfall mit Fahrerflucht seit zwei Tagen zerschmettert in einem Straßengraben liegen würde?«

»Oh.« Jetzt schaute Kristine nachdenklich drein. »Krasse Vorstellung.« Damit war nachdenken abgeschlossen. »Aber wo warst du jetzt wirklich?«

Da ließ ich mich natürlich nicht zweimal bitten.

Auf dem Heimweg von Kristine rief ich schnell meinen Vater an, der mittlerweile sieben Nachrichten geschrieben hatte und in der letzten ankündigte, dass er heimkomme. Während ich ihm erklärte, dass er nun auch keine familiären Feiertagsgefühle mehr entwickeln müsse, kam ich an Nils' Haus vorbei. In seiner Küche brannte Licht, und ich schüttelte fassungslos den Kopf, als ich bemerkte, dass Max unserem geplagten Nachbarn schon wieder auf die Nüsse ging. An der Einfahrt tippte ich schnell eine SMS an Mama, dass Papa sich zwischendurch daran erinnerte, dass er eine Familie hatte, und schaltete das Handy dann aus.

Ein startender Motor ließ meinen Blick zum Bürgersteig vor Nils' Haus gleiten. Das dort geparkte Auto, das mir irgendwie bekannt vorkam, hatte seine Scheinwerfer an und setzte sich langsam in Bewegung.

Montag, 9. April

Boah, ist mir langweilig.

Nach dem Overkill an Eindrücken fühle ich mich jetzt ganz schön einsam. Zum Glück habe ich wenigstens Dominiks Handynummer, aber auch wenn er sich anscheinend tatsächlich über jede Nachricht von mir freut, kann ich ihm die ja nicht im Sekundentakt schreiben.

Eigentlich wollte ich mir eine Runde Seelenmassage und Cappuccino bei Nils abholen, aber der hat mal wieder nicht aufgemacht, obwohl sein Auto da ist. Kristine ist mit ihrer Mama zu ihren Großeltern gefahren, und jetzt bin ich fast ein bisschen neidisch, obwohl ich eigentlich froh sein müsste, dass mir dieses Ostern das Verwandtschaftsgekungel bei einer meiner Omas erspart bleibt. Aber jetzt habe ich nichts zu tun, außer an Dominik zu denken, und auch wenn das schöne Gedanken sind, ist es auch irgendwie ziemlich anstrengend, permanent nur an einem Thema zu haften. Mein Zimmer ist immer noch picobello aufgeräumt, also kann ich das auch nicht machen.

Ach, ich glaube, ich lese mal wieder ein Buch. Aber was? Papa hat ja immer eine ordentliche Auswahl an Thrillern im Schlafzimmer deponiert, aber seltsamerweise steht mir gerade gar nicht der Sinn nach einem zünftigen Blutbad. Ich glaube, ich gebe mal diesen historischen Liebeswälzern von Mama eine Chance. Die fand ich beim letzten Mal nur peinlich und schwülstig, aber mittlerweile kann sich ja mein Geschmack geändert haben.

Mamas Lesestoff war in ihrem Arbeitszimmer, und mir fiel zum ersten Mal auf, dass das eigentlich eine Frechheit war. Während Papas Büro ein helles, freundliches Zimmer neben dem Wintergarten war, hatte Mama die fensterlose Rumpelkammer im oberen Stockwerk bekommen, die wir nebenbei auch als Gästezimmer nutzten – was vielleicht auch erklärte, warum so selten Gäste bei uns schliefen. Dank Mamas Ordnungssinn wirkte das Zimmerchen trotzdem halbwegs wohnlich, aber eigentlich war die Verteilung unfair. Mama musste deutlich häufiger zu Hause noch irgendwas für die Kanzlei managen und hatte mittlerweile einen echten Kundenstamm in Sachen Mediation, während Papa ja auch in seiner Praxis ein Büro hatte. Das zu Hause nutzte er nach meinen Beobachtungen hauptsächlich dafür, sich unter dem Label »Ich muss noch was arbeiten« Filmchen auf YouTube anzugucken oder seinen Senf in irgendwelchen Klassik- oder Jazzforen loszuwerden. Andreas kritische Worte zum Geschlechterverhältnis in unserer Familie schienen hier eine unschöne Bestätigung zu finden.

Ich betrachtete die Wand hinter dem Schreibtisch. Mama war echt voll auf dem Selbstständigkeitstrip. Früher hatten hier nur zwei Bilder von Max und mir gehangen, nun fanden sich dort auch die »Zehn Regeln der Mediation« und ein großer Wandkalender ihres Fortbildungsinstituts, auf dem sie ordentlich ihre

Kundentermine und Seminarzeiten eingetragen hatte. Nur das Osterevent hatte sie vergessen, aber das war ja auch anscheinend eher spontan dazugekommen.

Ich wandte mich dem kleinen Bücherregal zu und suchte nach Befriedigung für meine romantischen Bedürfnisse. »Klippen der Leidenschaft« klang doch gut, und die auf dem Cover abgebildete Schönheit, die ernst auf das sturmumtoste Meer unter sich blickte, versprach genau das, was ich jetzt brauchte. Ich legte mir den Wälzer auf den Arm und runzelte die Stirn. Ein anderes, kleineres Buch war anscheinend hinter den Roman gerutscht. Es war dünn und in Leder gebunden. Ich zog es heraus, fand keinen Titel und schlug es auf.

»Irgendwie komme ich mir bescheuert vor. Was habe ich denn zu erzählen? Aber angeblich muss ein guter Mediator auch sich selbst gut kennen, weshalb ›Tagebuch führen‹ für die Fortbildungszeit zu den täglichen Aufgaben gehört. Ich weiß gar nicht, warum ich mich so sträube. Seitdem ich Ellis Tagebuch gelesen habe, weiß ich doch, dass einem so etwas guttut. Ein Ort, an dem man einfach man selbst ist und ausspricht, was man sonst nur im Kopf trägt.«

Mein Handy vibrierte in der Hosentasche, ich stieß einen kieksenden Laut aus und ließ beide Bücher fallen. Auf dem Display erkannte ich, dass es Dominik war, und nahm eilig ab.

»Hi!«, rief ich.

»Hallo«, sagte er.

Wir schwiegen. Dann lachte er.

»Unser erstes Telefonat. Wir haben noch keine Übung.«

»Das stimmt«, sagte ich. »Wie geht es dir?«

»Ganz gut. Simon hat mir hier einen straffen Vergnügungsplan zusammengestellt und seine Eltern mästen mich. Du kriegst wahrscheinlich einen kurzatmigen, übergewichtigen Typen zurück.«

»Ist okay«, sagte ich. »Mir bleibt ja die Erinnerung.«

Er lachte.

»Ich habe seit über einer Stunde keine Nachricht mehr von dir bekommen, da habe ich mir Sorgen gemacht.«

»Ich wollte dich halt nicht stalken!«, erklärte ich mich.

»Stalk mich!«, sagte er. »Sonst komme ich auf dumme Ideen und werde wieder Satanist oder so.« Dann fragte er: »Was treibst du gerade?«

»Ich wollte mir was zu lesen besorgen und habe dabei zufällig entdeckt, dass meine Mutter Tagebuch schreibt«, fasste ich zusammen.

»Tagebuch! Das ist ja retro! Aber alte Leute machen das wohl.«

»Hey, ich führe auch Tagebuch«, rief ich.

»Ups. Alte Leute und Teenager, die schon sehr reif sind für ihr Alter.«

»Jaja, schon okay«, sagte ich. »Aber was mache ich denn jetzt mit dem Tagebuch meiner Mutter?«

»Na, zurückstellen.«

Ich atmete wohl hörbar enttäuscht aus.

»Nein, du wirst es nicht lesen. Das macht man nicht!«

»Aber vor zwei Jahren hat sie mein Tagebuch gelesen. Da habe ich doch noch was gut, oder?«

»Nein. Blöde Argumentation.«

»Das steht sogar in der Bibel! Auge um Auge!«

»Das steht in dem Teil, wo Gott auch eben mal ganze Städte auslöscht, weil er gerade einen schlechten Tag hat. Stell's zurück und telefonier mit mir. Oder ist das weniger reizvoll als das Tagebuch deiner Mutter?«

Ich gab auf. Nein. Nichts war reizvoller als mit Dominik telefonieren.

Ich legte das Handy nach entsprechender Ankündigung zur Seite, packte das Tagebuch zurück hinter die anderen Bücher und stellte die »Klippen der Leidenschaft« wieder davor, damit Muttern auch nicht den leisesten Verdacht schöpfte. Dann würde es halt doch wieder ein Thriller werden.

Ich nahm das Telefon wieder und ging aus dem Zimmer.

»So. Erledigt«, brummelte ich beleidigt.

»Das ist das Mädchen, das mir nicht mehr aus dem Kopf geht«, sagte Dominik, und mir wurde ganz schwummrig.

»Zur Strafe für so viel eingeforderte Selbstbeherrschung musst du jetzt aber mindestens eine Stunde mit mir reden«, kündigte ich an.

Es wurden zwei Stunden.

Am Abend kam Papa nach Hause. Ich saß am Küchentisch und hatte in einem Anfall akuter Langeweile ein Zweitausend-Teile-Puzzle aus dem Spieleschrank vor mir ausgebreitet, von dem gerade mal drei Dutzend Stücke zueinandergefunden hatten. Nils hatte wieder nicht aufgemacht. Anscheinend brauchte der Herr zurzeit echt seine Ruhe.

Papa sah erschöpft aus, aber immerhin lächelte er mich an.

»Hallo, Kleine«, sagte er und drückte mir einen Kuss auf die Haare. Ich zuckte fast zusammen. Das letzte Küsschen von Papa hatte ich, glaube ich, am ersten Tag auf dem Stifter-Gymnasium bekommen.

Er machte den Vollautomaten an, wartete, bis der betriebsbereit war, ließ sich einen Kaffee heraus und setzte sich zu mir.

»Wie war's mit Onkel Alki?«, fragte ich.

Er lächelte müde.

»Ganz nett. Er ist ein richtig guter Zuhörer, seit er trocken ist.«

»Kannst du gerade brauchen, ne?«

Papa nickte und nahm einen Schluck Kaffee. Ich hatte wieder ein passendes Teil gefunden und legte es an.

»Ist einfach schön, wenn in einem privaten Gespräch mal die Lautstärke unten bleibt«, sagte Papa. »Ich habe gar nicht gemerkt, wie wenig Menschen ich noch außer meiner Familie um mich habe. Und selbst Onkel Jürgen ist ja Familie.« Papa schaute nachdenklich drein.

Ich dachte nach und stellte fest, dass er da recht hatte. Viele der Leute, die Mama und Papa früher bei Festen um sich geschart hatten, hatte ich schon Ewigkeiten nicht mehr gesehen.

»Aber du hast ja noch Siggi«, warf ich aufmunternd ein.

Papa lachte auf.

»Na, also wegen Eheproblemen muss ich dem gerade auch nicht kommen«, sagte er.

Ich schaute ihn überrascht an.

»Na ja, bei Siggi und Erika läuft es gerade auch nicht so richtig«, erklärte Papa dann. »Liegt wohl bei Leuten unseres Alters in der Luft.«

Komisch, dachte ich. Dominik hatte gar nichts in der Richtung erwähnt. Aber gut, wir hatten auch erfreulichere Themen als Eltern.

»Oh Mann, wahrscheinlich ist es pädagogisch verheerend, seine Kinder mit so einem Kram zu behelligen«, sagte Papa. »Wie geht's dir denn?«

Eigentlich fand ich es ganz gut, dass endlich mal einer meiner Erziehungsberechtigten diesen Kram ansprach. Aber ich merkte, dass mein Vater für seine Verhältnisse schon an die Grenzen seiner Offenheit gegangen war.

»Ich lege Puzzles mit zweitausend Teilen, die …«, ich betrachtete den Deckel der Verpackung, »… den Kölner Dom darstellen.«

»Schloss Liechtenstein«, korrigierte Papa. »Okay, was hältst du von Kino und danach einem Abstecher zu Burger King?«

Ich fegte mein erbärmliches Puzzle-Ergebnis zurück in die Schachtel.

»Ich deute das mal als Ja«, sagte Papa.

Mittwoch, 11. April

Kurz nach drei jagte Max missgestimmt zur Haustür herein. Er griff sich das Telefon von der Ladestation und wählte eine Nummer. Ich war gerade aus meinem zu Ferienzeiten sehr ausführlichen Mittagsschlaf erwacht und betrachtete ihn schlaftrunken von der Treppe aus.

»Jetzt geh doch endlich mal ran«, fluchte Max und legte dann auf. Er erblickte mich, überlegte wahrscheinlich kurz, ob er mich ignorieren oder anpampen sollte, und entschied sich dann überraschend für eine Frage. »Hast du eine Ahnung, wo Nils steckt?«

»Nö«, sagte ich. »Steht sein Auto nicht da?«

»Doch«, grunzte Max genervt. »Aber er macht nicht auf.«

Ich ging die Treppe runter und bog ab in die Küche. Max folgte mir und riss die Kühlschranktür auf, als wolle er einem Erzfeind ein Bein amputieren.

»Reg dich ab«, sagte ich in noch schlaftrunkener Milde. »Er ist Künstler, er hat halt auch mal was anderes zu tun, als die Nachbarskinder zu betreuen.«

Max schraubte eine Müller-Milch auf und schaute mich böse an. »Das mag auf dich zutreffen, aber bei mir ist das was anderes.«

Er pumpte die Vanillemilch in beeindruckendem Tempo ab. Ein paar Tropfen perlten sein Kinn herunter. Die geschmacksverwirrte Kristine hätte das wahrscheinlich erotisch gefunden, ich fand einfach nur, dass man mit neunzehn Jahren die Kunst korrekten Trinkens beherrschen sollte, und sagte das auch so.

»Kannst du blöde Kuh nicht einfach mal den Rand halten?«, blaffte er mich in einer Lautstärke an, die ich von ihm gar nicht kannte. Blöde Kuh und andere Beleidigungen kannte ich natürlich zur Genüge, aber die trug er sonst eher in genussvollem Sadistenton vor.

Mamas Stimme kam aus ihrem Arbeitszimmer. Ja, sie existierte noch und musste gerade Abrechnungen für ihre Kunden schreiben.

»Könnt ihr bitte ein bisschen leiser sein? Ich muss mich konzentrieren.« Ihr Ton klang nicht so, als wäre das »bitte« höflich gemeint.

Ich entschied, dass ich mich vor den schlechten Vibrationen mal ein bisschen in den Wald absetzen musste.

Hallo, Tagebuch,

es ist passiert. Zum ersten Mal. Gut, ich habe mir ja echt schon Sorgen gemacht (nicht umsonst hat das Thema rund hundert Seiten in Dir gefüllt). Krissi ist damit schließlich schon beschäftigt, seit sie zwölf ist, da macht man sich halt so seine Gedanken, und jetzt bin ich eigentlich nur noch erleichtert. Aber beim abendlichen Zähneputzen plötzlich mit einem unverhofften Blutbad konfrontiert zu werden, nachdem man ein paar meditative Stunden im Wald zugebracht hat,

hat im ersten Moment schon einen gewissen Gruselfaktor. Zumal ich dachte, da kriegt man vorher wahnsinnig Bauchschmerzen oder Migräne oder beides als Vorwarnung, aber stattdessen gucke ich in meinen Schlübber und komme mir vor, als wäre ich Zeugin eines schweren Autounfalls.

Gut, also sie ist da, die Periode. Die Frauenärztin hat mich offenbar doch nicht angelogen, als sie sagte, das kann nun mal auch erst mit vierzehn, fünfzehn, sechzehn passieren. Als ich mich mit der schon seit Jahren in meinem Schrank rumfliegenden Packung Binden notversorgt hatte, wurde natürlich erst mal Krissi aus dem Gästebett bei ihrer Oma geklingelt.

Nachdem sie endlich kapiert hatte, was ich ihr da erzähle - der Übergang vom Schlaf- in den Wachmodus dauert bei Krissi noch länger als bei mir -, wurde ihre Stimme sehr huldvoll.

„Lizzy, nun bist du eine Frau!"

Da war mir klar, dass man diesen Satz eigentlich von keinem Menschen auf dieser Welt hören möchte, aber am allerwenigsten von Kristine Gärtner.

„Danke für den Hinweis", sagte ich, „aber eigentlich will ich keine Zitate aus deinem Feenbuch, sondern ein paar praktische Tipps. Wie lange dauert die Scheiße? Ist es normal, dass ich so gar nichts gemerkt habe? Welche Binden sind die besten?"

„Binden?", fragte Kristine. „Willst du auf den Geroldinger Mittelaltermarkt? Da nimmt man Tampons."

So, nun bin ich also voll im Bilde, was Damenhygiene im 21. Jahrhundert angeht, freue mich, dass ich offensichtlich verschont bleibe von Regelschmerzen, und werde morgen wohl mit hochroter Birne durch die

Drogerie schlendern. Wenigstens habe ich mir instinktiv das passende Buch als Lektüre aus Papas Mord-und-Totschlag-Regal gegriffen. Da geht es auch um eine Teenagerin, die gerade ihre erste Regelblutung hat und dann telekinetische Fähigkeiten entwickelt, mit denen sie den Abschlussball an ihrer Schule in ein Inferno verwandelt. Sehr schlechtes Vorzeichen für das Straßenfest in Bad Waidach, das nun ja auch immer näher rückt.

Donnerstag, 12. April

Beim Frühstück – das nun schon seit ein paar Jahren bei uns bedeutete, jeder machte sich irgendwann das, was er brauchte, und vielleicht traf man sich beim Verzehr zufällig am Küchentisch – gab Papa im sachlichen Ton eines Roboters Mama ein Update zum Straßenfest. Da mich heftige Bauchkrämpfe zu völlig ferienuntypischer Morgenstunde aus dem Bett getrieben hatten, wurde ich leider Zeuge, wie meine Mutter es fand, als Freiheitsstatue verkleidet in Herrn Steins Imbisswagen Burger und Hotdogs an den Mann zu bringen.

»Warum muss ich mich denn zum Horst machen?«, fragte Mama. »Warum macht das nicht seine Frau?«

»Die kann mit ihren Krampfadern keine Stunde am Stück stehen«, erklärte Papa. »Außerdem wollen wir die Freiheitsstatue darstellen, nicht parodieren.«

Dass das ein auf typische Papa-Art verschrobenes Kompliment war, überhörte Mama leider und machte ihm stattdessen den Vorwurf, dass das seine Rache für ihre Fortbildung war. Das erste längere Gespräch meiner Eltern seit knapp einer Woche nahm wieder den bekannten Verlauf.

Ich kippte meine restlichen Honey Balls in Milch direkt aus

der Schüssel in meinen Mund, schluckte sie unzerkaut herunter und warf ein rasch erfundenes Märchen von einer Chemie-Lerngruppe als Ausrede für den anstehenden Aufbruch in die Runde. So wie meine Eltern sich gerade schon wieder beharkten, hätte ich aber wahrscheinlich die gleiche nicht vorhandene Reaktion auf die Ankündigung meines Selbstmordes bekommen. In meinem Zimmer packte ich schnell ein paar Basics wie Kaugummis und Geld in meinen Rucksack. Draußen nieselte es. Damit fiel ein neuerlicher Besuch bei Freundin Zauberwurzel weg. Aber ich hatte ja noch die Einkäufe einer frischgebackenen Frau zu erledigen.

Als ich gerade überlegte, ob mich »Noch praktischer. Noch sauberer« oder »Die Hygiene-Revolution« in Sachen Regelblutung mehr überzeugte, summte es in meiner Hose. Das Herz machte nach dem Blick auf das Display den wohlbekannten Dominik-Hüpfer – was eine wohltuende Abwechslung zum Grundrauschen meiner Bauchschmerzen war – und ich nahm mit einem möglichst lässigen »Hi« ab.

»Hi«, sagte er. »Ich bin's.«

»Ach, du!«, erwiderte ich. »Ich dachte, ein heimtückischer Bayer hätte dein Handy geklaut und belästigt nun nacheinander alle Einträge deines Telefonbuches.«

Er lachte. »Was treibst du gerade?«, fragte er dann.

In Sekundenbruchteilen bildete sich ein verzwicktes moralisches Dilemma. Sollte ich ernsthaft erzählen, dass ich gerade Entscheidungsschwierigkeiten bei der Tamponwahl hatte? Oder sollte ich ihn anlügen und einfach statt Tampons was anderes einsetzen?

»Kondome kaufen!«, schlüpfte mir aus dem Mund.

Die Stille am anderen Ende gab mir genügend Zeit, mir klar zu werden, dass ich den Knoten im Kopf auf die schlechtestmögliche Art gelöst hatte.

»Kleiner Scherz«, sagte ich. »Ich bin nur gerade in der Drogerie, und mir ist aufgefallen, dass es da echt viel Auswahl gibt.«

»Schade, nur ein Scherz«, sagte Dominik. Ein eigenartig aufregendes Kribbeln lief mir die Wirbelsäule entlang. »Ich habe immer die Dorus 3 gekauft. Die sind so neutral eingepackt, dass man sie auch für eine Packung Wundpflaster halten könnte.«

Nun registrierte ich kleine, unangenehme Verspannungen seitlich des Brustkorbs. Faszinierend, welche Körperreaktionen so ein Gespräch mit Dominik hervorrief.

»Wie oft war denn immer?«, fragte ich nach.

»Ab vierzehn hat jeder im Internat behauptet, er hätte schon eine Freundin. Und damit das auch glaubwürdig wirkte, hat man sehr viel Wert darauf gelegt, dass einen seine Freunde ab und an mal Kondome kaufen sahen.«

Ich kicherte und er spielte den Beleidigten.

»Hey! Die Wasserbombenschlachten im Sommer waren immer super!«, rief er entrüstet.

»Das glaube ich«, sagte ich.

»Aber damit du mich jetzt nicht nur für einen peinlichen Kindskopf hältst: Einmal habe ich mein Dorus 3 in vorgesehener Weise benötigt.«

»Bei wem?« Die Neugier war unbeschreiblich.

»Das erzähle ich dir garantiert nicht am Telefon«, entgegnete Dominik.

»Ach Menno«, nörgelte ich. »Immer werde ich hingehalten.

Ich darf das Tagebuch meiner Mutter nicht lesen, du erzählst mir nicht, für wen du dein erstes Kondom gebraucht hast, und ich darf mich langweilen.«

Der verstörte Blick einer Rentnerin am Weichspülerregal verriet mir, dass ich am falschen Ort für dieses Gespräch war. Schnell drehte ich mich weg.

»Ein bisschen Spannung muss halt bleiben, damit du überhaupt einen Grund hast, mich wiederzusehen.«

»Das wäre schön«, sagte ich ausnahmsweise komplett ironiefrei.

»Ich komme Samstagabend wieder – da muss ich erst einmal meine Eltern bespaßen. Hast du Sonntag schon was vor?«

»Nein. Und wenn, wäre es jetzt gestrichen.«

»Cool. Danke. Dann … warte mal kurz …«

In der Zwischenzeit warf ich einfach mal drei Probiergrößen Tampons in meinen Einkaufskorb. Werbung war ja eh nicht zu vertrauen.

»Da bin ich wieder«, sagte Dominik, »musste mal kurz das Wetter checken. Das wird super – was hältst du von einer Radtour? So mit Picknick und allem Drum und Dran? Erspart lästige Elternfragen, ist gesund und man hat Zeit zu quatschen.«

»Na ja, wenn wir genug Pausen machen«, sagte ich. »Währenddessen hörst du von mir nur Geräusche, die nach verreckendem Walross klingen.«

Die Rentnerin kam wieder an mir vorbei und verstand den Satz jetzt garantiert in einem sehr falschen Zusammenhang.

»Pausen, so viele du willst«, versprach Dominik. »Ich mach mich mal schlau, was eine gute Route wäre, und geb dir Bescheid.«

»Alles klar«, sagte ich. Ich hörte ein Kussgeräusch und konnte auflegen.

Beschwingt nahm ich den Weg zur Kasse auf. Als mir einfiel, was ich da gleich auf das Band legen würde, wurde diese Fröhlichkeit allerdings durch einen immer heißer werdenden Kopf ersetzt. Als sich dann in der Schlange auch noch die neugierige Rentnerin mit argwöhnischem Blick zu mir umwandte, fragte ich mich, ab welcher Temperatur ein Gehirn anfing zu kochen.

Ich drehte mich abrupt um und ging noch mal zurück. Am Kondomregal angekommen, warf ich eine Packung Dorus 3 in den Einkaufskorb. Wenn ich schon mit knallroter Birne bezahlte, sollte es sich wenigstens lohnen.

Freitag, 13. April

Ich hatte mich mit Samira verabredet und wir hatten echt einen coolen Tag miteinander verbracht. Sie war praktischerweise bereits etwas länger verliebt und war jetzt mit Marcel aus der Zehnten schon über drei Monate zusammen, sodass ich durstig aus ihrem reichen Wissensschatz schöpfen konnte. Die Peinlichkeit des Kondomkaufs war ihr erspart geblieben, aber als sie ihren Frauenarzt um die Pille angehauen hatte, war das auch nicht ihr Lieblingsmoment im Leben gewesen. Als wir uns um drei verabschiedeten, war sie schon ganz aufgeregt, weil sie abends bei Marcel übernachten wollte und es gar nicht so unwahrscheinlich war, dass ihre Verhütungsmethode nun den Praxistest bestehen musste.

Als ich kurz vor vier wieder zu Hause eintrudelte, packte Mama gerade ihren Rollkoffer ins Auto.

»Ich dachte, Seminar ist erst morgen«, sagte ich.

»Stimmt«, antwortete Mama. »Aber eine Seminarkollegin wohnt im gleichen Ort und da wollten wir uns heute Abend noch zusammen vorbereiten und ein Glas Wein trinken.«

»Und da bricht man natürlich möglichst so auf, dass einem Papa nicht mehr über den Weg läuft«, bemerkte ich spitz.

Sie schloss den Kofferraum und schaute mich schuldbewusst an. »Ach, Elli. Ich weiß, dass das gerade echt doof ist für euch.«

»Mich«, korrigierte ich. »Euer seelenloser Sohn bemerkt wahrscheinlich gar nicht, wie kacke das gerade läuft.«

»Doch, das tut er. Er bastelt sich gerade sein eigenes Leben zusammen, und ich finde es nicht schön, dass wir ihn da nicht so unterstützen, wie wir sollten. Es ist wirklich doof für euch beide. Aber falls dich das tröstet: Es ist nun auch kein Spaß für mich. Und deinen Vater auch nicht.«

»Ja, wahnsinnig tröstlich, wenn es für alle scheiße ist. Happy Seminar«, sagte ich und ging die Treppe zur Haustür hoch. Mama rief mir noch irgendwas hinterher, aber da war die Tür schon zugefallen.

Zwanzig Minuten später hörte ich die Haustür wieder. Ich kam aus meinem Zimmer. Hatte meine Mutter in einem Anfall elterlichen Pflichtbewusstseins entschieden, dass es vielleicht mal an der Zeit war, Klartext mit mir zu reden? Doch nein, es war nicht Mama. Stattdessen zog Max gerade ein riesiges, in graues Papier eingeschlagenes Etwas die Treppe hoch.

Er sah mich an. »Kannst du mir mal helfen, bitte?«, fragte er.

Völlig verblüfft vom ersten an mich gerichteten »bitte«, das ich je von Max gehört hatte, packte ich tatsächlich mit an. Wir lehnten das flache Paket an die Wand seines Zimmers, das mittlerweile ganz schön leer geworden war.

»Was ist denn das?«, fragte ich.

»Ein Geschenk von Nils«, sagte Max. »Ich war gerade bei ihm, und es tat ihm total leid, dass er sich tot gestellt hat. Er meinte, das sei bei Künstlern manchmal so.« Er sah nicht so aus, als würde ihm dieser Aspekt des Künstlerwesens allzu sehr gefallen.

»Darf ich es mal sehen?«, fragte ich.

»Klar«, sagte Max und schlug das Papier von dem Rahmen. »Er hat fünf davon gemalt, während er abgetaucht war. Das war das beste.«

Ich konnte mit moderner Kunst eigentlich nicht viel anfangen – uralte Ölschinken fand ich irgendwie interessanter –, aber das Bild hatte was. In blaugrauen Schattierungen lag ein nackter Mann, die Hüfte bedeckt von einem weißen Tuch, auf einer Steinbank. Sein Gesicht war größtenteils von seinem Arm bedeckt, darunter erkannte man nur die gequält verzogenen Lippen. Auf seiner Brust kniete in irritierend hellen Orangetönen ein ebenfalls nackter blonder Mann, der den Betrachter fröhlich anlächelte. Ich bekam eine Gänsehaut.

»Boah. Das ist … krass.« Ich sollte Kunstexpertin werden, so beeindruckend, wie ich meine Eindrücke schildern konnte.

»Ja, finde ich auch.« Max betrachtete das Gemälde stirnrunzelnd. »Es ist nicht schön, aber irgendwie stark.«

Gut, mein Bruder war auch nicht viel wortgewandter in Sachen Bildbeschreibung.

»Passt das überhaupt in deine Studentenbude?«, wandte ich mich praktischeren Dingen zu.

»Mal schauen.« Max schlug das Papier wieder über das Gemälde. »Die WG hat einen ziemlich langen Flur, vielleicht können wir es dahin packen.«

»Na dann, herzlichen Glückwunsch zum ersten eigenen Kunstwerk«, sagte ich und ging aus seinem Zimmer. Dann drehte ich mich noch mal um.

»Ist dir eigentlich aufgefallen, dass der Typ, der da so fröhlich kniet, ein bisschen aussieht wie du?«, fragte ich.

Max schlug das Packpapier noch einmal beiseite und überprüfte meine Behauptung.

Guten Abend, Tagebuch,

es ist 21:45 und Carrie White hat als Rache für einen ziemlich verkackten Abschlussball eine Kleinstadt plattgemacht. Da behaupte noch mal einer, es sei ungefährlich, wenn Frauen ihre Tage haben.

Was ich damit aber eigentlich sagen will: Mein Lesestoff ist alle. Klar, ich könnte mir jetzt einfach den nächsten King aus Papas Bücherregal ziehen, aber mir ist nach Abwechslung. Mir ist nach „Klippen der Leidenschaft".

Seien wir ehrlich: Mir ist nach dem Buch, das hinter den „Klippen der Leidenschaft" verborgen ist. Mamas Tagebuch. Dominik findet das moralisch verwerflich. Ich fand es auch moralisch verwerflich, als Mama ihre Neugier vor zwei Jahren an Dir stillte. Allerdings muss man da den Sachverhalt sehr genau betrachten. Zum einen dürfte ich es schon aus Rache tun - das kann Dominik anders sehen, und offiziell bin ich da ganz bei ihm und werde auch nie etwas anderes sagen, aber Rache ist nun mal ein Grundbedürfnis, dessen Befriedigung ganz schön fetzt. Das hat ja sogar Mauerblümchen Carrie letzten Endes kapiert.

Aber es gibt da noch einen anderen, besseren Grund: Ich will meine Mutter endlich verstehen. Die letzten Wochen waren ein einziges Chaos in Sachen elterlicher Psyche, und von alleine spricht keiner mit mir, und wenn ich es dann mal selber versuche, heißt es nach zwei

Sätzen, dass das zu kompliziert oder noch nicht für mich geeignet ist oder was auch immer sie sich gerade ausdenken, wenn sie Schiss haben, mit dem Nachwuchs mal Tacheles zu reden.

Auch wenn sie es – gerade zurzeit – nicht wirklich verdient haben: Mir liegt was an meinen Eltern. Ich will, dass es ihnen gut geht. Ich will nicht, dass meine Mutter Fluchtreflexe entwickelt, sobald die Haustür hinter ihr ins Schloss fällt, und ich will nicht, dass Papa ausgerechnet jetzt die Liebe zur deutschen Braukunst entdeckt. Heute hat er schon wieder einen Kasten Bier reingeschleppt. Früher hat er monatelang von den Resten irgendwelcher Feiern gezehrt, jetzt ist das schon der dritte seit dem Märzraclette.

Und wenn keiner mit mir redet, ist es da nicht mein gutes Recht, selbst ein wenig zu recherchieren? Ist es nicht fast ein Wink des Schicksals, dass ich dieses Buch gefunden habe? Ich kann es ja einfach dieses Wochenende mal studieren und Mama wird gar nichts merken. Zumal sie es, glaube ich, gar nicht bewusst versteckt hat. Es ist da einfach runtergerutscht und Mama vermisst es wohl nicht sonderlich. Wenn sie dann Sonntagabend heimkehrt, erwartet sie eine Tochter, die sie voller Einfühlsamkeit durch die familiären Veränderungsprozesse begleiten kann. Dieser Rückhalt wird sie stärken und ihr eigenes Verhalten positiv beeinflussen, und schon bald haben wir hier wieder einen glücklichen Arzt und eine glückliche Mediatorin 2.0 sitzen, nur weil deren Tochter die Grenzen der Privatsphäre zu höheren Zwecken missachtet hat.

So, ich habe mir das Ganze jetzt noch mal durchgelesen. Klingt immer noch plausibel. Papa sitzt in der Küche beim dritten Bier. Ich mach das jetzt.

Samstag, 14. April

Also, Tagebuch,
wenn Du genauso eine packende Lektüre bist wie die Aufzeichnungen meiner Mutter, muss ich ihr ihren damaligen Vertrauensbruch als enorme Leistung anerkennen. Man denkt ja, so ein Blick ins Allerprivateste müsste was unheimlich Spannendes sein - aber nein, das ist es nicht. Nach fünf Seiten habe ich nach dem gelben Reclam gegriffen, das der Wenz uns für die nächsten Wochen Deutsch aufgedrückt hat, und fühlte mich im Vergleich großartig unterhalten.

Fünf Seiten in Mamas ziemlich kompakter Schrift, ihr erster Tagebucheintrag, ziemlich genau zwei Jahre her - und von was handelt er? Von der Frage, ob sie überhaupt Tagebuch führen kann und will. Da gibt es streng genommen genau zwei Möglichkeiten, sie heißen „ja" oder „nein", und nach einer Entscheidung für Letzteres könnte man das durchstreichen und irgendwas anderes da reinkritzeln, Telefonnummern, Kochrezepte oder Drohbriefe an Papa. Aber nein, da wird abgewogen, überlegt, der richtige Stil gesucht und nicht gefunden, um am Ende zu folgendem Resümee zu kommen: „Ich weiß nicht recht, ob Tagebuch was für mich ist. Zum Glück kontrollieren die das nicht bei der Fortbildung."

Heute Morgen habe ich mich dann an Eintrag zwei getraut – verfasst einen Monat später. Und worum geht es? Um die Frage, ob sie es nicht doch zu früh aufgegeben hat mit dem Tagebuchschreiben. Sechs Seiten lang. Auch hier landen wir bei einem sehr entschiedenen „Vielleicht". Gut, ich habe ja nicht erwartet, in zehn Minuten die Psyche meiner Mutter komplett zu durchdringen, aber zumindest eine kleine Abschweifung zu dem, wie man sich fühlt, was man gerade macht oder was man so von seinem Leben denkt, könnte in elf Seiten Tagebuch durchaus drin sein.

So, immerhin ist Krissi wieder im Lande. Sie hat mir gerade eine Nachricht geschickt. Ich geh mal rüber. Zumindest da kriegt man ein bisschen Seelenleben mit.

Krissis Mama öffnete wie üblich telefonierend und angesichts des ärgerlichen Tonfalls glaubte ich sie erst wieder bei der Arbeit. Aber dann merkte ich, dass das Gegenüber wohl doch kein Kunde war.

»Mama, du machst mich wahnsinnig! Immer wenn wir dich mal besucht haben, sollen wir irgendwas ausgefressen haben. Warum sollten wir die Farbpatronen in deinem Drucker leer gemacht haben? Wir haben einen Drucker! Und wir haben überhaupt nichts zu drucken!«

Kopfschüttelnd wies sie mir den Weg in Richtung Krissis Zimmer. Ich lief die Treppe hoch. Mich empfingen Laute, die klangen wie Meditationsmusik für Hyperaktive. Da auf mein Klopfen keine Reaktion kam, ging ich einfach rein. Krissi saß konzentriert am Schreibtisch (was Arbeit für die Schule ausschloss) und reagierte erst auf meinen dritten Ruf. Sie machte die Musik mit der Fernbedienung leiser.

»Was hören wir denn da Schreckliches?«, fragte ich.

»Goa. Ich find's cool«, sagte Kristine.

Ich verdrehte die Augen.

»Steht auf Max' Facebook-Seite unter ›Musik‹, richtig?«

»Ich bin da halt zufällig drüber gestolpert, als ich mir sein Profil angeschaut habe, nachdem er meine Freundschaftsanfrage bestätigt hat.«

»What?«, rief ich. »Er hat nicht mal meine Freundschaftsanfrage bestätigt! Gut, die war nicht ernst gemeint, aber trotzdem … Hat er dich mit einer anderen Kristine verwechselt?«

»Nein.« Kristine drehte sich mit einem triumphierenden Lächeln auf ihrem Bürostuhl. »Er hat mir sogar eine Nachricht geschrieben. Dass er eigentlich nicht mit Jüngeren befreundet ist, ich aber doch irgendwie ganz cool bin.«

Ich überlegte kurz, ob Max so oft bei Nils rumhing, weil der in Wahrheit Drogen vertickte, verwarf den Gedanken aber schnell wieder. Ich ging zu Kristine und zuckte zusammen, als ich sah, was auf ihrem Schreibtisch lag.

Max. Max. Max. Mindestens ein Dutzend ausgedruckter Handyfotos. Die meisten von der Party bei Dominik. Einige waren aber auch in unserer Küche abfotografierte Kinderbilder meines Bruders, alles aufgeklebt auf einen riesigen roten Karton. Dazwischen Herzchen, Peace-Zeichen und mir völlig unbekannte Symbole.

»Was ist das denn?«

»Ein Wunschplakat. Ich beschäftige mich gerade mit weißer Magie.«

Zur Untermalung wedelte Krissi mit einem Buch einer gewissen Ganaya herum, die offensichtlich »Das Handbuch der jungen Hexen« verfasst hatte. Ihr Bild auf dem Cover verriet, dass sie nicht zu der Zielgruppe gehörte, für die sie schrieb. Ich schaute abwechselnd von der Max-Collage zu Kristine zu Ganaya, deren von unten angeleuchtetes Lächeln von Mal zu Mal bösartiger wirkte.

»Und das Ding willst du dir ins Zimmer hängen?« Ich zeigte auf die Collage.

»Na, ich drucke doch nicht zwei Tage bei meiner Oma Fotos aus, um die vergammeln zu lassen! Ich hänge es direkt über mein Bett und sende jeden Abend Lichtenergie«, erklärte Kristine.

»Sind gerade Psychokunstwochen?«, fragte ich, da ich nun auch wieder an das verstörende Gemälde dachte, das Nils meinem Bruder geschenkt hatte. »Kann sich vielleicht mal jemand was aufhängen, was nicht aussieht wie Deko in der Serienmörderzelle?«

»Nur kein Neid«, sagte Kristine. »Wenn du brav bist, helfe ich dir, auch so ein Plakat von Dominik zu machen.«

»Danke, aber nein. Meine Lichtenergie hat offensichtlich so schon gereicht«, sagte ich nicht ohne einen gewissen Stolz.

Kristine drückte den Aus-Knopf auf ihrer Fernbedienung. Die Beklopptenmusik verstummte wohltuend.

»Junge Menschen erzählen von jungen Themen! Gott, wie ich das vermisst habe.«

Sie klatschte neugierig in die Hände.

Zur Belohnung bekam sie ein umfangreiches Dominik-Update.

Ich schwebte geradezu von Kristine nach Hause. Beim Erzählen war mir erst richtig klar geworden, wie toll das alles war. Was für ein Wahnsinnstyp Dominik war, wie gern ich ihn hatte und was für ein Glück es war, dass ich ihm anscheinend genauso viel bedeutete. Eine tiefe, allumfassende Liebe durchströmte mich, nicht zuletzt auch zu Kristine. Klar, sie war verrückt, verpeilt und geschmacksgestört und hatte mich auch schon mal verraten, aber jetzt war sie eine echte Freundin. Eine Freundin, die einem was gönnte und mit der man richtig toll quatschen konnte.

Gerade noch rechtzeitig, bevor ich mich vor lauter Menschenliebe in ein Bündel Sonnenstrahlen verwandelte, sah ich Max. Er kniete im Garten vor Nils' Haus und pflanzte einen Rosenstock ein. Nils stand ihm gegenüber und betrachtete versonnen das gärtnerische Geschick meines Bruders. Nils erblickte mich und winkte mir zu.

»Dein Bruder hat echt was auf dem Kasten, wenn er nur will!«, rief er.

»Er will nur so selten!«, rief ich zurück.

Max streckte mir die Zunge raus.

»Wir haben gerade Eistee selbst gemacht«, sagte Nils. »Mal probieren?«

Ich nahm die Einladung natürlich nur an, weil sie Max so gar nicht in den Kram passte.

Sonntag, 15. April

Wir waren um elf mit den Rädern am Rathausplatz in Geroldingen verabredet. Da ich angesichts des nächsten Dominik-Dates natürlich wieder viel zu früh wach war – es war gerade mal acht –, brauchte ich dringend etwas Beruhigendes. Da war es ja ganz praktisch, dass ich meine Mutter als nicht gerade aufregende Erzählerin des täglichen Lebens kennengelernt hatte.

Nachdem ich mich in der Küche mit Honey Balls und O-Saft versorgt hatte, fläzte ich mich mit Mamas Notizen auf mein Bett und erwartete die sedierende Wirkung der dritten Abhandlung über die Frage, ob sie denn nun überhaupt Tagebuch führen sollte. Aber Überraschung, Frau Carbon hatte zu einer Entscheidung gefunden und erzählte nun wirklich mal was. Darüber, dass ihr Max manchmal fremd war (verständlich), dass sie Tante Andrea um ihre Freiheit beneidete (interessant, da tat Mama nämlich offiziell immer so, als wäre Andreas Freestyle in Sachen Leben so gar nichts für sie) und dass sie ihren Alltag zunehmend öde fand. Obwohl öde nicht ganz die richtige Beschreibung war – tatsächlich verwendete Mama verstörend oft die Begriffe »Gefängnis«, »Sackgasse« oder »Einbahnstraße«, wenn sie von Job, Familie, Freundschaften und Ehe sprach. Ich schämte mich ein bisschen, dass ich so gar nicht gemerkt hatte, dass Mama offensichtlich schon ganz schön lange mit der Welt haderte. Und freute mich total, als ich auf den Satz »Elli ist das Mädchen, das ich immer gerne gewesen wäre« traf. Ich war also ziemlich gefesselt, und als ich wieder mal auf meinen Wecker schaute, war ich mit Mamas Tagebuch zur Hälfte durch, und es war schon zehn Uhr. Mit einem Kieksen fuhr ich hoch.

Papa rief von unten, ob alles in Ordnung sei, ich sagte: »Ja«, und sprang zu meinem Kleiderschrank. Schnell suchte ich mir Klamotten zusammen, die fahrradtauglich und halbwegs ansehnlich waren, und brachte das Tagebuch zurück zu seinem Fundort. Ich wusste ja nicht genau, wann Mama zurückkam.

Als ich schon das Fahrrad aus der Garage schob, fiel mir ein, dass ein bisschen Beitrag fürs Picknick nun auch ganz vernünftig wäre. Leider hatte die elterliche Ehekrise auch die Lebensmittelversorgung erheblich beeinträchtigt. Im Kühlschrank herrschte gähnende Leere, abgesehen vom letzten Schluck O-Saft, der das Einpacken echt nicht wert war. In der Speisekammer fand ich wenigstens noch eine Packung Butterkekse. Mein Blick fiel auf den halb vollen Bierkasten. Ich entschied, dass es Papa nicht schaden würde, wenn ich drei Flaschen mitnahm, und schwang mich mit meiner kümmerlichen Ausbeute aufs Rad.

Das Wetter war echt bombig. Zweiundzwanzig Grad, strahlende Sonne und dadurch nur lächelnde Gesichter auf dem Geroldinger Rathausplatz.

Dominik war schon da, obwohl ich zehn Minuten zu früh dran war. Er saß in kurzen Hosen und einem karierten Hemd, das ihm unwahrscheinlich gut stand, auf der Bank vor dem

Brunnen und studierte eine Landkarte. Ich stieg vom Rad und schob es die letzten Meter.

Dominik bemerkte mich, stand lächelnd auf und ging auf mich zu. »Hey«, sagte er.

»Hey«, sagte ich.

Er nahm mir das Rad aus den Händen, klappte den Ständer aus, stellte es ab. Dann umarmte er mich.

»Ich hab dich vermisst«, flüsterte er mir ins Ohr.

Ich fand, das war ein guter Grund für einen langen Kuss.

Im Gegensatz zu mir hatte Dominik sich echt was überlegt.

»Ich dachte, wir fahren zum Römerbad«, sagte er. »Und machen ein paar Fotos.« Er winkte mit der kleinen Spiegelreflexkamera, die um seinen Hals hing.

»Ich habe keinen Badeanzug dabei!«, rief ich entsetzt.

»Nicht so schlimm.« Dominik lachte. »Das ist kein Schwimmbad. Eine historische Sehenswürdigkeit. Hier in der Ecke haben mal die alten Römer gesiedelt.«

»In Geroldingen? Die haben ja wirklich vor nichts haltgemacht.«

»Nee, in ...«, Dominik schaute auf seine Karte, »... bei Bubensteg. Knapp sieben Kilometer, würde ich sagen.«

»Na, dann mal ran ans Bad.« Ich stieg auf mein Rad.

»Cool.« Dominik schwang sich ebenfalls auf den Sattel. »Ich steh total auf so einen verfallenen Kram. Ist das schräg?«

»Och, seit ich Popelino kenne, finde ich ziemlich wenig schräg«, antwortete ich.

»Wie gut, dass es den Carsten gibt«, meinte Dominik und trat in die Pedale.

Das Römerbad schien unter den Sehenswürdigkeiten der Region eher ein Geheimtipp zu sein. Wir fuhren irgendwann von der Landstraße ab, kamen über einen Feldweg an einen Wald, in dem wir ziemlich lange ziellos rumkurvten, bis ich endlich ein verfallenes Schild entdeckte, das am Ende eines überwucherten, engen Trampelpfades das Ziel unserer Tour versprach. Wir lehnten unsere Räder an einen Baum, schlossen sie zusammen und stiefelten los. Nach zehn Minuten öffnete sich der Wald und wir kamen auf eine Lichtung. Dort hatten wir unser Ziel erreicht: eine Grube, aus der ein paar Mauerstücke ragten.

»Oh.« Dominik klang enttäuscht. »Das hatte ich mir anders vorgestellt.«

»Sieht aus wie eine antike Tiefgarage für zwei Smarts«, fand ich.

Dominik prustete los und nickte heftig mit dem Kopf.

»Da ist eine Tafel.« Ich zeigte auf eine Metallplatte, die am rechten Ende der Ausgrabung stand.

»Vor zwanzig Jahren war die bestimmt total interessant«, vermutete Dominik, als wir beim Nähertreten erkannten, dass sie komplett unleserlich war. Nun lachte ich.

»Na ja, wenigstens eine Sehenswürdigkeit ganz für uns alleine«, sagte ich. »Komm, wir gehen mal rein.«

»Das ist bestimmt total verboten.« Dominik stieg munter voran in die Grube. Ich folgte ihm.

»Ja, bestimmt«, bestätigte ich, als wir unten angekommen waren. Nun sah man also, wo die Römer vor zweitausend Jahren so sauniert hatten. Ich setzte mich auf ein Mäuerchen und schaute nach oben.

Ein leises Klickgeräusch ließ mich wieder zu Dominik schauen, der gleich das nächste Bild schoss.

»Ey!«, rief ich. »Ich bin gar nicht in Pose.«

»Du sahst super aus!«, beschwichtigte er mich. Dann fummelte er ein bisschen an der Kamera rum, stellte sie auf das gegenüberliegende Mäuerchen, setzte sich rasch zu mir und legte den Arm um mich.

»Lächeln! Selbstauslöser!«, erklärte er mir.

Beim ersten Versuch hatten wir beide die Augen zu, beim zweiten den Mund auf, aber das dritte Bild sah wirklich ziemlich gut aus.

Im Stillen klopfte ich mir auf die Schulter, dass ich das passende Outfit für unseren Trip ausgesucht hatte. Ich forderte, dass ich nun auch ein Bild von ihm machen durfte, und überlegte im Stillen, ob ich nicht doch auch so ein magisches Liebesplakat im Kristine-Style machen sollte.

»Picknick?«, fragte Dominik.

»Essen, wo die alten Römer badeten«, bestätigte ich.

Huhu, Tagebuch,

was für ein erfüllender Tag. Ich war mit Dominik bei einem alten Römerbad (das auch eine neue Bauruine hätte sein können), und wir haben gequatscht und geknutscht wie nicht mehr feierlich.

Komisch, dass küssen so viel Spaß macht. Ich meine, warum ist das so schön, jemand anders die Zunge in den Mund zu stecken? Eigentlich sollte man das entweder albern oder eklig finden, aber tatsächlich könnte ich mir vorstellen, die nächsten Jahre nichts anderes zu machen. Meine Lippen sind total wund, weshalb ich ihnen gerade im Zehnminutentakt eine Dosis Labello verpasse. Sie müssen morgen wieder einsatzbereit sein. Da geht es nämlich zum Kloster Dingelsheim (krass, wie viel alter Scheiß hier in der Ecke rumsteht, von dem ich noch nie gehört habe), und ich wette, Dominik und ich werden sehr unzüchtige Dinge in dem ehrenwerten Gemäuer veranstalten.

Sonntag, 22. April

Ach du Scheiße!

Eine Woche kein Tagebuch geschrieben – keine Ahnung, wann mir das zum letzten Mal passiert ist. Ach, doch, beim letzten Familienurlaub in Südfrankreich, als ich geschickterweise meinen Laptop vergessen hatte und dementsprechend eine erstaunlich medienfreie Zeit in einer ebenso erstaunlich ereignisarmen Urlaubswoche verbringen durfte.

Nun, diesmal mangelte es nicht an Ereignissen. Ich habe mir vier Pfund diese Woche runtergeradelt, es ist ein Wunder, dass meine Lippen nicht in Fransen das Gesicht runterhängen, ich kenne jeden Stein der Region, der mehr als hundert Jahre an seinem Platz liegt, und Papa hat mich gestern Abend gefragt, ob ich wüsste, wo sein Bier hingekommen ist. Tja, wenn man glaubt, wegen Ehekrise nicht mehr für Normalsterbliche einkaufen zu müssen, darf man sich über das Resultat nicht wundern. Wobei ich auch nach sechs Tagen Radtour und Picknickmarathon nicht wirklich auf den Geschmack gekommen bin. Ich finde weiterhin, das Zeug schmeckt wie Erbrochenes, aber Domi hat sich immer gefreut, wenn ich das tägliche Beutestück aus Papas Bierkasten hervorzog. In bayerischen Internaten bekommt man nicht nur Elitewissen beigebracht, sondern auch ein Trinkverhalten, das auf lange Sicht mit Sicherheit nicht gesund ist. Im Gegenzug hatte Dominik immer eine Mörderauswahl Sandwiches und Schnittchen dabei und so hatte jeder was davon.

So, falls das noch nicht ausreichend klar geworden sein sollte: Ich habe einen Freund. Meinen ersten Freund, und nach aktueller Lage darf es auch gerne mein letzter Freund sein, denn ich habe überhaupt keine Idee, warum Dominik nicht der Mensch sein sollte, mit dem ich eines Tages nach einem langen und glücklichen Leben, gestützt auf unsere Rollatoren, in ein Partyaltersheim der Sonderklasse einziehen sollte. Ich habe ja immer gedacht, vor mir liegt ein langer, steiniger Weg, gepflastert mit beziehungsgewordenen Peinlichkeiten, bevor ich mit etwas Glück kurz vor dem Dreißigsten jemanden finde, der nicht völlig bescheuert ist. Aber es muss einem wohl nicht wie Krissi gehen. Manchmal braucht es halt nur einen Schuss, um ins Schwarze zu treffen, und das Schwarze ist Dominik.

Ach, Du fragst, warum ich mir da so sicher bin? Vermutest, dass ich mich von Dominiks gutem Aussehen blenden lasse? (Gut, Du fragst und vermutest natürlich gar nichts, Du bist ja bloß ein Word-Dokument in einem Tarnordner auf meinem Desktop, aber rhetorische Fragen sind nun mal Zeichen eines gehobenen Stils. Und seit ich Mamas Tagebuch kenne, weiß ich, wie wichtig ansprechender Stil ist.)

So, wo war ich? Ah ja.

Dominik sieht wirklich verdammt gut aus, kein Zweifel. Ich könnte ihm den ganzen Tag durch sein dunkelblondes Haar wuscheln, ihm in die grünen Augen starren, die mir immer blau vorkommen, mit meinen Händen seinen Rücken entlangfahren und unter dem Hemd seinen drahtig-sportlichen Körper ertasten. Sein schräges Lächeln knipst in dunkelster Nacht die Sonne an, und er ist genau den Kopf größer, den die perfekte Kusshöhe braucht, aber das allein ist es nicht.

Das ist es überhaupt nicht.

Nein, er ist einfach das, was gefehlt hat. Wenn ich das Yang bin, ist er das Yin. Oder umgekehrt. Ich bin das Chaos, er ist die Ordnung. (Zum Vergleich: Kristine ist das noch größere Chaos. Aber das nur so nebenbei.) Ich liebe seine Ernsthaftigkeit, er findet es toll, dass ich ihn zum Lachen bringe. Ich presche einfach vor, er hat immer einen Plan. Mir sprudeln die Gedanken direkt aus dem Kopf in den Mund, bei ihm ist jeder Satz gut überlegt. Umso mehr ehrt es mich, wenn er mir etwas anvertraut. Denn das bedeutet, dass ihm das nicht rausgerutscht ist, sondern er wirklich findet, dass ich das wissen sollte.

So hat er mir am Mittwoch erzählt, warum er weiß, wie man ein Dorus 3 benutzt. Sie hieß Katinka, war die jüngere Schwester eines Klassenkameraden und unsterblich in Dominik verliebt, was nicht auf Gegenseitigkeit beruhte. Aber er glaubte, mit fünfzehn der Einzige zu sein, der noch nie mit einem Mädchen geschlafen hatte, und deshalb nutzte er die einfache Chance. Zurück blieb eine Vierzehnjährige mit gebrochenem Herzen, ihr älterer Bruder, der Dominik völlig zu Recht eine in die Fresse gab, und die Erkenntnis, dass anscheinend alle seine sexuell ach so erfahrenen Freunde es mit der Wahrheit nicht ganz so genau genommen hatten. Als Nebeneffekt der ganzen Affäre stellte sich nämlich heraus, dass noch keiner von ihnen über das Kussstadium hinausgekommen war. Ich weiß, als Frau von Ehre müsste ich einen solchen Chauvi sofort vor die Tür setzen, aber peinlicherweise mag ich ihn deswegen sogar noch lieber. Weil er mir eine für ihn nun nicht gerade glorreiche Geschichte überhaupt erzählt.

Gestern, an unserem letzten Tourentag dieser Osterferien, die als die besten Ferien meines Lebens in die Geschichte eingehen werden, war dann noch so ein total ehrlicher Dominik-Moment. Wir hatten ein schattiges Plätzchen an den Mauern der Burgruine Fürstenberg gefunden und gerade unsere Sandwiches gemampft. Mir war ein bisschen schummrig von vier Schluck Bier (angeblich hat Onkel Alki in seinen schlimmsten Phasen einen Kasten am Tag geschafft - wie das gehen soll, ist mir ein Rätsel). Ich lehnte an Domis Schulter, schaute in den Himmel und genoss und erlitt gleichzeitig dieses melancholische Gefühl, dass wir bald nicht mehr jeden Tag gemeinsam losziehen konnten, sondern wieder die Schulbank drücken mussten.

„Ich wollte gar nicht ins Internat", sagte er plötzlich.

Ich schaute ihn mit großen Augen an und er schaute auf seine ernste Dominik-Art mit einem angedeuteten traurigen Lächeln zurück.

„Ich habe dich angelogen bei dem Racletteabend. Ich habe mich, glaube ich, selbst angelogen. Ich war sechs Jahre alt, natürlich hatte ich Schiss, ohne meine Eltern irgendwohin zu gehen. Trotzdem habe ich ihnen erzählt, dass ich da unbedingt hinwollte."

„Warum?", fragte ich.

„Weil ich ihnen zur Last fiel. Ich kannte sie gar nicht ungestresst. Und irgendwann habe ich sie mal belauscht. Erika hat geweint, und Siggi hat sie angeschrien, dass das so nicht mehr weitergeht. Dann hat Mama gesagt, dass sie das einfach nicht schafft. Dass sie keine gute Mutter ist und er kein guter Vater und dass es ein Fehler war, auf Familie zu machen."

Mir lief es eiskalt den Rücken runter und ich fühlte einen wahnsinnigen Hass auf die besten Freunde meiner Eltern.

Dominik zuckte mit den Schultern. „Und da habe ich gesagt, dass ich auf das Internat will. Damit sie wieder frei waren. Damit sie zusammenbleiben konnten."

Er trank den letzten Schluck Bier. „Und es hat genutzt. Sie blieben zusammen und hatten gute zehn Jahre."

Ich musste mich echt zusammenreißen, ihm nicht zu sagen, dass sie die nicht verdient hatten. Aber das Schärfste kam danach. Denn Dominik ist nicht nur gegangen, um die Ehe seiner Eltern zu retten.

Er ist auch wieder zurückgekommen, um das zu tun.

Ein lautes Türenknallen riss mich aus meinen Gedanken. Ich zuckte so abrupt hoch, dass mir ein fieser Stich ins Rückgrat schoss. Auch andere hatte der Knall mitten in der sonntäglichen Ruhe offensichtlich schwer beeindruckt. Von unten rief mein Vater ein »Geht's noch?«. Als Antwort setzte viel zu lautes Elektrogewummer ein. Am hinteren Ende des oberen Stockwerks öffnete sich eine Tür, und ich vernahm die raschen Schritte meiner Mutter, die am Zimmer neben meinem stoppten. Ich speicherte und klappte meinen Laptop zu. Nebenan klopfte es energisch. Ich öffnete meine Tür und lugte hinaus.

Mama stand mit angespanntem Gesicht vor Max' Zimmer. Sie klopfte noch einmal und rief: »Max!«

Ein »Nein« antwortete ihr.

Sie stieß die Tür auf und ging hinein. Die Musik verstummte, meine Mutter kam wieder heraus und drehte sich mit strengem Blick hinein.

»So geht das nicht. Ich muss lernen. Wenn du dich aufführren willst wie ein Dreizehnjähriger, mach das in deiner eigenen Wohnung. Du hast schließlich eine.«

»Wow, das ist dir aufgefallen?«, hörte ich meinen Bruder in erstaunlich hoher Tonlage. »Ja, ich habe eine eigene Wohnung. Selbst gesucht, selbst gefunden, weil meine Eltern gerade nur noch Zeit für ihre eigene Ego-Scheiße haben!«

Die Tür fiel heftig vor der Nase meiner Mutter zu. Es sah aus wie in einem billigen Poltergeistfilm. Mama und ich zuckten synchron zusammen. Meine Mutter schaute mich entgeistert an.

»Was hat er denn nur?«, fragte sie mich.

»Recht hat er, Mama. Er hat recht.« Ich schaute sie herausfordernd an.

Sie schien kurz zu überlegen, etwas zu sagen. Dann schüttelte sie resignierend den Kopf und trabte in ihr Arbeitszimmer.

Die Musik setzte wieder ein, diesmal leiser. Ich schaute Max' Zimmertür an, gab mir einen Ruck und klopfte. Als nichts passierte, öffnete ich sie ein Stück und schob meinen Kopf rein. Max lag auf seinem Bett und starrte an die Decke.

»Alles okay bei dir?«, fragte ich.

»Nicht auch noch du«, stöhnte er. »Bitte. Ich ertrage das nicht.«

»Hat Nils wieder nicht aufgemacht?«, fragte ich. Ich hatte es am Tag vorher auch bei unserem Nachbarn probiert und war mir daher ziemlich sicher, dass es das war.

Max setzte sich mühsam auf und schaute mich hasserfüllt an. Aber unter seinem Hass las ich etwas, was mich stehen bleiben ließ, statt augenrollend wieder abzudampfen.

»Er hat halt wieder seine Kunstphase. Das wird schon wieder«, sagte ich in ungewohnt tröstendem Tonfall.

Max lächelte das altbekannte, verächtliche Max-Lächeln und schüttelte den Kopf. »Es ist echt beeindruckend, wie wenig du raffst. Mach also bitte einfach die Tür zu und halt die Fresse.«

Er ließ sich wieder auf sein Bett fallen, und ich tat, wie mir geheißen. Die Rolle der verständnisvollen Schwester stand mir einfach nicht.

So, da bin ich noch mal.

Max' unergründliche Launen haben mich unterbrochen. Ich wollte ja noch was zu Domi schreiben. (Ach, eigentlich möchte ich immer was zu Domi schreiben. Und ihn malen. Töpfern. Aus Fimo kneten und in den Backofen schieben. Kitschige Lieder über ihn komponieren.)

Na ja, aber eigentlich wollte ich ja noch den Knaller überhaupt berichten. Wie gesagt, seinerzeit hat er - im schockierenden Alter von sechs Jahren - entschieden, dass er ins Internat geht, damit Siggi und Erika sich nicht darüber zerstreiten, was für lausige Eltern sie sind. Er hat lange gebraucht, sich da einzufinden, ist natürlich vor Heimweh fast zerplatzt, aber er hat es geschafft und tapfer behauptet, ihm gehe es gut. Und irgendwann war das tatsächlich so. Das Internat ist wohl ein ziemlich cooler Verein. Große Zimmer, geile Landschaft mit Sportplätzen, Wäldern und einem Badesee direkt vor der Haustür. Die Lehrer sind so entspannt, wie Lehrer maximal sein können, und die Leute da sind zwar allesamt Sprösslinge aus wohlhabenden bayerischen Familien, aber nicht hochnäsig, sondern einfach ganz normal und nett, auch wenn sie eine Sprache sprechen, die für mich nur sehr entfernt nach Deutsch klingt. Schule ist Dominik zwar nie besonders leichtgefallen, aber irgendwie haben die da wohl ein ganz cleveres Lernkonzept, sodass er ein ziemlich steiles Notenlevel erreicht hat. Beste Aussichten für ein Abi, mit dem man dann tatsächlich so ziemlich alles angehen kann, was man will. Bei Domi ist es übrigens Medizin, weil er gerne mal ein paar Jahre was für „Ärzte ohne Grenzen" machen will.

Dann hat es angefangen zu kriseln bei Erika und Siggi. Sie klangen immer seltsamer am Telefon, und mit viel Mühe und Ausdauer hat Domi irgendwann aus ihnen rausgeleiert, dass es gerade ziemlich übel um ihre Ehe bestellt ist und sie nicht wissen, ob sie noch zusammenbleiben können. Weil „das gemeinsame Ziel abhandengekommen ist". Offensichtlich sind nicht nur meine Eltern Meister der kryptischen Formulierung.

Na ja, ich hätte ja an Dominiks Stelle gesagt: „Oh, schade, aber ich bleibe jetzt im Bayern-Hogwarts, und ihr könnt ausnahmsweise mal selber gucken, wie ihr klarkommt." Aber so ist Dominik halt nicht. Vermutlich habe ich ihn unter anderem deshalb so lieb. Er hat stattdessen irgendwie zusammenorganisiert, dass er das Internat noch vor Ende des Schuljahres verlassen kann, damit er am Stifter noch ein paar Monate hat, um reinzukommen, bevor es dann in die wirklich heiße Abiphase geht.

Seine Kumpels halten ihn für verrückt, ich auch, aber andererseits: Ohne sein Helfersyndrom für Hilfebedürftige, die ihr Recht auf Hilfe verwirkt haben, hätte ich ihn nie kennengelernt. Daher muss ich Siggi und Erika wahrscheinlich sogar dankbar sein, dass sie so beschissene Eltern sind.

Montag, 23. April

Faszinierend, wie ein einziger Mensch das Verhältnis zu einem Wochentag verbessern konnte. Üblicherweise fühlten sich Montage an wie ein Schnellzug, der direkt auf einen zuraste, und der erste Montag nach den Ferien wie ein Schnellzug, der das in einem sehr, sehr engen Tunnel tat.

Heute war nichts davon zu spüren. Ich war viel zu früh, also fünf Minuten vor Abfahrt, an der Haltestelle, um bloß nicht den Bus zu verpassen. Während Kristine düster aus dem Fenster blickte, als wäre sie eine lebenslang Verurteilte, die gerade nach Alcatraz verschifft wurde, summte ich ein kleines Liedchen. Sie bemerkte es erst, kurz bevor wir am Stifter ankamen.

»Sag mal, ist dir was auf den Kopf gefallen? Was ist denn mit dir los?«, grummelte sie.

Die Türen schwangen auf, aber wir ließen erst einmal die Fünftklässler vorbeidrängeln. Mir hüpfte das Herz, als ich bemerkte, dass Dominik am Schultor auf mich wartete. Lächelnd kam er auf mich zu, zog mich an sich und gab mir einen beeindruckend langen Kuss.

»Hi«, begrüßte er mich danach.

»Oh«, schaltete sich Krissi ein. »So viel Leidenschaft vor der Unterstufe. Das ist was Ernstes.«

Dominik nickte lachend. »Das kann man wohl so sagen.«

»Was läuft hier eigentlich? Warum kriege ich wieder gar nichts mit?« Irgendwo aus dem Nichts war Popelino aufgetaucht und starrte mich und Dominik an.

»Weil es hier um Gefühle und Liebe und so geht«, übernahm Krissi die Antwort.

Dominiks Hand schloss sich um meine, und wir schlenderten auf den Schulhof, während wir das Gespräch von Kristine und Carsten verfolgten.

»Was soll das denn heißen?«, fragte Carsten. »Ich habe auch Gefühle.«

»Ja, für Lego Technic und Computerviren«, erklärte Kristine. Dann rief sie laut: »Hey! Huhu!«, und rannte auf Antonia zu, die auf der Treppe vor dem Haupteingang saß und Krissi übertrieben herzlich begrüßte, als habe sie soeben ein tot geglaubtes Familienmitglied wiederentdeckt.

»Ich habe schon lange aufgehört mit Lego Technic«, murmelte Carsten und zog finster seiner Wege.

»Ups, das sieht nach Liebeskummer aus«, bemerkte Dominik, während er Popelino hinterherschaute.

Ich schaute Dominik mit großen Augen an. »Carsten? Kristine? Meinst du echt?«

»Na klar«, sagte er. »Das ist mir schon auf meinem Geburtstag aufgefallen. Dir nicht?«

Ich schüttelte sprachlos den Kopf.

»Und ich dachte, ihr Mädels hättet dafür einen sechsten Sinn. Aber du bist halt eine besondere Vertreterin deiner Spezies.«

»Ist das jetzt als Kompliment oder als Beleidigung gedacht?«

Als Antwort gab er mir noch einen Kuss und fragte mich, ob wir uns in der großen Pause wiedersahen.

Juhu, Tagebuch,

der erste Schultag nach den Ferien ist vorbei und es hat gar nicht wehgetan. Nein, mit so ein paar Pausen voller Dominik und Geknutsche machen die anstehenden Klassenarbeiten, die vielen Stunden voller Geheimwissenschaften wie Chemie und Physik einfach deutlich weniger schlechte Laune als sonst. Außerdem ist es gut für die Figur. Neben dem ganzen Geradel, das Domi und ich wohl noch den ganzen Sommer durchziehen werden, habe ich in der Pause überhaupt keine Zeit mehr zum Essen und spare Kalorien, während ich welche verbrenne – so ein richtiger Kuss verbraucht angeblich siebzehn Kalorien pro Minute, also könnte ich mir theoretisch zum Pausengong ein Knoppers reinhauen und hätte praktisch nichts gegessen.

Ein bisschen schlechtes Gewissen habe ich nur wegen Kristine, weil die zwischen zwei Schulstunden nun so gar nichts mehr von mir hat. Andererseits kann die sich ja mit Alexa und den anderen Hexen vergnügen, die garantiert auch nicht so gereizt reagieren, wenn sie von Max schwärmt. Ich muss ja schon sehr an mich halten, ihr nicht eine Seite aus dem Collegeblock zu reißen, wenn darauf statt dem Versuchsaufbau in Chemie das tausendste Herz mit einem „Max" in Schnörkelbuchstaben erscheint.

Glücklicherweise ist Nils gerade wieder aus der Künstlerversenkung aufgetaucht. Also, zumindest habe ich ihn beim Nachhauseweg auf der

Einfahrt erwischt, wo er gerade mit reichlich gequältem Gesichtsausdruck sein Auto anschaute. Er sah ganz schön abgekämpft aus und reagierte auf die Frage, ob er den Wagen so kritisch anguckt, weil Max wieder damit gefahren ist, nur mit einem halbherzigen Lächeln. In spontaner Hilfsbereitschaft zog ich meine halbe Flasche Cola light aus dem Rucksack und winkte ihm damit einladend zu.

Er holte zwei Gläser mit Eiswürfeln, und wir setzten uns auf die Plastikstühle im Garten, die er von seinen Vorgängern geerbt hat. Weil er so wortkarg war, textete ich ihn zwanzig Minuten zu mit den tollen Osterferien, dem tollen Dominik, dem tollen Kommunikationsverhalten meiner Eltern (SCHERZ!) und schließlich Kristines pathologischer Max-Verehrung. Der einzige Punkt, wo er dann ein bisschen gesprächig wurde und meinte, ich täte meinem Bruder unrecht. Max sei ein sehr intelligenter und auch feinfühliger Mensch, der ganz schön viel auf dem Kasten hätte.

„Ich rede gerade von Max, meinem Bruder", sagte ich. „Welchen Max meinst du?"

Er senkte nur mit hochgezogenen Augenbrauen den Kopf, aber ich war nicht überzeugt.

„Also, der Max, den ich kenne, ist definitiv ein anderer Mensch."

„Wir sind doch alle nicht, was wir scheinen", sagte Nils und schaute dabei gedankenverloren in die sich langsam auflösenden Eiswürfel. Dann schmiss er mich raus mit der Feststellung, dass er ganz schön geschafft sei, und angesichts der gerade abgesonderten Kalenderblattweisheit hatte ich auch den Eindruck, dass ihm ein Schläfchen ganz guttun würde.

Oha, von unten ertönt süßes Gezicke. Fast hatte ich Angst, meine

Eltern schreien mittlerweile nicht mal mehr miteinander. Es geht um das ja nun übernächstes Wochenende anstehende Straßenfest. Mama stresst wohl gerade rum, weil sie dafür mindestens einen halben Tag Seminar drangeben muss. Bin ja mal gespannt, wann sie vorhat, ihre Ausbildung auch im familiären Bereich einzusetzen. „Konflikte konstruktiv lösen" steht auf ihren Werbeflyern, aber das schafft sie anscheinend nur bei Leuten, die sie nicht kennt.

Na ja, ich schreibe Domi jetzt noch eine Gutenachtnachricht und lasse mich dann vom elterlichen Geblöke sanft in den Schlaf wiegen. In meiner Death-Metal-Phase in der Achten habe ich zum Einschlafen ja Zeug gehört, das irgendwie auch nicht viel anders klang.

Dienstag, 24. April

Mit dem Ende der Ferien war auch die Jazzdance-Pause vorbei, die bei mir ja etwas länger ausgefallen war. Fast hatte ich mich an den Gedanken gewöhnt, dass ich wieder mit Bus oder Rad zur Sporthalle musste (meine Ausdauer war durch Domis Radlerwahnsinn enorm gestählt), aber meine Mutter hatte sich offensichtlich wieder an ihre sportlichen Pflichten erinnert. Und auch an die Tatsache, dass sogar ihr Uralt-Handy SMS konnte, sodass ich schon im Unterricht wusste, dass wir ausnahmsweise mal wieder gemeinsam loskamen.

Während der Fahrt war Mama auffällig gut gelaunt, und ich hoffte, dass das vielleicht auch wieder etwas ruhigeres Fahrwasser in Sachen Eheleben ankündigte. Aber als ich dezent anfragte, wie es denn gerade mit Papa lief, wischte sie das Thema mit einem »Ach, der« beiseite und fragte stattdessen den ganz normalen Kram – Schule und Freunde – ab, den ich mehr (Schule) oder weniger (Krissi) wortreich beantwortete. Ich konnte ihr ja auch schlecht sagen, dass meine beste Freundin gerade ihre klebrigen Liebesfühler nach Max ausstreckte und die Grenzen des Wahnsinns dabei zusehends weiter hinter sich ließ. Trotzdem war es schön, Mama mal wieder ohne diesen angespannten

Zug um die Mundwinkel zu sehen, und ich winkte ihr fröhlich hinterher, als sie mich an der Sporthalle rausgeschmissen hatte.

Wir waren etwas früher dran als sonst und so warteten ein paar der anderen Mädels noch auf Frau Simmerink. Als ich näher kam, schauten sie mich an wie eine Geistererscheinung, die zu früh dran war für den Mitternachtsspuk.

»Ach, du kommst noch?«, fragte Alexa, die als Erste die Worte wiederfand.

»Ja, klar«, sagte ich. »Gab's daran Zweifel?«

»Oh, Elisabeth, mit dir habe ich nicht mehr gerechnet«, bestätigte die soeben eintreffende Frau Simmerink, dass es diese Zweifel wohl tatsächlich gegeben hatte. Sie schaute mich ratlos an. »Ich weiß jetzt gar nicht, wie ich dich noch in den Blocksberg-Rock einbauen soll.«

Jetzt schaute ich ratlos drein. Wovon sprach die Frau?

»Wir haben nämlich einen Auftritt bei der Walpurgisfeier des Mutter-und-Kind-Kreises«, erklärte Alexa unerwünschterweise, und ich fühlte mich wie das fünfte Rad am Wagen. Oder eher wie das sechste oder siebte.

Da ich erwartungsvoll angeschaut wurde, redete ich halt wieder. »Ähm … dann steige ich einfach wieder ein, wenn die Feier durch ist?«

»Ach, das ist doch auch gemein«, sagte Frau Simmerink, nicht ganz so glücklich mit dem Vorschlag.

»Keine Sorge, Frau Simmerink. Lizzy weiß doch, dass man nicht mal so oder so kommen kann, wie man gerade Lust hat«, erklärte Alexa freundlicherweise mein Seelenleben.

Ich warf ihr ein gezwungenes Lächeln zu, ließ es weiterwandern zu Frau Simmerink und sagte: »Ist schon okay.«

Sie wirkte erleichtert, also verkniff ich mir einen bissigen Abschiedskommentar für Alexa und trabte los Richtung Innenstadt, wo Mamas Yogaraum lag. Sollten die blöden Hühner doch vor angeschickerten Jungmüttern zeigen, wie schlecht Hexen tanzen konnten. Ich würde mir einfach die nächsten zwei Wochen ein nettes Dominik-am-Dienstag-Date einplanen.

Ich schickte ihm eine Nachricht, ob er spontan zum Rathausplatz kommen konnte, und wollte nur schnell meiner Mutter Bescheid sagen, dass ich schon ging. Im Yogaraum der Volkshochschule guckte ich durch das Fenster. Ich schaute in viele offene Rentnermünder, die gerade »Komm, lieber Mai« anstimmten. Der Chorleiter, ein beleibter Mann mit albernem Haarkranz um die kahle Kopfplatte, bemerkte, dass seine Heerscharen, irritiert durch meinen Anblick, noch schräger sangen als sonst, und drehte sich um.

Er kam zum Fenster und machte es auf.

»Kann ich dir helfen? Willst du eintreten?« Die Aussicht auf ein Chormitglied, das noch eigene Zähne hatte, ließ sein Gesicht freudig strahlen.

»Ähm … nein. Danke«, stammelte ich. »Ich dachte, hier wäre die Yogagruppe.«

Sein Lächeln erstarb. »Nee, die gibt es nicht mehr. Sind zu klein geworden. Wurde mit der Freitagsgruppe zusammengelegt.«

»Oh. Dann … Entschuldigung.« Ich drehte mich um und ging wieder.

Mein Handy vibrierte. Eigentlich rechnete ich mit einer SMS von Mama, die mir gestehen musste, dass sie den Anschluss beim Yoga verpasst hatte. Doch stattdessen schrieb Dominik, dass er in zehn Minuten am Rathausplatz wäre und tierisch Lust auf ein Eis hatte.

Ich schickte Mama eine Nachricht, dass Jazzdance ausfiel und ich mich mit Krissi in der Stadt traf und alleine heimkam.

Liebes Tagebuch,
seltsame Dinge geschehen. Ich musste heute Jazzdance knicken, und als ich das Mama einfach live in den Yogaraum brüllen wollte, war da gar kein Yoga mehr, sondern Frühlingsgesänge der Generation neunzig plus. Ich dachte ja, das wäre erst seit Kurzem so und Mama hätte das nicht mitbekommen, weil sie wegen ihres Seminarkrams ja auch schon länger nicht mehr da war. Das meinte auch Dominik, als ich ihn getroffen habe. Aber soweit ich das im Netz recherchiert habe, gibt es schon seit Februar kein Dienstagsyoga mehr in Geroldingen. Mama hat aber nie erwähnt, dass sie sich eine andere Gruppe suchen musste. Muss sie aber wohl, denn als ich sie vorhin gefragt habe, wie es war, meinte sie nur: „Sehr entspannend", und hat sich dann wieder zum Lernen in ihr Arbeitszimmer verzogen. Aber okay, Yoga ist ja dermaßen beliebt unter älteren Frauen, da hat sie wahrscheinlich einfach eine passende Gruppe im Nachbardorf ausgecheckt.

Nachtrag: Entweder Frauen ab 40 nutzen einfach kein Internet oder Mama macht jetzt Geheimyoga. Ich habe im Umkreis von 50 Kilometern keine Dienstagsgruppe googeln können.

Mittwoch, 25. April

Dominik hatte heute keine Zeit, weil er sich eine Nachhilfe für Mathe ranorganisiert hatte. Deshalb konnte ich guten Gewissens die Einladung zum »Late Lunch« bei Kristine annehmen, die ich ja in letzter Zeit sträflich vernachlässigte.

Ich klingelte. Kristine öffnete mit stolzem Lächeln die Tür. Wie ein Spezialeffekt stieß hinter ihr plötzlich ein Schwall Rauch hervor.

»Brennt's bei euch?«, fragte ich.

»Die Rühreier!«, schrie Kristine und wetzte davon.

Ich folgte ihr. Eine Pfanne mit schwarzen Brocken hing in der Spüle. Kristine war hustend damit beschäftigt, das Fenster aufzureißen. Sie stieg von der Arbeitsplatte und betrachtete das, was aus vernachlässigten Eiern wurde.

»Och Menno«, maulte sie.

»Mit fünfzehn muss man ja nun wirklich keine begnadete Köchin sein«, sagte ich, »aber Rühreier verbrennen lassen?«

Sie nahm die Pfanne aus der Spüle und schüttete ihren Inhalt in den Biomüll.

»Max hatte voll das coole Musikvideo gepostet. Das wollte ich halt noch zu Ende gucken.«

»Ja, das lohnt sich voll.« Ich machte den Küchenschrank auf. »Mir reicht eh eine Schüssel Honey Balls.«

»Wir haben nur Schokomüsli«, sagte Kristine.

Ich zog die Packung heraus und sie stellte uns zwei Schüsseln hin.

»Was hat er denn Eierzerstörendes gepostet?«, fragte ich, während ich die Milch aus dem Kühlschrank holte.

»Irgendwas Altes. War aber cool. ›Love Hurts‹ hieß es.« Kristine bekam einen trüben Blick, wahrscheinlich, weil sie gerade »Love« gesagt und dabei an Max gedacht hatte.

»Er hat einfach so viel Seele«, schwallerte sie vor sich hin.

»Ja, eine dunkle tiefschwarze Seele«, ergänzte ich. »Er ist ein Arsch, Kristine. Ich sage es dir gerne noch zweitausendmal, bis du von diesem Trip endlich runter bist, also: Er ist ein Arsch.« Ich rührte in der Schüssel und nahm einen Löffel Müsli.

»Du kennst ihn doch gar nicht«, behauptete Kristine, mal eben die Tatsache ignorierend, dass ich ihn als Schwester nun mal leider sehr genau kannte. Als Beispiel für seine zarte Seele erzählte ich ihr, wie er mich neulich angepampt hatte, als ich ihn in seinem Ärger trösten wollte.

»Er mag seine Fehler haben«, räumte Kristine ein. »Aber wahrscheinlich fehlt ihm nur Liebe.«

Eigentlich wollte ich sagen, dass ihm hauptsächlich ein paar Latten am Zaun fehlten, aber da rasteten plötzlich einige zuvor wild verstreute Gedanken zusammen und ergaben mit einem Mal ein einheitliches Bild.

»Ach du Scheiße!«, entfuhr es mir.

»Stimmt was nicht mit dem Müsli?« Kristine schaute erst mich und dann ihre Schüssel fragend an.

»Ich muss was klären«, sagte ich, drückte Krissi schnell zwei Schmatzer auf die Backe und eilte zur Haustür.

»War das jetzt unser Late Lunch?«, rief Kristine mir hinterher.

»Wir holen's nach«, versprach ich und zog die Tür hinter mir zu.

Obwohl es keine vierhundert Meter waren, kam ich ganz schön außer Puste bei Nils an. Ich war auch ordentlich gespurtet. Hoffentlich war er nicht wieder in einer Künstlerphase. Ich brauchte dringend ein paar Antworten. Na ja, eigentlich nur eine Antwort.

Aber meine Hoffnung war anscheinend umsonst. Eine Frau Anfang sechzig in elegantem Hosenanzug, die aussah wie die erfahrene Staatsanwältin in einer amerikanischen Krimiserie, bearbeitete mit ihren Fäusten gerade die Tür.

»Jetzt komm schon, mach auf. Das hat doch keinen Sinn«, rief sie in einer Mischung aus Resignation und Wut.

Im Haus rührte sich nichts, obwohl Nils' Auto dastand.

Die Frau stellte das Hämmern ein und lehnte ihre Stirn an die Tür. Dann fiel ihr Blick auf mich. Wortlos schauten wir uns ein paar Augenblicke an.

»Wer sind Sie?«, fragte ich.

Sie musterte mich von oben bis unten. Dann sah sie mir fest und etwas herablassend ins Gesicht. »Ich bin die Ältere, also ist das meine Frage. Wer bist du?«

Den Ton mochte ich nicht. Ich verschränkte die Arme und bemühte mich um größtmögliches Selbstbewusstsein.

»Ich bin eine Freundin von Nils.«

Sie runzelte die Stirn, bis sie kapierte, was ich gesagt hatte.

»Ach so. Na dann. Falls du Nils …«, sie sprach seinen Namen aus, als wäre er ein besonders schweres Wort, »… mal wieder siehst: Sag ihm, seine Mutter macht sich Sorgen. Sein Vater auch. Er soll also bitte seine Eltern anrufen. Und zwar sofort.«

Sie blickte noch einmal Hilfe suchend die Hauswand entlang, schüttelte den Kopf und wandte sich zum Gehen.

»Ich dachte, Sie wären geschieden«, entfuhr es mir.

Sie guckte mich überrascht an und lächelte dann ein unergründliches Lächeln, das nach allem, nur nicht nach Heiterkeit aussah.

»So, dachtest du. Na ja, das ist wahrscheinlich nicht die letzte Überraschung, die Nils …«, schon wieder betonte sie seinen Namen so strange, »… für dich bereithält.«

Sie lief die Auffahrt hinunter und öffnete die Tür eines silbernen BMWs.

»Aber du richtest ihm das bitte aus, ja?«, fragte sie mich, bevor sie einstieg.

Ich nickte und ging in Richtung unseres Hauses. Als ich mich noch einmal umdrehte, glaubte ich, im oberen Stockwerk bei Nils einen Schatten hinter dem Fenster zu sehen.

Donnerstag, 26. April

Guten Tag, Tagebuch!
Also, zumindest hoffe ich, DU hast einen guten Tag. Ich habe einen Tag. Ja, ich weiß, wenn man die Liebe seines Lebens gefunden hat, sollte man jeden Tag freudestrahlend und singend durchschreiten, aber ich muss leider feststellen: Auch die Liebe kann nicht alles retten. Und es gibt Scheißtage, auch wenn man geliebt wird.

Nein, ich bin nicht krank. Mein Immunsystem funktioniert bestens, mein Gewicht liegt in der Idealzone. Trotzdem fühle ich mich wie ausgekotzt. Mir schwirrt so viel im Kopf herum, dass ich mir am liebsten eine externe Festplatte anschließen möchte, um den ganzen Gedankenballast zu halbieren. Aber vielleicht sind meine Gehirnwindungen nur eingerostet. Die letzten Wochen habe ich meinen Kopf ja zu neunzig Prozent dazu benutzt, an Dominik zu denken, vielleicht braucht es einfach etwas Gewöhnung, wenn es dann wieder etwas komplexer wird.

Gott, fasele ich wirres Zeug. Sonst hilft es mir, mit Dominik darüber zu sprechen, aber der war gestern dazu nicht aufgelegt. Er hat selbst auch gerade genug Mist am Start. Die Nachhilfestunde war ein Reinfall, obwohl der Student, der ihm das beipuhlen soll, wohl ziemlich in

Ordnung ist. Aber der hat auch ganz schön finster dreingeguckt, als er sah, wie unterschiedlich die Oberstufenlehrpläne hierzulande und in Bayern ausfallen, und meinte, dass das ein ganz schön steiniger Weg wird. Dominik sieht sich schon auf ein hochgradig mittelmäßiges Abi zusteuern, und dann kann er erst mal schön eine Lehre machen, bevor er auch nur irgendwie die Chance auf einen Studienplatz in dem Fach hat, das ihn wirklich interessiert. Es hat ihn auch nicht aufgeheitert, als ich ihm sagte, dass er nun auch nicht unbedingt Medizin studieren muss, weil er dann wird wie mein Vater und wir ja wissen, wie wir nach zwanzig Jahren Ehe enden. Gut, war ein lausiger Scherz, denn sein Vorhaben, die Ehe seiner Eltern zu retten, kommt auch eher bedenklich voran. Er hat neulich ein irgendwie geheim klingendes Telefonat seiner Mutter belauscht, und als er später die Wahlwiederholungstaste drückte, kam er bei einer Anwaltskanzlei raus. Das ist auch echt nicht gerade beruhigend. Na ja, dementsprechend war er so mit seinem eigenen Kram beschäftigt, dass ich ihn nicht mit meinem Verdacht behelligen wollte, dass …

Moment, da trabt gerade etwas wutentbrannt die Treppe rauf. Papa und Mama sind noch auf Arbeit, also fallen die aus. Vielleicht kriege ich jetzt doch zumindest zu einem Thema mal Klarheit. Bin gleich wieder da!

Ich klopfte an Max' Tür, interpretierte das »Nein« in meinem Sinne und ging hinein. Mein Bruder warf gerade ein paar Bücher in einen Umzugskarton. Er schüttelte genervt den Kopf.

»Ja, er hat wieder nicht aufgemacht, und nein, ich möchte

nicht mit dir darüber reden«, sagte er und legte einen weiteren Stoß Bücher in den Karton.

Da ich nicht wusste, wie ich es am besten formulieren sollte, entschied ich mich für den Weg, den ich in solchen Fällen immer wählte. Den direkten.

»Hast du was mit Nils?«

Der nächste Stapel Bücher fiel ihm aus der Hand. Er tat etwas, was ich von meinem Bruder gar nicht kannte. Er schwieg.

Nach einigen Sekunden fand er wieder Worte. Ziemlich dämliche Worte.

»Wie meinst du das jetzt?«

»Ich gelte zwar immer als die Minderbemittelte von uns beiden, aber ich glaube, das kann man nicht verschieden meinen«, erklärte ich. »Also: Du hast was mit Nils, oder?«

Es klingelte und Max zuckte zusammen. Dann fing er sich wieder.

»Das ist Jule. Sie hilft mir mit dem Kram hier.«

Er zeigte auf seine Kartons. Dann schob er mich raus auf den Flur und ging zur Treppe, um die Haustür aufzumachen. Vorher drehte er sich noch einmal um.

»Ein Wort zu Mama und Papa und du bist tot.«

Ich nickte und ging zurück in mein Zimmer.

Wir saßen seit halb sieben im Eiscafé am Rathausplatz von Geroldingen. Während Dominik lustlos in seinem Erdbeerbecher herumstocherte, versuchte ich, im Milchschaum meines Latte Macchiato die Zukunft zu lesen. Es gelang mir nicht.

»Also, ich bin so still, weil gerade mein Abi den Bach runtergeht«, fing Domi endlich ein Gespräch an. »Was ist es bei dir?«

Ich dachte nach, während ich mir Zucker in den Kaffee rührte.

»Alles«, sagte ich. »Und keine Ahnung, wo ich anfangen soll.«

»Na, am besten irgendwo«, meinte Dominik. »Was geht dir jetzt gerade durch den Kopf?«

»Mein Bruder ist schwul und hat was mit unserem Nachbarn«, antwortete ich.

Dominik riss die Augen auf. »What?«

Immerhin, die Abisorgen waren damit erst mal vergessen.

Ich zuckte mit den Schultern. »So isses. Und ich dumme Nuss brauche Wochen und Monate, um das zu checken. Gut, ich kann Max nicht ausstehen, aber trotzdem hängt er mir seit über fünfzehn Jahren auf der Pelle, und ich habe rein gar nichts gemerkt. Er hatte doch sogar eine Freundin in der Zehnten!«

»Na ja, das merkt man auch nicht unbedingt. Ein Kumpel von mir, der letztes Jahr Abi gemacht hat, ist auch schwul. Habe ich aber erst kapiert, als ich ihm ein paar Vorschläge in Sachen hübscher Mädchen zu viel unterbreitet habe. Und ich war mir keiner Schuld bewusst, weil er als totaler Womanizer galt.«

Ich zog die rechte Augenbraue hoch. »Du sollst auch keine Vorschläge zu hübschen Mädchen machen«, merkte ich in tantenhafter Strenge an.

Dominik lachte. »Das ist meine kriminelle Vergangenheit. Heute bin ich ein anderer Mensch.«

Er stieß mich neckisch mit seinem Knie unter dem Tisch an. Ich stieß zurück.

Domi stürzte sich mit neuem Elan auf seinen Eisbecher.

»Aber eigentlich ist das doch gar nicht verkehrt«, räsonierte er, während er eine Erdbeere zerkaute. »Nils ist cool, du kannst ihn gut leiden, das schadet deinem Verhältnis zu deinem Bruder bestimmt auch nicht.«

»Meinem nicht«, antwortete ich. »Aber ich bin gespannt, was meine Eltern sagen, wenn Max statt einer kichernden Mitstudentin den dreißig Jahre alten Lottonachbarn als Schwiegertochter einführt.«

Freitag, 27. April

Der Frühling meinte es echt gut dieses Jahr, weshalb Krissi und ich entschieden, nach der Schule noch im angrenzenden Kirchpark zu chillen. Selbst das übernächste Woche anstehende Straßenfest hatte beste Aussichten. Fast fünfundzwanzig Grad weissagte die Wetter-App auf Krissis Smartphone, das sie permanent beobachtete, um ja keine Regung meines Bruders auf Facebook zu verpassen. Ich hatte es noch nicht übers Herz gebracht, ihr die verstörenden Max-News zu überbringen. Wahrscheinlich, weil ich sie selbst noch nicht so richtig verarbeitet hatte.

Wir legten unsere Jacken auf den Rasen und brachten unsere Verpflegung ans Tageslicht. Ich warf eine Tüte Chips und eine Flasche Cola aufs Gras und wartete auf Kristines üblichen Beitrag, Schokocookies und Bifi. Stattdessen zog sie eine große und eine kleine Tupperschüssel aus ihrem Rucksack und öffnete sie.

»Was ist das denn?« Ratlos guckte ich in die Schüsseln.

»Gemüsesticks und Kräuterquark. Voll lecker!«, sagte Kristine mit einem Lächeln, das zu breit war, um echt zu sein, und stippte einen Karottenstift in die Soße.

»Wenn wir so was essen möchten, können wir auch in die Cafeteria gehen.« Störrisch riss ich die Chipstüte auf.

Immerhin, der Kräuterquark war ganz gut und passte auch prima zu den Chips. Während Krissi die beeindruckende Gemüsevielfalt in ihrer Tupperschüssel in Zeitlupe verzehrte, scannte sie permanent ihr Handy.

»Kristine, das ist langweilig«, sagte ich. »Wenn ich nicht reden möchte, könnte ich mich auch mit Popelino zur Mittagspause verabreden.«

»Mhh«, meinte sie undifferenziert, nickte und ließ einen weiteren Millimeter Gurke sehr langsam ihren Mund passieren.

Ich gab auf und schickte Domi eine lange Nachricht. Er hatte einen saublöden Stundenplan, der die siebte freiließ, um ihn dann zur achten und neunten Stunde wieder vor Ort zu verlangen. Und die Zeit dazwischen füllte er ab jetzt nicht mehr mit mir, sondern dem Studenten, der die Abirettung bringen sollte.

Jemand kam den Pfad durch den Kirchpark entlang. Es war der Wenz, der gerade telefonierte. Er blieb stehen.

»Och bitte, heute noch«, hörte ich ihn sagen. »Bei dir fällt sonst wieder das ganze Wochenende flach. Das halte ich nicht aus!«

Würg. Das klang nach dem Grund, warum wir vor den Ferien seine romantischen Schildbürgerstreiche ertragen mussten.

Er fing an zu grinsen und rief: »Prima!« Er steckte sein Smartphone weg, bemerkte mich und gab einen erschreckten Laut von sich. Als er sich gefangen hatte, hielt er sich in einer übertriebenen Geste das Herz und verabschiedete sich mit einem Winken. Ich winkte zurück, wobei es bei mir eher ein fortscheuchendes Winken war.

»Ich mache mir Sorgen«, sagte Kristine.

Ah, sie konnte doch noch reden.

»Ich auch«, sagte ich. »Über deine Ernährung.«

Sie stöhnte genervt. »Tu doch nicht so. Du machst auch ständig Diäten. Meistens nur zwei Stunden lang, aber probiert hast du es. Ich will halt endlich in Topform kommen.«

Da ich auf keinen Fall über den Grund reden wollte, warum sie in Topform kommen musste, nahm ich eine – scheinbar – andere Abzweigung im Gespräch.

»Hast ja recht. Und warum machst du dir Sorgen?«

»Max hat seit Tagen nichts mehr auf Facebook gepostet. Nicht mal eine Einladung zu einer Demo oder so.«

Ja, verdammt, da war der Grund wieder.

»Max geht's prima«, versuchte ich abzuwiegeln.

Krissi kräuselte die Lippen. »Als ob du das wüsstest! Da hast du den tollsten Menschen der Welt als Bruder und er interessiert dich einen Scheiß!«

»Herrgott, Krissi, er ist schwul! Wenn schon nicht reicht, dass er mein Horrorbruder Max ist, dann doch hoffentlich das!«

Ups. Damit war es draußen.

Liebes Tagebuch,

schlechtes Gewissen ist echt ein mieses Gefühl. Es ist schon kurz nach zehn, aber ich habe immer noch einen schalen Geschmack im Mund und kann nicht schlafen. Ich habe Krissi verraten, dass Max schwul ist. Einfach, um endlich ihren Liebeswahnsinn zu beenden. Ich meine, eigentlich macht das für Krissis Chancen auch gar keinen Unterschied. Selbst wenn Max der heterosexuellste Mann auf Erden wäre und Krissi die letzte Frau auf derselben, wäre da nichts gegangen. Aber vermutlich macht es doch einen Unterschied, ob irgendetwas zumindest theoretisch möglich wäre. Erst hat Krissi einfach behauptet, ich lüge, aber als ich ihr den gesamten Zusammenhang erklärt habe, hat sie mir geglaubt. Und ist in Tränen ausgebrochen. Zum Nachmittagsunterricht war sie dann nicht da und auf meine Nachfrage hat sie nur ein „Ich muss nachdenken" geschickt.

Nach der Schule habe ich wieder mein Glück bei Nils versucht, doch der ist weiter auf Tauchstation. Also habe ich bei Dominik angerufen, der nach seiner Nachhilfe wieder megadüster drauf war, und was macht der, als ich ihm die Krissi-Geschichte erzähle? Noch mehr Schuldgefühle! Nicht nur wegen Krissi, auch noch wegen Max. Er meint, ich kann nicht einfach so das Geheimnis, das ich ihm in seiner Überraschung abgeluchst habe, durch die Welt posaunen, wie es mir gefällt. Und hat dann auch noch spitz gefragt, ob ich es vielleicht auch noch meinen Eltern erzählen will, damit Max gar keine Gewalt mehr über sein Privatleben hat.

Ich bin noch nie so frostig aus einem Telefonat mit Dominik rausgekommen und das verstärkt meine Schuldgefühle noch. Dabei könnte ich meinen Eltern heute gar nix erzählen - Papa hat sich kurz nach sechs verabschiedet, weil Siggi noch irgendwas von ihm wollte, und hat gerade noch eine SMS mit „Wird später" geschickt, und Mama ist wieder spontan zu irgendeiner Kollegin aus einer Lerngruppe gefahren und bleibt da über Nacht.

Na ja, wenn ich vor lauter schlechtem Gewissen nicht schlafen kann, packe ich da einfach noch ein bisschen was drauf. Ich hol mir mal wieder Mamas Tagebuch als Gutenachtlektüre.

Samstag, 28. April

Morgen, Tagebuch.
Sehr früher Morgen. Es ist fünf Uhr fünfzehn und ich habe nach meinen Berechnungen ungefähr drei Stunden in einer Art Halbschlaf verbracht. Ich bin megagerädert und weiß trotzdem, dass ich die eigentlich verbleibende Stunde, bis der Wecker klingelt, kein Auge mehr zubekomme.

Immerhin, wieder was gelernt. Es ist überhaupt keine gute Idee, das schlechte Gewissen durch etwas beruhigen zu wollen, bei dem man sowieso ein schlechtes Gewissen haben sollte.

Ich habe mir Mamas Tagebuch wie angekündigt geschnappt und tatsächlich, zunächst hatte es durchaus meditative Wirkung. Nachdem sie ja eine Zeit lang irgendwie wirklich echt und direkt aus ihrem Leben erzählt hat und was sie dabei denkt, ergab sich nach und nach eine Routine der etwas belangloseren Art. Hier eine Familienfeier, da Stress mit Cheffe und zwischendrin sogar ihre Einkaufszettel für den Supermarkt! Als ob man sein Tagebuch mit zu Aldi nimmt! Na ja, ich war schon fast weggedämmert, aber da waren auch nur noch drei Seiten übrig, die ich halt noch mitnehmen wollte.

Ganz schlechte Idee.

Der letzte Eintrag begann mit den Worten „Es macht keinen Sinn, sein Tagebuch anzulügen". Daraufhin eine zwei Seiten lange Erklärung, warum das keinen Sinn macht. Ich war schon fast weggepennt, als ich zur vorletzten Zeile kam:

„Also will ich jetzt wieder aufrichtig berichten, was los ist."

Und dann kam die letzte Zeile, die mich um eine halbwegs vernünftige Nachtruhe gebracht hat:

„Ich habe mit einem anderen Mann geschlafen. Ich glaube, ich bin verliebt."

Montag, 30. April

Kristine hatte den Max-Schock offensichtlich noch nicht verkraftet. Sie war nicht da, und auf meine Nachricht, ob alles okay sei, gab es nur die patzige Antwort: »Mein Herz liegt in Scherben, mein Leben ist zerstört. Also alles bestens.«

Klar, eine gute Freundin hätte jetzt irgendwas Tröstliches zurückgeschrieben. Aber ich war gerade nicht in der Lage, eine gute Freundin zu sein. Zäh flossen die Schulstunden dahin und auch gegenüber Domi hielt ich in der Pause die Klappe. Ich liebte ihn, sicher, ich wollte ihm das erzählen, aber noch einen Vortrag zum Thema Privatsphäre konnte ich gerade am allerwenigsten brauchen. Und den hätte es gegeben, hatte er mir doch seinerzeit unmissverständlich klargemacht, was er von heimlicher Tagebuchlektüre hielt.

So saßen wir die ganzen fünfzehn Minuten, jeder in seiner eigenen Welt, nebeneinander auf der Bank. Nur die Tatsache, dass unsere Knie dicht aneinandergedrückt waren, gab mir die Sicherheit, dass noch alles in Ordnung war. Als es zum Pausenende klingelte, zuckten wir beide zusammen und schauten uns an, als wären wir gerade synchron aus dem Koma erwacht.

»Sorry, ich … ich war in Gedanken woanders«, entschuldigte

er sich für die Viertelstunde miteinander verbrachten Schweigens.

»Schon okay«, sagte ich. »Ich glaube, wir brauchen mal wieder ein paar Stunden nur für uns.«

Er nickte dankbar, gab mir einen Kuss und ging in Richtung der Chemiesäle. Ich lief über den Haupteingang zum Klassenzimmer. Auf der Treppe stolperte ich dem Wenz in die Arme.

»Hoppla«, rief er und dann: »Entschuldigung.« Dann schaute er mich prüfend an. »Elisabeth? Alles in Ordnung?«

Meine völlige Reaktionslosigkeit schien nicht gerade beruhigend zu wirken.

»Du siehst gar nicht gut aus. Kann ich dir irgendwie helfen?«

Einen absurden Moment lang hatte ich nicht übel Lust, hier auf den Stufen des Adalbert-Stifter-Gymnasiums meinem Deutschlehrer einfach alles zu erzählen. Glücklicherweise war der Moment aber wirklich sehr kurz. Also ließ ich es bleiben und betrat mit einem dahingelogenen »Alles in Ordnung« das Schulhaus.

Donnerstag, 3. Mai

Nicht einmal Judo konnte meine nun schon Tage andauernde Unruhe dämpfen, obwohl ich Popelino derartig auf die Matten pfefferte, dass er mich irgendwann anschrie, ob ich noch alle Tassen im Schrank hätte. Da ich auch nicht gerade angemessen – zum Beispiel mit einem »Entschuldigung« – reagierte, sondern meinerseits zu einer Schimpftirade ansetzte, war Sport immerhin eine halbe Stunde früher aus. Unser Lehrer Herr Weingeist verwies uns als Strafe für unsere Ignoranz der fernöstlichen Bedächtigkeit des Unterrichtes.

Nachdem Carsten mit einem »Blöde Kuh« an mir vorbeigestapft war, setzte ich mich in die Umkleide, vergrub das Gesicht in den Händen und stöhnte. Ich brauchte dringend jemanden zum Reden. Jemand, der nicht Krissi, Nils, Domi oder ein Elternteil war. Also schickte ich eine SMS an Tante Andrea, dass ich etwas auf dem Herzen hätte, und die fand eine so knappe Nachricht von ihrer Lieblingsnichte wohl so alarmierend, dass sie alles stehen und liegen ließ und sich in einer Stunde im Café Morgenrot ankündigte. Das passte zeitlich ganz gut, denn es gab da zwei Dinge, die ich eh noch recherchieren wollte.

Tante Andrea kam mit panischem Gesichtsausdruck ins Morgenrot gehetzt. Die Anspannung fiel ihr förmlich aus dem Gesicht, als sie mich an einem Tisch vor einem Kamillentee (mir war nach etwas Beruhigendem) entdeckte.

»Lizzy! Gott sei Dank!«, rief sie so laut, dass die anwesenden Senioren sie besorgt anschauten.

»Schon gut«, sagte ich, während sie sich setzte. »Ich wollte ein Gespräch, ich habe ja nicht meinen Selbstmord angekündigt.«

Sie lachte nervös auf. »Ich weiß. Aber irgendwie habe ich mir Sorgen gemacht.«

Tante Andrea bestellte einen Milchkaffee bei der überraschend schnell am Tisch stehenden Bedienung – die solariumsverbrannte Ziege war sonst nicht gerade für ihr übertriebenes Servicebewusstsein bekannt – und schälte sich aus ihrem Blazer. »Also, was gibt's? Ist was mit deinem Freund? Ist jemand krank?«

»Mein Freund macht sich Sorgen wegen seinem Abi, und Max ist krank vor Liebeskummer, weshalb Krissi auch krank ist vor Liebeskummer, aber deswegen wollte ich nicht mit dir reden. Ich habe eigentlich nur eine Frage an dich.«

Andrea wirkte erleichtert, dass nichts Schlimmeres war, und nahm einen Schluck vom soeben eingetroffenen Kaffee.

»Okay, und die wäre?«

Ich schaute ihr direkt ins Gesicht, um ja keine Reaktion zu verpassen. Dann stellte ich die Frage.

»Hat Mama eine Affäre?«

Ich hatte schon davon gehört, dass Menschen zuweilen vor Überraschung die Kinnlade herunterfiel. Nun erlebte ich das zum ersten Mal in echt. Andrea fror mit offenem Mund für zwanzig Sekunden ein, bevor sie sich wieder regen konnte.

»Ich … ähm … wie … wie kommst du denn darauf?«

Da Andrea verbotene Tagebuchlektüre bekanntermaßen nicht gut fand, ließ ich den Part einfach weg. Die Faktenlage war dank meiner Recherchen auch so überzeugend genug.

»Meine Mutter geht seit sechs Monaten zu einem Yogakurs, der nicht existiert. Sie hat sich nach einem Krach mit Papa im Hotel am Rathaus einquartiert, das seltsamerweise an diesem Tag keinen Gast namens Tina Carbon finden konnte, als ich wegen einer verlorenen Geldbörse nachfragte. Sie ist so gut wie jedes Wochenende auf ihrer Fortbildung oder bei mediationswilligen Kunden, aber komischerweise stehen die Termine nicht alle in ihrem Kalender, der ansonsten mit preußischer Disziplin geführt wird. Das macht mich in Kombination mit der Eiszeit, in der sich meine Eltern gerade befinden, etwas nachdenklich.«

Andrea schien der große Kaffeedurst überfallen zu haben, so lange, wie die Tasse vor ihrem Gesicht schwebte. Dann hatte sie anscheinend genug nachgedacht.

»Das ist … ja, hui, das ist merkwürdig. Aber warum sollte ich was darüber wissen?«

»Weil du früher mindestens alle drei Tage mit Mama telefoniert hast. Weil ihr einen Krach habt, der schon seit Monaten nicht beigelegt ist – und das, obwohl bei euch kein Krach länger als eine Woche dauert. Du hast gerade ein richtiges Problem mit Mama, und so was hältst du nur durch, wenn es dir wirklich gegen den Strich geht. Also würde ich gerne von dir wissen, wer es ist, der Mama gerade so durch den Wind bringt.«

Andrea stellte die Tasse vor sich ab. Sie hatte sich entschieden.

»Du weißt, ich liebe dich, Lizzy«, sagte sie entschlossen. »Aber von mir erfährst du kein Wort.«

Freitag, 4. Mai

Hey,
das ist einer dieser Tage, bei denen ich mich frage, wie ich ihn überstehen soll. Oma hat ja am 1. Mai Geburtstag, und ich war megaerleichtert, dass er ausfiel, weil sie mit ihrer Seniorencombo auf Dampferfahrt war. Dummerweise hat sie sich entschieden, stattdessen den heutigen Tag zur Geduldsprobe anlässlich ihres Zweiundsiebzigsten werden zu lassen. Papas Familie ist nicht halb so cool wie die mütterliche Variante – es hat schon seine Gründe, warum die sonst nur zu Weihnachten ein Pflichtprogramm darstellt. So ein Oma-Geburtstag ist entweder geprägt von meiner anstrengenden Verwandtschaft oder dem schlechten Gewissen, wenn man sich erfolgreich zur Wehr gesetzt hat und doch zu Hause bleiben darf.

Dieses Jahr sind wir alle komplett. Selbst Max kommt mit und das hat er meiner Erinnerung nach zum letzten Mal vor fünf Jahren gemacht. Vermutlich geht es ihm wie allen von uns. Wir sind einfach zu erschöpft, um auch noch dagegen anzukämpfen.

Mein letztes Fünkchen Restenergie brauchte ich, um für das morgige Straßenfest durchzusetzen, dass ich mich nach einer Stunde Spüldienst absetzen darf. Dann treffe ich mich mit Dominik, und eigentlich sollte ich mich darauf freuen, aber er hat mir eine Nachricht mit den Worten „Ich muss mit dir über was Wichtiges reden" geschickt, was ungefähr so beruhigend klingt wie „Der Asteroid steuert direkt auf die Erde zu". Natürlich dachte ich sofort, er will Schluss machen, und sah ihn schon seine Hochzeit mit Antonia in einem romantischen Schlosshotel feiern. Mit veganem Buffet und einem total beschissenen DJ, der nur Kram spielt, zu dem keiner tanzen will. Glücklicherweise antwortete er auf mein „Oh. Was Schlimmes?" mit „Was Kompliziertes. Und bevor du jetzt was total Bescheuertes denkst: Ich liebe dich und will so bald wie möglich ein Dorus 3 mit dir auspacken." Ich konnte also die Käseplatte aus Milchersatz und Antonias triumphierendes Lächeln beim Jawort wieder in die Gehirnschublade „Völlig überflüssige Horrorvisionen" packen.

Papa ruft zum Aufbruch, womit wir beim leider sehr realen Horror wären. Schon die nächste Etappe macht richtig Lust auf mehr. Eine schweigsame Autofahrt mit einem Bruder, von dem keiner weiß, dass er schwul ist, einem betrogenen Ehemann, der glaubt, er durchlebt gerade ein kleines Ehetief, und seiner Gattin, die meint, ihre Affäre mit Mr Unbekannt wäre ihr süßes Geheimnis. Es wäre schon ein Happy End, wenn das fünfzehnjährige Mädchen, das all diese Geheimnisse kennt, nicht von der Last ihres Wissens überfordert schreiend an der Kaffeetafel zusammenbricht und daraufhin die nächsten zwanzig Jahre in die Klapse wandert.

Mal schauen, ob ich mein Tagebuch ab morgen nicht mehr auf einem Laptop führe, sondern mit Wachsmalstiften an die Wände meiner Zelle schreibe.

Zusammengebrochen war ich noch nicht, trotzdem gestaltete sich Omas Geburtstag als Tortur, was unter anderem daran lag, dass sie ihr Kuchenbuffet leider wieder selbst gebacken hatte. Während ich einen Mohnkuchen in mich reinwürgte, der schmeckte wie mit frischer Vulkanasche zubereitet, hatte ich viel Zeit. Zeit, um all die unangenehmen Eindrücke in voller Tiefe auszukosten. Onkel Alkis dämliches Gelaber, das nun nicht mehr von seinem alten Hobby – Briefmarkensammeln –, sondern von der heiligen Gemeinschaft der Anonymen Alkoholiker handelte. Tante Tilly, die meinem öden Cousin Stefan immer noch permanent sagen musste, wie er zu sitzen hatte, was ich mir mit zweiundzwanzig Jahren verbeten hätte, aber von ihm immer noch mit dahingenuscheltem »Entschuldigung« prompt befolgt wurde. Um den Nervfaktor zu perfektionieren, wackelte Oma alle zehn Minuten um den Tisch und fragte, ob man noch was brauchte, was ihre Freundin Martha stets mit einem »Die sind alt genug« kommentierte – in einem Tonfall, der klarmachte, dass wir eine undankbare Bande waren, die eine arme, alte Frau durch die Gegend scheuchten.

Zwischen all diesem wortreichen Gewusel waren die Mitglieder meiner Familie verteilt, und keine Sau außer mir merkte, dass die gar nichts sagten. Ich nicht, weil ich beim Öffnen meines Mundes wohl erst einmal gepflegt hätte kotzen müssen. Max nicht, weil er im Fünfminutentakt Nachrichten absetzte, wahrscheinlich in der Hoffnung, dass irgendwann Nils' Handy platzen und damit sein beharrliches Schweigen brechen würde. Meine Eltern nicht, weil es anscheinend all ihre Kraft kostete, die mentale Betonwand zwischen sich aufrechtzuerhalten. Mir fuhr ein schmerzhafter Stich ins Herz, wenn ich mich daran erinnerte, wie sie sich auf früheren Oma-Geburtstagen einen vielsagenden, einvernehmlichen Blick zugeworfen hatten, wenn es gerade wieder besonders blöd wurde. Selten hatte ich das Gefühl, dass es wirklich nicht mehr schlimmer werden konnte.

Dabei gab es eigentlich nur eins, was ich in meinem bisherigen Leben hätte lernen können:

Schlimmer ging immer.

Die Bombe platzte, als mit einem merkwürdig eingesackten Tiramisu als Nachspeise zu einem verkochten Rinderbraten endlich der letzte Programmpunkt vor dem allgemeinen Aufbruch eingeläutet wurde. Max' Handy vibrierte. Er ließ seinen Löffel mit einem Pling in die Glasschüssel fallen und zog sein Smartphone aus der Hose. Ich betrachtete ihn genau, während um mich herum das Gelaber etwas leiser zu werden schien. Seine Gesichtszüge froren ein, als wäre die Zeit angehalten worden. Anscheinend hatte die sonst völlig geistesabwesende Mama etwas gemerkt, denn plötzlich schaute sie vom Tisch hoch zu Max. Auf ihrer Stirn kerbte sich eine dünne Falte ein. Max' Kehlkopf bewegte sich nach unten, bevor er einen unterdrückten Schrei von sich gab, der gerade deshalb besonders schrecklich klang.

Dann brach er vor der versammelten Verwandtschaft in Tränen aus und kreischte: »Er ist weg!«

Hallo, Tagebuch,

ich habe wirklich nicht die geringste Ahnung, wann ich jemals wieder eine normale Schlafnacht erleben soll. Immer glaube ich, mehr kann die Kacke doch nicht dampfen, und dann wird der Nebel doch noch dichter.

Max hat heute an Omas Geburtstagsmarathon einen formidablen Nervenzusammenbruch hingelegt, und auch wenn Verständnis für meinen Bruder nun nicht gerade meine hervorstechendste Charaktereigenschaft ist: Ich kann es verstehen. Heulend ist er in den Flur gerannt, Mama und Papa in nicht mehr selbstverständlicher Einigkeit hinterher, da habe ich mir rasch das Smartphone von seinem Platz geholt, bevor Tante Tillys neugierige Augen sich dranhefteten. Meine zugegebenermaßen nicht viel weniger neugierigen Augen sahen daher die Nachricht, die ihn so aus der Fassung gebracht hat. Auch mir jagt sie jetzt noch einen kalten Schauer über den Rücken:

„Ich ziehe weg. Es war alles eine Lüge. Vergiss mich."

Absender: Nils.

Diese Infos zogen meine Eltern meinem derangierten Bruder auf der nun eilig einberufenen Heimfahrt aus der Nase. Der hatte sich sein Coming-out mit Sicherheit auch anders vorgestellt, aber er war so neben der Spur, dass er tatsächlich die Faktenlage auf den Tisch packte. Während Mama wenigstens nur sprachlos in den Beifahrersitz fiel, reagierte Papa, als hätte er gerade einen Ratgeber zu pädagogisch völlig falschem Verhalten gelesen. Er legte einen satten zwanzigminütigen Tobsuchtsanfall hin, bei dem mir immer noch nicht ganz klar ist, was ihn nun so aufregte. Dass sein Mustersohn nicht zur Enkelproduktion zur Verfügung steht? Dass angeblich alle wieder Bescheid wussten, nur er nicht? Oder doch, dass sich ein Dreißigjähriger an einen armen, hilflosen Teenager heranmachte? (Dabei ziemlich freundlich ignorierend, dass er hilflosen Teenagern in den letzten Monaten nun nicht gerade eine Stütze war.)

Als wir endlich in Bad Waidach einfuhren, legte Papa vor Nils'

Haus eine Vollbremsung hin und sprang aus dem Auto, permanent „Komm raus, du Schweinehund!" brüllend. Während ich überlegte, ob die Schlagzeile eher „Arzt ermordet Bildhauer" oder „Familienvater tötet Lottomillionär" lauten würde, lehnte Mama stöhnend ihren Kopf aufs Armaturenbrett, und Max rannte Papa hinterher. Ich betrachtete die beiden, die sich nun gegenseitig anschrien.

Als ich mich an den Lärmpegel gewöhnt hatte, ließ ich den Blick schweifen. Die Rollläden an Nils' Haus waren alle unten. Sein Auto war weg.

Und auf seinem Rasen steckte ein neues Schild mit der Aufschrift „Zu verkaufen".

Dieses ganze Grauen, das mich heute um den Schlaf bringen wird, hatte nur ein Gutes. Krissis Sendepause ist vorüber. Während Mama mit mäßigem Erfolg versuchte, ihre Männer wieder in die tieferen Tonlagen zu bringen, erhielt ich eine Nachricht.

„Ich bin immer noch am Boden zerstört, aber kann es sein, dass dein Papa und Max gerade die ganze Nachbarschaft zusammenbrüllen?"

Sie hat echt einen miesen Männergeschmack, aber ein verdammt feines Gehör.

Samstag, 5. Mai

Ich betrachtete die roten Zahlen auf meinem Digitalwecker. Sie sagten, es sei 5:37 Uhr. Immerhin, ein paar Stunden hatte ich wohl doch geschlafen, auch wenn ich immer wieder von eingebildeten oder echten Geräuschen zurück an die Oberfläche meines Bewusstseins gerufen wurde und dort vor mich hin dämmerte. Aber ich merkte, jetzt war Schluss. Also machte ich die Nachttischlampe an und schlurfte in meinem übergroßen Schlafshirt auf den Flur.

Max' Tür stand offen. Ich lugte hinein. Im dämmrigen Licht des Morgengrauens sah ich, dass sein Bett leer war. Auf der Decke lag ein Zettel. Ich hob ihn auf und las.

»Bin in meiner WG. Ich brauch ein paar Tage für mich. Melde mich, wenn ich so weit bin.«

Ich legte den Zettel zurück und ging in die Küche, um mir einen Tee zu machen. Aber jemand anders war schon auf die gleiche Idee gekommen. Mama saß fertig angezogen am Küchentisch und starrte vor sich auf unsere rote Thermoskanne, die unser Familienleben, schon solange ich denken konnte, begleitete. Als sie mich sah, lächelte sie traurig und sagte »Hallo«.

Ich nickte und zeigte auf die Kanne. »Darf ich?«

»Klar.«

Ich nahm mir einen Becher aus dem Wandschrank, füllte ihn mit dem dampfenden Tee und setzte mich Mama gegenüber. Wir schwiegen gemeinsam und tranken ab und an einen Schluck.

»Was für ein Tag, oder?«, sagte Mama irgendwann.

»Was für ein Leben«, ergänzte ich. »Max ist weg.«

»Ich weiß.« Mama nickte. »Ich habe vorhin seinen Roller gehört und ihm gleich eine panische SMS geschrieben. Gerade kam die Antwort. Er ist in der Bude und will seine Ruhe.«

Sie schüttelte geistesabwesend den Kopf.

»Da lebt man fast zwanzig Jahre mit seinem Kind zusammen und checkt überhaupt nicht, was los ist.«

»Sachen checken ist keine Stärke unserer Familie«, sagte ich und schaute Mama prüfend an. Aber sie schaute nicht zurück und zuckte nur lächelnd mit den Schultern.

»Wohl nicht. Aber gut, wenn man es irgendwann weiß. Ich hoffe, er findet den Richtigen.«

»Du findest es nicht schlimm, dass er schwul ist?«, fragte ich nach.

Mama schüttelte den Kopf. Dann runzelte sie nachdenklich die Stirn. »Aber eigentlich dachte ich immer, Schwule wären ein bisschen netter.«

»Um mal eines klarzustellen«, ertönte es plötzlich von der Tür, und meine Mutter und ich zuckten erschrocken zusammen. »Ich finde es auch nicht schlimm, dass er schwul ist!« Papa stand da und schaute uns vorwurfsvoll an.

»Was machst du denn hier?«, fragte ich entgeistert.

»Ich kann, wie alle anderen auch, nicht schlafen. Ich weiß

ja, dass ich immer als der Eisklotz gelte, aber deswegen muss es noch lange nicht stimmen.«

Er machte den Kühlschrank auf, nahm sich einen Karton Milch und pumpte ihn zur Hälfte ab.

»Also, wenn du es nicht schlimm findest, Ben«, sagte Mama, »warum dieser Auftritt vorhin? Das klang nun alles nicht gerade nach Nicht-schlimm-Finden.« Sie funkelte ihn zornig an, er funkelte zurück und ich wünschte mich wieder ins Bett.

»Ich finde es nicht schlimm, dass er auf Männer steht. Seine Entscheidung. Da bleibt ihm streng genommen auch einiges erspart.« Beim letzten Satz schaute er Mama vieldeutig an, damit der morgendliche Seitenhieb auch bloß nicht unterging. »Schlimm finde ich nur, dass er sich irgendeinen dahergelaufenen Hallodri krallt und wieder alle Bescheid wissen außer mir!«

»Wir wussten es nicht!«, riefen Mama und ich wie aus einem Mund, und sie fügte hinzu: »Und Nils ist kein Hallodri!«

»Der Typ könnte sein Vater sein!«, rief Papa.

Mama rollte die Augen, ich fragte nach. »Vater mit elf?«

Papa schnaubte. »Er ist auf jeden Fall viel zu alt. Wir wissen doch gar nicht, wer er ist. Wo er sich rumgetrieben hat. Elf Jahre ist in diesem Alter einfach viel zu viel!«

»Hat dein Freund Siggi nicht mit zweiunddreißig geheiratet? Die zwanzigjährige Erika?«, fragte Mama.

»Das ist was anderes«, behauptete Papa. »Ein älterer Mann und eine junge Frau passt einfach ziemlich oft.«

Nur nicht für die Ewigkeit, dachte ich, wenn man den aktuellen Stand bei Dominiks Eltern kannte.

»Aber andersrum geht das genauso wenig wie bei zwei Männern«, stellte Papa eine These in den Raum.

Ich war froh, dass Tante Andrea nicht da war. Das hätte wieder Zündstoff in Sachen Geschlechterverständnis gegeben.

Aber auch Mama war pikiert. »Wie? Ältere Frau und jüngerer Mann geht nicht?«

»Nein. Das sind einfach unterschiedliche Entwicklungsstufen.«

Die Theorie wurde nicht gerade besser, wenn Papa sie weiter ausführte. Mama kochte einige Grad hoch.

»Ich glaube, da irrst du dich, Ben. Manchmal geht es nämlich nicht um Jahreszahlen. Manchmal geht es auch einfach um Verständnis. Ums Zuhörenkönnen. Darum, dass dich jemand toll findet, dich braucht und dir das Gefühl gibt, dass dein Leben nicht vorbei ist, sondern jederzeit neu anfangen kann.«

Wieder einmal erklangen die klickenden Geräusche in meinem Kopf, in dem sich gerade eine Erkenntnis zusammensetzte. Wieder einmal presste ich nicht fest die Lippen zusammen, sondern ließ mit großen, auf Mama gerichteten Augen den unglückseligen Satz heraus:

»Es ist der Wenz, oder?«

Amerika!

Liebes Tagebuch,
ich würde gern mal wieder irgendwas Aufmunterndes in Dich schreiben, aber aktuell gibt es da nur „Ich habe Dominik". Alles andere ist scheiße, und man sinkt immer tiefer ein, um das appetitliche Bild auszureizen.

Max ist weg. Nils' Verschwinden in Kombination mit väterlichen Wutausbrüchen hat ihn in die Sicherheit seiner Studentenbude vertrieben. Gott, ich hätte jetzt auch gerne eine Studentenbude.

Mama ist auch weg. Mit Sicherheit nicht in einer Studentenbude. Sondern höchstwahrscheinlich bei einem Mann, dem es nicht gereicht hat, mit seinem idealistischen Geschwafel die Schulzeit noch anstrengender zu machen, als sie eh schon ist. Nein, der Typ, der seine Schüler bei jeder zweiten Lektüre mit dem (nur von ihm im jeweiligen Buch entdeckten) Thema „Moral" quält, hat offensichtlich keine moralischen Probleme damit, die Mutter einer Schülerin anzugraben und eine Ehe zu zerstören.

Papa ist noch da, aber das ist auch nicht viel besser. Nach einem wahren Inferno gegenseitiger Vorwürfe ist Mama irgendwann gegangen. Na ja, davongebraust trifft es eher. Sie hat sogar eine Ecke vom Holzgatter an der Hofeinfahrt mitgenommen. Dann ist Papa am

Küchentisch zusammengesunken und hat geweint. Zwei Stunden lang. Ich habe Papa nur beim Zwiebelschneiden jemals weinen sehen. Ich wäre nicht böse gewesen, wenn es dabei geblieben wäre. Eigentlich war er nach einer Stunde schon fertig, und ich spülte mir nach den endlosen Wiederholungen der Floskeln „Ist doch nicht so schlimm" und „Das wird schon wieder" und „Das ist bestimmt nur eine Phase" gerade beim Zähneputzen den schalen Geschmack der Lüge aus dem Mund, als es wieder losging. Ich wetzte in die Küche und fragte, was los sei. Papa hatte erst jetzt realisiert, dass heute Straßenfest ist, und die Aussicht, der versammelten Nachbarschaft das Fernbleiben seiner Frau zu erklären, brachte die nächste Welle in Gang.

Das Gute ist: Auch diesen Heulkrampf habe ich beendet.

Das Schlechte ist: Dafür bin ich jetzt die Freiheitsstatue in Herrn Steins Grillbude.

Ich riss die Tür auf, als es endlich klingelte. Kristine marschierte mit entschlossenem Gesicht und einem kleinen Köfferchen herein und stampfte die Treppe hoch. Als ich mein Zimmer betrat, zog sie sich gerade ein paar Sicherheitsnadeln von der Bluse und befahl: »Anziehen!« Ich nahm das auf meinem Bett bereits ausgebreitete Kostüm und präsentierte Krissi den Ist-Stand. Aufgrund der doch etwas unterschiedlichen Maße von meiner Mutter und mir sah ich aus wie eine Römerin, die überraschend drei Kilo abgenommen hatte und nebenbei noch fünfzehn Zentimeter geschrumpft war. Mit erstaunlich geschickten Händen steckte Kristine hier ein Stück hoch, zog da fest und verteilte die Sicherheitsnadeln. Sie betrachtete mich, nickte dann zufrieden, stellte den mitgebrachten Koffer auf den Schreibtisch und klappte ihn auf, während ich mein Römerinnendasein wieder ablegte.

»Eine James-Bond-Nähmaschine«, sagte ich bewundernd, als ich erkannte, was der Koffer in sich barg.

»Reisenähmaschine nennt man das in Handarbeitskreisen«, kommentierte Kristine lächelnd, während sie das Gerät an die Steckdose neben meinem Bett anschloss. Sie nahm das Kostüm, überlegte kurz, wo sie anfangen sollte, und legte dann los.

»Ich wusste gar nicht, dass du das so gut draufhast. Das hast du mir gar nicht erzählt!«, sagte ich, während die Nadel emsig drauflosratterte.

»Erzählt habe ich das durchaus«, meinte Krissi. »Mit dem Zuhören hat es da wohl eher gehapert.«

Das erste Stück Saum war hochgenäht und Kristine nahm sich die nächste Seite vor. Ich schaute ihr fasziniert zu. Die Nadel hielt inne und Kristine drehte sich genervt um.

»Das macht mich nervös.«

»Wie? Dass ich dir zugucke? Soll ich rausgehen?«, bot ich schnelle Abhilfe an.

»Nein, dass du im Raum bist und nichts sagst.«

»Was soll ich denn erzählen?«, fragte ich.

»Zum Beispiel, warum du mich für Näharbeiten aus meinem Liebeskummer reißt, um zur Freiheitsstatue zu werden, die eigentlich deine Mutter sein sollte. Und ob das was damit zu tun hat, dass sie vorhin zum Ortsausgang gerast ist, als hätte sie irgendwas in Richtung Formel 1 vor.«

Ich überlegte, ob ich auch Kristine die mit Papa ausgeheckte medizinische Krise von Mama-Oma vorbringen wollte, fand dann aber, dass sie für ihren engagierten Notfalleinsatz an der Nähmaschine die Wahrheit verdient hatte. Was zur Folge hatte, dass Kristine in nur zwanzig Minuten fünfmal der Kommentar »Ach du Scheiße« entfuhr.

Der Plan ging auf. Das Straßenfest nahm seinen vorgesehenen Gang, ich verteilte Unmengen von Herrn Steins verkohlten Bratwürsten und halb rohen Frikadellen an Nachbarn, die schon zu betrunken waren, um das zu merken, und als sich der Auflauf lichtete und die Herren der Schöpfung um acht endlich die Bierbänke und Tische zusammenklappten, war auch diese Herausforderung gemeistert.

Papa kam an den Imbisswagen und lächelte mich dankbar an, während ich den Grillrost abschrubbte.

»Lass mal, Kleines«, sagte er. »Das soll Frau Stein machen.«

Ich nickte und nahm mir die Krone ab.

»Du warst eine tolle Freiheitsstatue«, sagte er und drückte mich. Ich spürte, wie sein Rücken leicht vibrierte.

»Zusammenreißen, Papa! Nicht auf den letzten Metern zusammenklappen«, flüsterte ich ihm ins Ohr.

Er ließ mich wieder los, wischte sich über die Augen und nickte. »Hast recht, Kleine. Hast recht.«

Er schaute sich um. An einem Stehtisch hatte sich das Planungskomitee um diverse Flaschen Schnaps zusammengefunden und versicherte sich gerade gegenseitig, dass man hier das Fest der Feste auf die Beine gestellt hatte.

»Ich werde mich da jetzt noch zwanzig Minuten dazugesellen und dann habe ich es endgültig geschafft.« Er ging los, drehte sich aber noch mal zu mir um. »Aber ich bin dir sehr dankbar.

Ich hoffe, du weißt das. Und ich hoffe, du hattest heute nicht groß was anderes vor.«

»Scheiße!«, rief ich und spurtete nach Hause. Ich hatte was anderes vorgehabt. Mit dem wichtigsten Menschen meines Lebens. Aber sogar den vergaß man, wenn der Rest der Welt gerade donnernd in sich zusammenfiel.

Nach zehn Minuten, in die ich eine beeindruckende Anzahl stetig wütender werdender Flüche untergebracht bekam, hatte ich mein Handy endlich wiedergefunden. Hastig tippte ich die PIN ein. Acht Nachrichten verkündete mir das Display unheilvoll.

15:00 Uhr: Bin da, du auch?

15:10 Uhr: Hast du nicht mal gesagt, du wärst für eine Frau ungewöhnlich pünktlich? ;-)

15:20 Uhr: Muss ich mir Sorgen machen?

15:30 Uhr: Du, ich geh jetzt wieder. Habe eh noch einen Termin. Aber ruf mich bitte an. Erstens mache ich mir Sorgen und zweitens muss ich dir echt dringend was erzählen.

17:30 Uhr: Mann, bin ich doof. Das »blöde Straßenfest«. War wohl doch nicht so blöd, oder? Aber hättest mir ruhig Bescheid geben können.

20:10 Uhr: Okay, so was macht man nicht per Smartphone, aber ich bin sauer, und ich bin betrunken, und ich muss es dir jetzt einfach sagen. Ich geh zurück ins Internat.

Ich starrte auf das Display.

Ich hatte ja gedacht, meine Welt wäre heute Morgen schon zusammengekracht. Ich erkannte, dass ich mich getäuscht hatte.

Jetzt war sie zusammengekracht.

Sonntag, 6. Mai

Hey, Tagebuch,
wenn ich mich jemals in Dir über eine beschissene Nacht beschwert habe - vergiss es. Die schlimmste Nacht aller schlimmen Nächte liegt hinter mir. Diesmal habe ich wirklich überhaupt nicht geschlafen. Ich sah den Mond aufgehen, ich sah ihn wieder untergehen, untermalt vom immer wieder aufbrandenden Weinen aus dem Schlafzimmer. Papa tat mir schrecklich leid, ich tat mir noch mehr leid, und weil ich gerade in Stimmung war, tat mir sogar Max leid. Und Nils, der ja wahrscheinlich auch gerade eher düstere Stunden verlebt. Und wenn ich schon dabei war, konnte mir auch Kristine noch leidtun. Lauter Menschen, die leiden. Und alle in mir drin. Und weswegen?

Wegen diesem Scheiß, den ungefähr achthundert Millionen Lieder, die meisten davon auch noch kacke, besungen haben. Zu dem dreihundert Millionen Bücher geschrieben und einhundert Millionen Filme gedreht wurden. Die dürfte ich dank Kristines Romantic-Comedy-Phase auch so ziemlich alle gesehen haben. Und all diese Lieder, Bücher und Filme haben uns doch erzählt, was für ein Wunder die Liebe ist.

Ja, sie ist ein Wunder.

So wie ein Vulkanausbruch ein Wunder ist. Die Atombombe. Ein

Erdbeben. Ein Meteoritenhagel. Eine tödliche Krankheit, die aus den Tiefen des Dschungels hervortritt und ganze Kontinente leer räumt.

Die Liebe ist ein Wunder, auf das man besser verzichten sollte.

Als mir um 6:50 Uhr eine Erika mit monströsen Augenringen auf mein minutenlanges Sturmklingeln öffnete, wurde mir plötzlich klar, dass die geistige Umnachtung einer Kurzschlussreaktion deutlich länger dauern konnte als bislang angenommen. Mindestens eine morgendliche, zugegebenermaßen ziemlich flotte Radfahrt nach Geroldingen und einige Minuten Den-Klingelknopf-Malträtieren lang. Erika riss die Augen auf, als sie mich erkannte. Also, sie versuchte es zumindest. Die Schwere der morgendlich geschwollenen Tränensäcke ließ nur eine millimeterbreite Anhebung der Augenlider zu.

»Elisabeth?«, sagte sie mit krächziger Aufstehstimme. »Was machst du denn hier?«

Statt zu antworten, war ich gerade damit beschäftigt, mir klar zu werden, wie grottenpeinlich und geisteskrank die ganze Aktion war.

Und dann stand schon Dominik in der Tür.

»Lizzy?«

Sein Blick verriet mir, dass auch er mich für geisteskrank hielt. Doch dann zogen sich in seinem fassungslosen Gesicht die Mundwinkel zu einem erfreuten Lächeln nach oben. Das gab mir emotional den Rest. Ich heulte los, glaubte, meine Tränen sogar richtig spritzen zu sehen, und schrie: »Warum lässt du mich allein?«

Dominiks Fingerspitzen näherten sich zaghaft meinem Arm,

doch ich trat einen Schritt zurück, gab ein nicht mehr menschlich klingendes Grunzen von mir und legte nach: »Warum lässt hier eigentlich jeder jeden allein!« Das fühlte sich so richtig an, dass ich das »JEDER!« noch mal besonders laut rausschreien musste.

»Hab ich hier irgendwas nicht mitbekommen?«, fragte Erika. Sie trug die außergewöhnliche Szene vor ihrer Haustür mit einer Fassung, die man wohl nur im Halbschlaf hinbekam.

Dominik trat zu mir, nahm mich in den Arm und ließ sich von meinem Widerstand nicht beeindrucken, sondern wartete, bis ich nur noch zitternd darin lag.

Er drehte sich zu seiner Mutter um. »Mama, du weißt, ich liebe euch. Aber dass ihr was nicht mitbekommt, ist eher die Regel als die Ausnahme.«

Nun waren wir zum zweiten Mal da, wo die Römer entweder gebadet oder ihre Kleinwagen geparkt hatten. Nachdem ich wieder ausgesehen hatte, als könnte ich alleine stehen, hatte Dominik unter dürftigen Erklärungsworten sein Rad aus der Garage geholt und gesagt: »Komm, wir fahren eine Runde.« Dass die Runde länger ausfiel, kam mir gerade recht. So konnte ich mir im Morgennebel länger Gedanken machen, was ich eigentlich wollte.

Als ich erkannte, wohin die Reise ging, hatte ich einen bitteren Geschmack im Mund. Wie passend, dachte ich. Unsere Beziehung endet da, wo sie angefangen hat. Todesmutig hüpfte ich als Erste in die Römergrube und fand es fast schade, dass sie nur knapp drei Meter tief war. Bei dreitausend Metern wären alle Probleme mit einem Schlag gelöst gewesen.

Dominik kletterte herunter, wischte sich die Hände an der Hose ab und setzte sich neben mich. Ich bemerkte, dass er mich anschaute.

»Ich lass dich nicht allein«, sagte er.

»Dreihundertfünfzig Kilometer Luftlinie«, bemerkte ich dazu.

Er atmete schwer aus. »Ich weiß, das wird nicht leicht. Ich habe es mir auch nicht leicht gemacht. Aber was soll ich denn tun?«

»Hierbleiben?«, fragte ich zurück. »Bei deiner Freundin bleiben?« Nur für den Fall, dass er irgendwie vergessen hatte, was dafür ein Grund sein könnte.

»Ich bin hierhergekommen, um die Ehe meiner Eltern zu retten. Hat nichts genützt. Sie lassen sich scheiden. Ich dachte, die Schule schaffe ich. Ich finde neue Freunde und kriege den Stoff gewuppt. Aber Lizzy, nichts davon funktioniert. Ich kenne immer noch keinen wirklich außer dir, und in allen Fächern, die ich für Medizin später brauche, kapiere ich nur noch Bahnhof.«

Ich schwieg. Ich hatte gerade keine Lust zu reden.

»Und letzte Woche hat mein alter Rektor angerufen und gesagt, er bräuchte jetzt eine Entscheidung. Also habe ich die getroffen.«

»Ohne mich«, merkte ich an.

»Du warst nicht ansprechbar!«, rief er.

»Tut mir leid, ich hatte gerade auch noch ein paar andere Sachen, die mich in Beschlag nehmen. Einen schwulen Bruder, einen verschollenen Nachbarn und, ach ja, habe ich die Mutter, die eine Affäre mit meinem Klassenlehrer hat, schon erwähnt?«

Dominik riss die Augen auf und schrie ein »What?«, aber das war gerade nicht mein Thema. Nicht unser Thema.

»Schon okay, Dominik, ich hab begriffen. Ein gutes Abi gibt's nur einmal, 'ne Freundin wirst du schon irgendwo wieder auftreiben.«

Ich suchte nach den passenden Vorsprüngen an der Wand und machte mich an den Aufstieg.

»Im Gegensatz zu einem guten Abi kann eine Freundin aber einfach da sein«, rief er mir hinterher. »Auch wenn dreihundertfünfzig Kilometer Luftlinie dazwischenliegen.«

Ich war oben angekommen und wandte mich um. Es machte mich traurig, wie klein Dominik von hier aus schon aussah. Wie klein wäre er aus dreihundertfünfzig Kilometern Entfernung?

Er sprach weiter. »Ich dachte, das ist es, was eine Beziehung ausmacht! Was Liebe ausmacht! Dass man zueinanderhält! Dass man ein Team ist, auch wenn's gerade schwierig ist!«

»Tja, und an unseren Eltern und jeder Beziehung im nächsten Umkreis sehen wir ja, wie das mit dem Zueinanderhalten und so aussieht«, sagte ich. Ich holte tief Luft, sortierte noch einmal die Gedanken und sprach sie dann aus. »Mach's gut, Dominik. Ich wünsche dir einen schönen Abiball mit deinen Jungs.«

Ich drehte mich um.

»Jetzt wart doch mal«, hörte ich ihn aus der Grube.

»Ich fahr alleine«, sagte ich und setzte mich in Bewegung. »Daran muss ich mich jetzt ja eh gewöhnen.«

Mittwoch, 9. Mai

Hallo, Tagebuch,
ja, ich habe Dich vernachlässigt. Ich würde jetzt gerne behaupten, es liegt daran, dass nichts passiert ist. Würde ich sogar sehr gerne behaupten. Früher habe ich mich ja auch mal über die unerträgliche Langeweile des Lebens in Dir beschwert. Jetzt weiß ich, dass die unerträglichen Dinge rein gar nichts mit Langeweile zu tun haben. Für meinen hochnäsigen Irrglauben bin ich mehr als genug bestraft.

Nein, vermutlich wäre es therapeutisch sogar total sinnvoll, jetzt in Dich alles reinzuschreiben, was so an komplizierten Gedanken in mir kursiert, welche Sorgen ich habe, welche Hoffnungen ich mir mache. Aber ehrlich gesagt: Da ist nichts. Rein gar nichts. Ein Terminator hat mit Sicherheit gerade ein vielfältigeres Gefühlsleben als ich. Seit Sonntag gibt es Lizzy Carbon nicht mehr. Es gibt nur noch eine biochemische Maschine, die aussieht wie sie und ihren Tagesablauf imitiert. Sie atmet, geht abends ins Bett, steht morgens wieder auf, isst und trinkt und gibt im täglichen Leben die Antworten, die man so erwartet. Aber dahinter ist gar nichts.

Eigentlich hätte ich Montag voller Hass die Fresse vom Wenz erwarten müssen. Tat ich aber nicht. Und war weder enttäuscht noch erleichtert, als mir einfiel, dass er wegen der Berlin-Fahrt der Oberstufe gar nicht da war. Es war mir einfach egal. Wenn ich Papa nachts weinen höre, hindert mich das nicht am Einschlafen. Als Max neulich deutlich ausgezehrt Wäsche waschen kam, hätte sein leidender Gesichtsausdruck entweder Schadenfreude (weil es Max ist) oder Mitgefühl (weil ich ein menschliches Wesen bin) auslösen müssen, doch ich ließ ihn waschen und machte Hausaufgaben. Und hätte es mich gestern nicht vor Schmerz zerreißen müssen, als ich Dominiks Nachrichten der letzten Monate löschte? Vermutlich, aber es war mir so gleichgültig, dass ich sie nicht mal mehr einzeln gelöscht habe, sondern einfach mal den gesamten Posteingang auf dem Handy plattgemacht habe. Ist eh nur Gelaber.

Also, über welche Gefühle soll man in seinem Tagebuch schreiben, wenn man keine mehr hat?

Vielleicht sollte ich einfach mit jemandem reden. Angebote gibt es reichlich. Krissi will reden, aber ich vertröste sie auf später. Sie hat einen menschlichen Gesprächspartner verdient.

Tante Andrea hat mir noch am Sonntagabend eine SMS geschrieben: „Hab gehört, was passiert ist! Ruf an, wenn du Redebedarf hast!"

Ich schrieb zurück: „Danke. Eine Patentante, die nur dann reden will, wenn es ihr passt, brauche ich nicht."

Das daraufhin einsetzende, nicht enden wollende Klingeln ignorierte ich.

Mama zeigte ähnliche Klingelausdauer, als ich zu ihrem Gesprächsangebot nur schrieb, dass man nicht mit Fremden reden soll.

Dominiks Bitte um noch ein Gespräch beantwortete ich nicht, sondern löschte es nach alter Sitte und nutzte die Gelegenheit, auch gleich Platz in meinem Telefonbuch zu schaffen, indem ich seine Nummer löschte. Ich glaube, der einzige Mensch, mit dem ich gerade reden wollen würde, ist Nils. Aber der ist nicht da.

Also, mit wem soll ein Roboter reden?

Moment.

Ich glaube, ich kenne den perfekten Gesprächspartner.

Es dämmerte schon, als ich loszog. Papa hatte sich mit Siggi verabredet, und vermutlich würden die beiden mehr als genug Stoff haben, um die Nacht durchzuquatschen, also hatte ich keine Eile.

Ich war schon so lange nicht mehr im Wald gewesen, dass ich zweifelte, ob ich den Weg zum Ziel noch finden würde. Aber im Navi meines Unterbewusstseins war die Route verlässlich gespeichert.

Nach zwanzig Minuten sah ich die mächtigen Ausläufer meiner Zauberwurzel im Abendgrau nur noch als Schatten. Ich ließ mich in den Holzsessel fallen, lehnte mich zurück und fühlte mich zum ersten Mal seit Tagen entspannt. Ich konzentrierte mich auf meinen Atem, genoss das leise Frösteln, das die kälter werdende Abendluft auf meinen Armen erzeugte, und dachte daran, wie einfach es wäre, wenn ich für immer hierbleiben könnte. In den Armen meiner Zauberwurzel zu versteinern, während die Welt draußen ihren viel zu dramatischen Gang nahm. In dieser gnädigen Vorstellung begann ich sogar, vor mich hin zu reimen.

Tot sein find ich wunderbar.
Von Dreck bedeckt, allein.
Fließt frisches Wasser,
Kühl und klar,
Auf moderndes Gebein.
Ich will nie wieder auferstehen
Aus dieser ew'gen Rast.
Versuch, mich bitte zu verstehen.
Das Leben ist Ballast.

»Mädel, du hast zwar einige Talente, aber Poesie gehört nicht dazu«, sagte die Wurzel.

»Ich habe aber gerade nichts Besseres zu tun«, antwortete ich.

»Ach ja?«, fragte die Wurzel. »Soweit ich das sehe, gibt es mehr als genug zu tun. Und nichts davon braucht schlechte Reime.«

»Mein Leben ist ein Trümmerhaufen«, erklärte ich. »Da steht kein Stein mehr auf dem anderen. Und ich soll die ganze Scheiße jetzt ganz allein auf einmal aufräumen? Das schaffe ich doch nie.«

»Och, Kindchen, du immer mit deinen Überambitionen. Ganz allein und alles auf einmal schaffst du natürlich nicht.«

»Danke«, sagte ich. »Schön, dass du noch mal wiederholst, was ich eh schon wusste. War wieder mal super bei dir.«

Ich sprang auf und wischte mir den Dreck vom Hintern.

»Ach, jetzt kommt wieder die Wegrennnummer«, höhnte die Wurzel.

»Genau.« Ich drehte mich um.

»Gut, dann kommt jetzt der wertvolle Hinweis zum Schluss. Diesmal sind es sogar zwei.«

Ich blieb stehen.

»Erstens«, sagte die Wurzel, »du bist nicht allein.«

Boah, wie kitschig, dachte ich. Wie in einem ganz schlimmen Schlager.

»Und zweitens: Du musst nicht alles auf einmal aufräumen. Du musst nur einfach irgendwo anfangen.«

Donnerstag, 10. Mai

Da eine Mittagspause mit mir gerade kein sonderlich gesprächiges Vergnügen war, hatte sich Krissi mit Alexa, Antonia und Tupperschüsseln auf den Stufen vor dem Haupteingang niedergelassen. Ich war seit gestern so konzentriert am Nachdenken, dass ich mich einfach zu ihnen setzte, obwohl ich sonst die Nähe der beiden A, so gut es ging, vermied.

»Krissi, ich habe eine Frage«, sagte ich unvermittelt.

Das Geschnatter der drei verstummte abrupt und Krissi drehte sich mit großen Augen zu mir.

»Sie kann wieder reden!« Sie lächelte erfreut.

»Ich fand's vorher auch okay«, bemerkte Alexa und spießte eine Cocktailtomate auf.

»Welche Frage?«

»Wenn du einen Riesenberg Probleme vor dir siehst und keine Ahnung hast, wo anfangen – wo anfangen?«, sprach ich meine Frage aus.

Kristine nickte wissend, als hätte sie sich dieser Fragestellung schon seit Jahrzehnten intensiv gewidmet.

»Wenn du nicht weißt, wen du retten sollst«, sagte sie dann, »rette den, der dir am wenigsten bedeutet.«

Ich runzelte die Stirn. »Ist das von dir?«

»›Die neue Weisheit der Feen‹«, sagte Kristine. »Hat Mama mir neulich mitgebracht.«

»Davon gibt's 'ne Fortsetzung?«

»Von allen guten Büchern gibt's 'ne Fortsetzung«, erklärte Antonia, der ich ein skeptisches Hochziehen der Augenbrauen schenkte.

Carsten lief vorbei in Richtung Sporthalle.

»Hey, Carsten«, rief ich. »Trainieren wir heute wieder zusammen?«

»Nein danke«, fauchte er und wollte weitergehen.

»Okay«, sagte ich, »aber hast du danach vielleicht Zeit, mit mir meinen Bruder zu retten?«

»Wieso willst du Max retten?«, wollte Kristine wissen.

»Du hast mir doch erklärt, ich soll den retten, der mir am wenigsten bedeutet. Also rette ich Max. Und da es jetzt ja ein bisschen fies wäre, dich um Unterstützung zu bitten, frage ich Carsten.« Ich fand das alles sehr logisch.

»Ich will Max aber retten!« Kristine klatschte begeistert in die Hände. »Nichts hat mehr Größe, als der unerfüllten Liebe einen Dienst zu erweisen!«

»Die Fortsetzung ist echt noch besser«, bemerkte ich.

»Okay«, schaltete Popelino sich wieder ein. »Wir retten deinen Bruder«, Kristine und ich nickten einträchtig, »du hältst in Judo zukünftig zehn Meter Sicherheitsabstand von mir«, hier nickte nur ich, »und ihr kapiert genauso wenig wie ich, was hier eigentlich gerade abgeht!«

Jetzt durften auch Antonia und Alexa mal nicken.

Wir waren direkt nach Sport alle zu mir gefahren. Carsten hatte seinen Laptop auf dem Schoß und tippte irgendwelche Daten in ein Programm, das sich MindSorter Extreme nannte und aussah wie Powerpoint in noch verwirrender. Irgendwann drehte er den Bildschirm zu uns um.

»Max' Beziehung retten«, las Kristine vor.

»Ziel korrekt erfasst?«, fragte Carsten.

»Ja, aber ich hätte es dir auch einfach noch mal gesagt«, antwortete ich.

Carsten schüttelte den Kopf über solch technische Rückständigkeit. Er klickte einmal auf das Mausfeld. Eine Frage erschien auf dem Bildschirm.

»Was brauchst du dazu als Erstes?« Krissi machte das sehr gut mit dem Vorlesen.

»Nils«, sagte ich, und Carsten tippte.

Die nächste Frage erschien.

»Wo kriegst du es her? Ja, eben das wüsste ich auch gerne.«

Carsten tippte auf ein Fragezeichen. Das Programm öffnete Google. »Sein Nachname? Wo kam er her?«

»Engstrand und aus Berlin.«

Carsten tippte und scannte in einem Affentempo die Suchergebnisse. Er landete auf einer norwegischen Ahnenforschungsseite, klickte sich durch die überschaubaren Facebook-Seiten und kam zu dem Ergebnis: »Fehlanzeige. Es gibt Nils Engstrands, aber keinen in Berlin. Und Norweger war er ja nicht.«

»Versuch doch mal Nils Engstrand, Künstler«, warf Kristine ein.

Das war wieder einer dieser cleveren Kristine-Gedanken, bei denen man nie genau wusste, woher sie die nur nahm.

Carsten tippte und sah erst erfreut aus.

»Nee. Gibt zwar einen Künstler, der Engstrand heißt, aber mit Vornamen Sebastian und in Münster.«

»Was ist damit?« Ich tippte auf ein Suchergebnis, das »Geld zerstört. Kunst zerstört« hieß. Carsten öffnete das PDF und schüttelte dann den Kopf.

»Nee, das ist irgendein Literaturaufsatz. Über Dramen von … Henrik Ibsen.«

»Bäh«, rief Kristine. Sie hatte sich Anfang des Jahres beim Wenz durch ein Reclam-Heftchen namens »Gespenster« gequält, das ich eigentlich ganz gut gefunden hatte. Es handelte von einem Maler, der …

»Moment«, rief ich und hinderte Carsten daran, den Aufsatz zu schließen. »Engstrand ist der Künstler, der irgendwie einen an der Klatsche hat, oder?«

Carsten überflog den Aufsatz und nickte dann. »Ja. Würde man heute wohl eher ein Burn-out nennen, aber ja. Ah, da gibt es auch einen Nils. Anderes Drama … ›Nora‹ … irgendein Typ, der krumme Sachen macht, weil er Geldprobleme hat …«

»Ich wollte Max retten, nicht eine freiwillige Deutschstunde dranhängen!«, rief Krissi ungeduldig.

»Findest du es nicht komisch, dass mein Nachbar heißt wie zwei total problematische Typen aus Ibsen-Stücken? Einer davon ist sogar Künstler?«, fragte ich.

»Na und? Der andere hat Geldprobleme, aber die hat Nils mit seinem Lottosechser wohl kaum!«

»Aber warum verkauft man mit seinem Lottogewinn schnell sein Haus?«, hakte Carsten sich ein. »Und ist euch eigentlich klar, wie supersauselten so ein Sechser im Lotto ist?«

Krissi illustrierte sehr schön, wie ein fragender Blick aussah.

Carsten lächelte sie an. Sie schaute noch fragender.

»Du bist echt süß, wenn du so guckst«, sagte er.

Jetzt schaute sie eher entsetzt.

Carsten kehrte zurück zum Thema. »Ich glaube, Lizzy hat erhebliche Zweifel, dass Nils Engstrand Nils Engstrand heißt. Ein Zweifel, den ich übrigens teile.«

Er schaute mich an wie eine Mutter, die voller Stolz gerade die ersten Schritte ihres Kleinkindes betrachtete. Dann zuckte er bedauernd mit den Schultern.

»Aber wie sollen wir jetzt rausfinden, wie er wirklich heißt?«

»Enrico Pestalozzi«, sagte ich.

Freitag, 11. Mai

Hallo, Tagebuch,
klar, am allerliebsten wäre mir, einfach mal wieder durchzuschlafen. Aber schlaflos sein, weil man gerade was echt Aufregendes tut, ist immerhin schon ein Fortschritt zu Schlaflosigkeit wegen alles scheiße.

Wir sind Nils – es wird noch ein Weilchen dauern, bis ich ihn unter Enrico abgespeichert habe – ein ganzes Stück dichter auf der Spur. Als ich erzählte, woher ich den Namen wusste, hatte Kristine gleich wieder einen ihrer unverhofft praktischen Einfälle. Also sind wir direkt rübergewetzt zu Nils' Haus – Enricos Haus, verdammt! – und haben dort die Altpapiertonne durchpflügt. Anscheinend hatte er fast drei Dutzend Abos laufen und unter der aktuellen Adresse auf den ganzen Magazinen klebte jeweils die alte. Keineswegs in Berlin, sondern in einem Vorort von Hannover. Das ist insofern beruhigend, dass uns das unserem Forschungsobjekt mal knappe dreihundert Kilometer näher bringt. Dank Google Maps und diversen Sonderprogrammen auf Carstens Rechner, bei denen ich mich ernsthaft frage, wie legal die eigentlich sind, haben wir dann auch herausgefunden, wer da heute wohnt – Annegret und Erwin Pestalozzi. Namen, die schon lange nicht mehr in den Top Ten von beliebteste-vornamen.de auftauchen – eigentlich nicht mal in den Top Hundert – und daher den grausigen Verdacht nähren, dass mein Nachbar vorher tatsächlich noch (oder wieder?) bei seinen Eltern wohnte. Wenn ich mit Anfang dreißig noch in Bad Waidach sitze, möge bitte irgendein mitfühlendes Herz einen Termin beim Tierarzt zum Einschläfern ausmachen.

Egal, Leute dieses Jahrgangs lassen ihre Nummer ja tatsächlich noch ins Telefonbuch eintragen, und berauscht von unseren bisherigen Erfolgen rief ich da tatsächlich an. Ein Mann meldete sich mit Pestalozzi und sagte dann erst mal gar nichts, weil ich zwanzig Minuten herunterreferierte, wer ich bin, was ich machte und warum es das Wichtigste der Welt war, dass ich und Max mit Enrico sprechen konnten.

Dann kam er zu Wort und sagte: „Mein Sohn ist nicht hier. Es tut mir leid, was Ihnen passiert ist, aber er braucht Ruhe, und deswegen kann und werde ich Ihnen nicht weiterhelfen. Rufen Sie nicht mehr an."

Ich rief natürlich gleich wieder an, aber ab da ertönte nur noch ein Besetztzeichen. Unsere Erfolgsstrecke war beendet.

Aber wir geben nicht auf. Nach der Schule werden Krissi, Popelino und ich weitermachen. Wir werden ihn finden.

Als sie um acht gegangen sind, fühlte ich mich erst glücklich und dann unsagbar leer. Ich hatte das wahnsinnige Bedürfnis, Dominik von all dem zu erzählen, was hier gerade abging. Aber ich hatte ja seine Nummer gelöscht und klargemacht, dass wir nun keinen gemeinsamen Weg mehr haben.

Scheiße, jetzt fange ich wieder an zu heulen, und dafür habe ich keine Zeit. Also, Nase hochziehen, Schule durchstehen und weiter!

Um zwei saßen Carsten, Krissi und ich wieder in meinem Zimmer. Die Busfahrt hatten wir mit den Vorwürfen verbracht, die Krissi mir machte, weil ich in der Pause Dominik hatte abblitzen lassen, als er mir sagte, dass er schon morgen wieder zurückgehen würde. Sie fand mein »Viel Glück auf dem weiteren Lebensweg« keine angemessene Reaktion. Ich schon.

Als wir zur nächsten Runde in unserem potenziell endlosen Streit ansetzen wollten, unterbrach uns Carsten.

»Schluss jetzt!«, rief er und klappte seinen Rechner auf. »Wir finden jetzt erst mal den mysteriösen Nachbarn und danach könnt ihr weiter Lizzys Beziehungsleben diskutieren.«

Ich war ebenso dankbar wie desillusioniert. »Wie sollen wir ihn denn finden? Soll ich jetzt so oft bei seinen Eltern anrufen, bis ich mal seine Mutter dranhabe, und hoffen, dass sie mehr Verständnis aufbringt? Ich hab die schon mal gesehen und die wirkte nun nicht gerade wie eine von den Netten.«

Carsten schüttelte den Kopf und reichte mir einen Ausdruck rüber. Ich überflog eine Adressenliste mit vier Krankenhäusern.

»Was ist das?«, fragte ich.

»Enrico ist nicht zu Hause. Seine Eltern haben ihn abgeholt. Also, wenn du ein Kind hast mit schweren psychischen Problemen, was tust du?«

»Oh Gott, das sind Irrenanstalten?«, schrie Kristine entsetzt.

»Kliniken mit psychiatrischen Schwerpunkten nennt man das heutzutage. Alle in der Nähe von Hannover. Wenn seine Eltern vernünftig sind – und allem Anschein nach sind sie das –, ist er in einer dieser vier. Denn in solchen Kliniken wird Menschen geholfen.« Er schaute Kristine streng an. »Mein Papa war auch mal in so einer.«

Kristine stieß ein anerkennendes Pfeifen aus, doch ich hatte Zweifel.

»Und woher sollen wir wissen, in welchem Krankenhaus Ni... Enrico steckt?«, fragte ich.

»Telefon«, befahl Carsten.

Ich reichte ihm das Mobilteil und zog skeptisch die Augenbrauen hoch. »Du glaubst doch nicht ernsthaft, dass die einem Wildfremden sagen, wer bei denen gerade Patient ist. Schon mal was von ärztlicher Schweigepflicht und so gehört?«

Carsten hatte die erste Nummer eingetippt und drückte die Lautsprechfunktion. Es tutete.

»Wer sagt denn, dass ich wildfremd bin? Ich gehöre zur Familie.«

»Psychiatrisches Notfallzentrum Emil Bermbeck«, meldete sich eine Frauenstimme.

»Sören Pestalozzi«, sagte Carsten. Er klang schrecklich aufgeregt und verzweifelt – also klang er nicht wirklich wie Carsten, dem solche Gefühle fremd waren. »Mein Bruder ist vor ein paar Tagen bei ihnen eingeliefert worden, und ich muss dringend wissen, ob er etwas braucht!«

Hallo, Tagebuch,

ich musste Dich kurz mit aufs Klo nehmen, weil ich so beeindruckt bin von Carsten, dass ich das einfach loswerden muss. Klar kann ich ihm das nicht sagen, sonst wird er größenwahnsinnig, aber er hat gerade eine oscarreife telefonische Schauspielleistung hingelegt. Bei drei psychiatrischen Kliniken hat er sich als der verzweifelte Bruder von Enrico ausgegeben – dreimal übrigens exakt identisch verzweifelt, sodass es fast wirkte, als hätte man ihm ein Tonbandgerät auf die Stimmbänder getackert.

Bei Versuch drei ist es geglückt. Wir wissen, wo Enrico ist. Wir kennen die Adresse. Jetzt müssen wir nur noch meinen Bruder an Bord kriegen. Und irgendwie dahinkommen.

»Nimmst du deinen Laptop immer mit aufs Klo?«, fragte Kristine bei meiner Rückkehr.

Glücklicherweise rettete mich Carsten mit der Bemerkung »Mach ich auch immer. Da hat man wenigstens mal seine Ruhe«.

»Dein Handy hat vibriert.« Kristine zeigte auf mein Smartphone auf dem Schreibtisch.

Ich nahm es. Es war eine Nachricht von Tante Andrea.

»Hallo, Lizzy«, stand da. »Ich finde es schon doof genug, nicht mehr mit meiner eigenen Schwester zu reden, aber meine Nichte fehlt mir fast noch mehr. Also, wenn du wieder bereit bist – oder was brauchst –, ruf an. Ich vermisse dich.«

»Gibt's eigentlich gerade jemanden, mit dem du keinen Knatsch hast?«, fragte Kristine, die freundlicherweise mitlas.

»Carsten und dich, aber du stehst gerade auf der Kippe«, sagte ich. Dann drückte ich kurz entschlossen die Rückruftaste.

»Lizzy, Gott sei Dank! Ich hatte schon Angst, dass das mit uns ernsthaft Schaden nimmt!«, meldete sich Andrea kaum eine Sekunde später.

»Ich brauche dein Auto«, sagte ich.

Es musste ja gleich mal klar sein, dass Versöhnung nicht kostenlos zu haben war.

Samstag, 12. Mai

Eigentlich finde ich es zu früh, liebes Tagebuch,
dass Mama und Papa sich heute treffen wollen. Schon die Wahl des Treffpunktes - ein Restaurant, weil das „neutrales Gebiet" ist - lässt ja mit dieser eher militärisch klingenden Begründung kaum Hoffnung auf ein baldiges Ende des Ehekrieges aufkommen. Aber wenigstens sind die beiden damit ein paar Stunden beschäftigt, sodass sie von unserer Aktion erst etwas mitbekommen, wenn es schon zu spät ist.

Wir haben lange überlegt, ob wir Max nicht vorher fragen sollen, ob er das überhaupt will, aber dann entschieden wir, dass die Überfallmethode wohl am ehesten klappt. Krissi fand es total panne, dass ich nicht mal wusste, wo seine Studentenbude ist, und daher eigentlich auch nicht, wo der Überfall stattfinden sollte.

„Ich fand ja meine Familie immer kaputt, aber mittlerweile ...", murmelte sie nur, während sie irgendwo aus den Untiefen ihres Handys Max' Adresse herausfilterte, die sie ihm anscheinend bei Dominiks Party aus der Nase gezogen hat. Dann ist sie schmollend abgezogen, als ich ihr mitteilte, dass weder sie noch Carsten unserer kleinen Spritztour beiwohnen könnten, weil wir nur einen Zweisitzer als Leihwagen haben.

Oh! Es hupt! Andrea kann es offensichtlich kaum erwarten, ihren neuen Smart in die Hände eines Mannes zu geben, der sein erstes eigenes Auto nach knapp drei Monaten zu Schrott gefahren hat.

Ein für sieben Uhr abends viel zu verschlafen aussehender Typ mit Dreadlocks und nur in Unterhose öffnete nach dem fünften Sturmklingeln endlich.

»Wassn?«, sagte König Rasta.

»Wir möchten zu Max«, antwortete Andrea, die dieser Anblick wohl nicht so verstörte wie mich.

»Letzte Tür links«, sagte König Rasta und verschwand in der ersten Tür rechts vom Flur. »Ihr könnt ihn gern gleich mitnehmen«, rief er uns hinterher. »Ich dachte, mit dem geht was mit Party und so, aber mit dem geht nur Totentanz.«

Wir folgten der Wegbeschreibung des seltsamen Menschen und Andrea klopfte an.

»Zeitverschwendung«, sagte ich und trat direkt ein.

Max lag auf dem Bett und sah uns an wie Besuch von einem anderen Stern.

»Was macht ihr denn hier?«, fragte er nach einigen Sekunden.

Andrea rang die Hände und entschied sich schließlich für den diplomatisch-allgemeinen Einstieg.

»Wir wollen dir helfen«, sagte sie.

»Danke. Nein danke«, sagte Max. »Ich will keine Hilfe, kein Gespräch, keinen Trost. Ich will meine Ruhe und dass ihr jetzt geht. Nichts gegen dich, Andrea, aber nein.«

Schön, dass man damit gleich wusste, dass es gegen mich

durchaus einiges gab. Daher nahm ich den direkten Weg für die Ansprache.

»Wir haben Nils' Adresse, wir haben ein Auto und ein paar Stunden, bevor uns Papa die Polizei hinterherhetzt. Also wenn du Nils jemals wiedersehen willst, bewegst du jetzt deinen depressiven Arsch, nimmst diesen Autoschlüssel …«, Andrea hielt ihn wie ein Hundeleckerli in die Höhe, »… und setzt die Kiste in Bewegung.«

Ein Smart fuhr nicht sonderlich schnell und in Staus fuhr er wie die anderen Autos so gut wie gar nicht. Daher war es schon kurz vor Mitternacht, als wir in dem Hotel nahe der Klinik eincheckten, das Andrea uns fürsorglicherweise gebucht hatte. Auf der Fahrt hatte ich Max alles erzählt, was unsere Recherche zu Enrico-Nils hervorgebracht hatte, und seine Augen waren immer größer geworden. Nachdem die Faktenlage klar war, hatten wir nicht mehr gesprochen. Max schien alles zu sortieren, und ich dachte an Dominik, meine Eltern und das große Fragezeichen, das die Zukunft war.

Wir hatten ein Doppelzimmer, aber wenigstens standen die Betten auseinander. Nachdem wir uns bettfertig gemacht hatten und ich unter die Decke schlüpfte, überfiel mich der Schlaf mit gewaltiger Macht.

»Warum machst du das eigentlich alles?«, hörte ich Max noch fragen.

Die Antwort kam nur halb bewusst hervor und lautete: »Frag die Wurzel. Frag die Feen.«

Sonntag, 13. Mai

Die offizielle Besuchszeit der Klinik begann um acht Uhr. Da uns der Sinn nicht nach Frühstück stand und wir eh seit sechs in einem Zustand gespannter Erwartung nicht mehr schlafen konnten, standen wir Punkt acht am Empfangsschalter. Die knittrige Wasserstoffblondine hinter dem Rechner schien gerade Worte sparen zu wollen, daher musste man aus ihrem Blick deuten, dass man nun sein Anliegen vorbringen konnte.

»Hallo«, sagte ich, »wir möchten bitte zu Enrico Pestalozzi.«

Sie nickte und schaute uns fragend an. »Sie wissen schon, dass er nur sehr eingeschränkt Besuch empfangen darf?«

Immerhin, sie konnte sprechen.

Ich sah aus den Augenwinkeln, dass Max' Schultern enttäuscht herabsackten, aber ich war ja frisch von Carsten inspiriert.

»Natürlich«, sagte ich. »Ich bin Elisabeth Pestalozzi und das Sören Pestalozzi. Geschwister sind doch wohl Premiumbesucher, oder?«

Die Empfangsdame schaute mich missbilligend an und verpasste dadurch hoffentlich die herunterklappende Kinnlade meines Bruders.

»Ausweis?«, fragte die Frau.

Ich spürte förmlich, wie Max versteinerte. In Sachen darstellendes Spiel war er echt keine Unterstützung.

»Ich habe nix dabei. Du, Sören?«

Max schüttelte passenderweise eh gerade den Kopf, wahrscheinlich, weil er nicht fassen konnte, was hier gerade passierte.

»So eine Scheiße!«, fluchte ich. »Ich hab eh keinen Bock, Bruder Psycho zu besuchen, und wenn Mama uns schon dazu zwingt, kann sie doch wenigstens sagen, dass das hier Sicherheitskontrollen wie am Flughafen sind!« Ich fand, ich machte das mindestens so gut wie Popelino, und fummelte in meinem Rucksack nach dem Handy. »Mann, die kann was erleben«, murmelte ich dabei.

»Schon gut«, murmelte die mittlerweile recht aufgeschreckt wirkende Empfangsdame. »Ich kann mir das auch nachher von Frau Pestalozzi bestätigen lassen … die kommt ja eh jeden Tag.«

»Nicht nötig, Frau Schmeling«, hörte ich eine irgendwie vertraute Stimme hinter mir.

Jetzt versteinerte ich und drehte mich mit steifer Hüfte herum. Hinter uns stand mit verschränkten Armen die Frau, die damals gegen die Tür des Nachbarhauses gebollert hatte.

»Ich glaube, wir drei haben was zu besprechen. Bis gleich, Frau Schmeling.«

Mit einem dezenten und dennoch völlig unmissverständlichen Fingerzeig befahl uns die Frau, ihr zu folgen. In einem Wartebereich blieben wir an einem Kaffeeautomaten stehen, an dem sie sich einen Latte Macchiato zog.

Nachdem sie sich mit spitzen Fingern den Becher herausgefischt hatte, wandte sie sich uns zu.

»Ich hoffe, es gibt eine gute Erklärung für all das hier«, sagte sie. »Eine sehr gute Erklärung. So gut, dass sie mich davon abhält, den Sicherheitsdienst zu rufen.«

Sie trank und musterte dabei abwechselnd mich und meinen Bruder. Max schaute nur auf den Boden. Er hatte wohl jede Hoffnung verloren, dass er seinen Freund jemals wiedersehen würde. Auch meine Selbstsicherheit war restlos dahin, und ich stammelte irgendeinen Kram davon, dass uns Nils einfach wichtig war und es um Freundschaft ging und wir nur ein paar Minuten mit ihm brauchten, um unsere offenen Fragen zu klären.

Sie seufzte. »Es tut mir wirklich leid, dass Enrico so viel Chaos verursacht hat. Aber es geht ihm sehr, sehr schlecht und da müssen eure Fragen warten. In zwei, drei Monaten ist es vielleicht wieder anders, aber bis dahin: Haltet euch fern von ihm.«

Sie warf den Becher mit geübtem Schwung in den Papierkorb und wollte gehen.

Max' Atem ging stoßweise. Er starrte immer noch stur nach unten. Sein Blick war so verzweifelt, dass er dort nicht den Krankenhausboden zu sehen schien, sondern die Abgründe der ewigen Verdammnis. Dann fing er entsetzlich an zu zittern.

Ich erinnerte mich daran, dass ich mit sieben oder acht mit den Meerschweinchen mal beim Tierarzt gewesen war. Eine Frau hatte ihre angefahrene Katze hereingebracht, und es war von vornherein klar, dass sie eingeschläfert werden musste. Ich erinnerte mich daran, dass dieses arme Tier damals auch ganz reglos auf dem Arm seiner Besitzerin gelegen hatte – reglos bis auf ein unaufhörliches Zittern, das dem von Max so ähnelte.

Ich konnte nicht anders. Ich ging zu ihm und legte ihm eine Hand auf die Schulter.

Frau Pestalozzi holte tief Luft und schloss die Augen. Dann

schüttelte sie den Kopf, schlug sie wieder auf und sagte: »Na gut. Aber nur du«, sie zeigte auf Max, »und nur eine Viertelstunde.«

Max war genauso sprachlos wie ich.

Sie nahm ihn sanft am Arm. »Und jetzt stelle ich am Empfang meinen Zweitgeborenen vor. Sören, richtig?«

Max nickte.

Frau Pestalozzi drehte sich noch einmal zu mir um. »Der Park ist eigentlich ganz nett. Da kannst du warten.«

Der Park ist wirklich ganz nett, dachte ich, als ich auf einer Bank vor einer Blumenhecke saß. Gut, ein paar Leute, die vorbeispazierten, wirkten schon etwas schräge – aber andererseits: Viel schlimmer als das Bad Waidacher Straßenfest war das auch nicht. Auch wenn ich dankbar war, dass zumindest Max es geschafft hatte, war ich doch enttäuscht. Ich hatte so viele Fragen.

Jemand setzte sich neben mich, dann schob sich eine Tüte Studentenfutter vor meine Knie. Ich schaute auf. Frau Pestalozzi lächelte mich an. Ich nahm eine Handvoll.

»Er ist kein Lottogewinner, oder?«, fragte ich, nachdem wir ein paar Sekunden schweigend nebeneinanderher gekaut hatten.

Sie lachte gequält. »Na ja, irgendwie schon. Ein Fünfer mit Superzahl. Knapp zwanzigtausend Euro. Für die er ungefähr fünfzehntausend gesetzt hat.«

»Und warum der andere Name?«

»Damit wir ihn nicht finden. Sein Vater und ich. Je nach Phase sind wir die Bösen oder die Retter.«

»Ich glaube, die Bösen sind Sie nicht.« Ich nahm mir noch ein paar Nüsse und Rosinen.

»Die Retter aber auch nicht«, sagte sie. »Weißt du, wenn du

diese Krankheit so viele Jahre miterlebst, hörst du irgendwann auf, dich zu fragen, warum es so ist, was deine Rolle ist, wie es hätte anders sein können. Du konzentrierst dich auf das, was dableibt, egal, wohin seine Stimmung schwankt, ob er gerade manisch, depressiv, destruktiv oder kreativ ist. Du hältst dich an dem fest, was immer da ist.«

»Und was wäre das?«, fragte ich.

Sie lächelte traurig. »Die Liebe zu ihm. Die ist immer da.«

»War er schon immer so?«, fragte ich.

»Nein«, antwortete sie. »Es fing irgendwie so mit sechzehn an, dass wir es merkten. Vielleicht war es auch früher, mein Mann und ich waren eine Zeit lang ganz schön mit uns selbst beschäftigt.«

Ich nickte und fragte mich, ob es wohl auf dieser Erde auch nur eine einzige durchgehend gute Ehe gab.

»Zum Abi war es dann richtig schlimm. Er war so traurig, so konfus, dass er beim ersten Mal durchrasselte. Wir wollten ihn zum Psychologen schicken, aber dann war es wie auf einen Schlag vorbei. Beim nächsten Anlauf hatte er nirgendwo unter zwölf Punkten und einen völlig unverhofften Einserschnitt. Wir waren so erleichtert. Wir dachten, er hatte nur eine schwere Phase und die wäre überstanden.«

»War sie aber nicht«, sagte ich.

»Na ja, sie kam halt immer wieder«, antwortete sie. »Er hat mit vier unterschiedlichen Studienfächern angefangen. Jedes Mal ist er voller Begeisterung gestartet, hat uns seine Zukunft in den leuchtendsten Farben geschildert, und dann war genauso plötzlich alles schlecht und das Studienfach der größte Dreck, den keiner brauchte. Wir drängten ihn zum Psychiater, er ging auch – aber dann hat er auch das einfach abgebrochen. Ohne es uns zu sagen. Da fing es mit den Lügen an. Erst verschwieg er uns nur Sachen, dann begann er langsam, sich auch einfach Dinge auszudenken, um uns zu beruhigen. Erzählte uns von Jobs, die er gar nicht hatte oder die zumindest nicht so waren, wie er uns erzählte. Aber dass er sich ein völlig anderes Leben ausgedacht hat, das war neu. Wir mussten ja sogar einen Privatdetektiv anheuern, um ihn zu finden.«

Ich erinnerte mich an den Mann, dessen Auto ich zweimal vor dem Nachbarhaus gesehen hatte.

»Es wird also immer schlimmer?«, fragte ich.

Sie dachte nach und kaute auf ein paar Nüsschen herum. »Es wurde immer schlimmer. Ich habe die Hoffnung, dass das einfach der Tiefpunkt war, auf den er kommen musste, um es jetzt tatsächlich anzugehen.« Sie lachte auf. »Vermutlich hältst du mich für schrecklich naiv.«

»Ich halte Sie für eine ganz schön gute Mutter«, sagte ich.

Nach seinem Gespräch mit Enrico war Max niedergeschlagen, aber trotzdem gefasst. Erzählen wollte er mir nichts davon – noch nichts, wie er betonte –, doch bei dem kleinen Imbiss in der Cafeteria, zu dem uns Frau Pestalozzi einlud, bemerkte ich, dass die Aussprache Max zumindest ein bisschen Frieden gebracht hatte. Einen Frieden, um den ich ihn beneidete. Jetzt, als das erledigt war, kehrten nämlich die Gedanken an Dominik und meine Eltern zurück.

Die Rückfahrt kam mir viel länger vor als die Hinfahrt. Nach zwei Stunden konnte ich immer noch keinen bekannten Namen auf den Ortsschildern lesen.

Ich checkte mein Smartphone. Krissi fragte, ob es dem armen Max gut ging, und ich antwortete ihr: »Ja, halbwegs, und schön, dass du dich so um mich sorgst.«

Andrea meldete, von Papa gehe keine Gefahr aus, und wie zur Bestätigung hatte auch Papa eine SMS geschrieben: »Ihr habt echt einen Sockenschuss. Aber ehrlich gesagt: Das ist so bescheuert, dass es irgendwie cool ist. Insofern: Viel Glück und kommt bitte bald wieder!«

Ich las die Nachricht Max vor und er lachte. Um endlich mal herauszufinden, wie lange wir noch brauchten, schrieb ich einen der Ortsnamen ab, um ihn in Google Maps zu finden. Ich runzelte die Stirn.

»Kann es sein, dass du dich verfahren hast?«, fragte ich.

»Nö«, sagte Max und fuhr von der Autobahn ab.

Ich checkte noch mal mein Smartphone.

»Wir brauchen noch fast drei Stunden von hier«, beharrte ich auf meiner Einschätzung. »Wir sind irgendwo in Bayern!«

Wir fuhren durch ein ziemlich uriges Dorf.

»Ich brauche ein Happy End«, sagte Max. »Für Enrico und mich gibt's kein Happy End. Für Mama und Papa – keine Ahnung. Aber deine verhaltensgestörte Freundin hatte eine Idee, wo ich mein Happy End herkriege.«

Er hielt am Straßenrand an. Wir standen vor einem ziemlich hohen Eisentor, das mich unwillkürlich an Harry Potter erinnerte. Ich las das Schild daneben.

Internat Otto von Hochleben
Gegründet 1883

»Das ist Dominiks Internat!«, rief ich.

Max nickte.

»Aber ich habe Schluss gemacht! Das wird niemals funktionieren! Das sind dreihundertfünfzig Kilometer!«

»Zweiundfünfzig Wochenenden im Jahr. Oster-, Pfingst-, Sommer-, Herbst- und Winterferien. Skype, Facebook, Handy. Ein Junge, der dich liebt und tatsächlich auch noch der ist, für den du ihn hältst. Nimm's mir nicht übel, Lizzy …« – so hatte mich Max noch nie genannt – »… ich wäre dankbar für so eine Ausgangslage.«

Ich ärgerte mich. Über Max, der meine Freundlichkeit mit seiner Fremdbestimmung dankte. Über Krissi, die Max anscheinend mein komplettes Privatleben anvertraut hatte. Vor allem über mich, weil ich das Gefühl nicht vertreiben konnte, dass ich Dominik tatsächlich völlig umsonst und total hysterisch aus meinem Leben verscheucht hatte.

Ich schlang mir die Arme um die Schultern. »Mich bringen da keine zehn Pferde rein!«

Die Beifahrertür schwang auf und ich sah dieses Lächeln. Wie hatte ich mir jemals einbilden können, darauf verzichten zu können?

»Deswegen bin ich schon da«, sagte Dominik.

Freitag, 20. Juli

Auch wenn ich nicht mehr daran geglaubt hatte, er war nun doch gekommen: der letzte Schultag. Nach der wie üblich weitgehend sinnfreien letzten Woche vor den Ferien hatten wir endlich unsere Zeugnisse ausgehändigt bekommen, das in meinem Falle das übliche Mittelmaß zeigte.

Überraschend war lediglich die Deutschnote, der man nicht ansah, dass sich seit zwei Monaten meine mündliche Beteiligung auf spitze Kommentare beschränkte, wann immer sich dazu die Gelegenheit bot, und die bot sich reichlich. Verrat, Hinterlist, enttäuschte Liebe – die großen Themen der Weltliteratur lieferten zahllose Möglichkeiten, einen giftgetränkten Pfeil in Richtung Wenz zu feuern, der mir trotzdem eine Zwei gegeben hatte. Immerhin hatte ich meiner Klasse durch mein widerborstiges Verhalten »Effi Briest« erspart – die sehr lange Geschichte einer betrügerischen Ehefrau in veraltetem Deutsch hatte der Wenz in weiser Voraussicht dann doch lieber rasch gegen »Der Besuch der alten Dame« ausgetauscht. Wobei auch das Thema Rache manch Anknüpfungspunkt für lustige Anspielungen bot.

Nachdem ich mich an der Bushalte von Krissi verabschiedet hatte, lief ich die letzten Meter zu unserem Haus alleine.

Zuerst fiel mir auf, dass das »Zu verkaufen« am Nachbarhaus verschwunden war. Dann sah ich Frau Pestalozzi aus der Tür kommen, die mit gebieterischer Miene zwei Umzugshelfer in den Laster dirigierte und einen Karton auf dessen Ladefläche abstellte, bevor sie dessen Hintertüren zuwarf.

Sie bemerkte mich und winkte mir zu. Ich ging zu ihr.

»Sie sind es losgeworden«, sagte ich.

»Ja. Hat einiges an Mühe gekostet, aber wir haben sogar ein paar Tausender mehr rausgeschlagen, sodass Rico noch einen Teil seiner alten Schulden abstottern kann. Magst du ihm nicht Hallo sagen?«

»Er ist da?«, fragte ich.

Sie nickte lächelnd. »Er packt noch den letzten Kleinkram zusammen und kommt dann mit meinem Auto nach, während ich mit den Jungs hier schon mal losdüse.«

Unsicher schaute ich zum Haus.

Frau Pestalozzi legte mir beruhigend die Hand auf die Schulter. »Geh einfach rein. Das ist für ihn genauso wichtig wie für dich.«

Sie stieg zu den bulligen Herren ins Führerhaus, schnallte sich an und winkte mir noch einmal aufmunternd zu.

Er kam gerade die Treppe herunter, als ich eintrat. Er war ein bisschen dünner geworden, fiel mir auf, und noch ein paar Haare mehr waren grau. Als er mich erblickte, schien er auf der letzten Stufe einzufrieren.

»Keine gute Idee?«, fragte ich beklommen.

Endlich regte er sich wieder. Und glücklicherweise war die Regung ein Lächeln.

»Doch«, sagte er und stieg die letzte Stufe herab. Er hob die Arme und zeigte an sich herunter. »Wie findest du Enrico?«

»Erinnert mich an irgendjemanden, aber ich komm nicht drauf, an wen …«, antwortete ich. »Hatte aber irgendwie ein Faible für schrecklichen Fertigkaffee.«

»Was für ein Zufall.« Enrico winkte mich in die Küche. »Nur noch die Tassen sind da, der Wasserkocher und … das hier!«

Er zog eine Cappuccinodose aus dem ansonsten leeren Küchenschrank über der Spüle und hielt sie mir vors Gesicht.

»Erdbeere-Chili?«, las ich vor. »Die schrecken ja wirklich vor nichts zurück.«

»Trotzdem Lust auf eine letzte Tasse mit deinem unbekannten Nachbarn?«, fragte er.

»Auf jeden Fall.«

Enrico war da.

Er hat heute mit seiner Mutter das Haus ausgeräumt und ich habe ihn gerade noch erwischt und dann hatten wir zusammen fast zwei Stunden wie früher.

Na ja, gut, wir saßen auf dem Boden statt am Küchentisch, und er hieß Enrico statt Nils und war kein freischaffender Künstler, sondern meistens Kellner, wenn er gerade stabil genug war und nicht das nächste Studium vergeigt hatte. Mann, was für ein Leben. Wie ätzend, sich in so absoluter Finsternis zu bewegen, bis das nächste Hoch einen weit über die Realität hinausschießt. Ich dachte ja immer, ich hätte Stimmungsschwankungen, aber das geht noch eine ganze Runde härter. So hart, dass man tatsächlich irgendwann nicht mehr man selbst sein will und glaubt, die einzige Lösung ist, ein komplett neues Leben zu erfinden. Aber Enrico sagt, er ist dankbar, dass es so grandios gescheitert ist. Weil ihm das nun endlich die Kraft gegeben hat, sich wirklich auf eine Therapie einzulassen und dranzubleiben.

Er ist jetzt seit knapp einem Monat raus aus der Klinik. Trotzdem muss er noch dreimal die Woche hin, wohnt wohl noch eine ganze Weile bei seinen Eltern und seine Krankheit wird ihn wahrscheinlich nie ganz verlassen. Doch er glaubt nun endlich daran, dass es trotzdem ein eigenes Leben gibt, dass sich auch damit zu leben lohnt. Es liegt aber noch ein langer Weg vor ihm. Ein Weg, den er Max nicht zumuten will mitzugehen.

Von Max kamen wir zu Dominik und dann zu Krissi und zu unseren Spionagetätigkeiten, bis wir Enrico endlich ausfindig gemacht hatten. Wir haben viel gelacht und das fühlte sich dann tatsächlich an wie früher.

Ich weiß ja, dass es nicht mehr ist wie früher. Ich weiß, dass Nils Engstrand nie existiert hat. Aber es gibt jemanden, der ihm verdammt ähnlich ist, nur halt mit ein paar Macken mehr. Und Macken machen menschlich, oder?

Samstag, 21. Juli

Das Vibrieren meines Handys weckte mich. Dominik, der noch zwei Wochen Schule vor sich hatte, erinnerte mich nicht zum ersten Mal daran, dass ich meiner Mutter wenigstens zum heutigen Geburtstag gratulieren sollte. Ich schickte ihm einen Kuss und ein Versprechen, das nicht zu vergessen.

Nach kurzem Überlegen schrieb ich Mama folgenden Text: »Sehr geehrte Frau Carbon, zu Ihrem Geburtstag wünsche ich Ihnen nur das Beste, vor allem die Rückkehr des gesunden Menschenverstandes.«

Fand ich fast schon zu ausführlich, aber ich hatte halt gerade die Spendierhosen an.

Ich ging runter zur morgendlichen Portion Honey Balls. Papa saß in der Küche und starrte einen Geburtstagskuchen mit Kerzen an.

»Och, Papa, das ist nun wirklich maso.«

Er schaute hoch und seufzte. »Die in der Gruppe meinten, das würde helfen, darüber hinwegzukommen.« Er ging seit knapp einem Monat mit Siggi zu einem Treff für verlassene Ehemänner.

»Kamen sie auf die Superidee beim Meeting selbst oder beim Bier danach?«, fragte ich, und Papa guckte ertappt.

»Dann essen wir ihn jetzt einfach«, entschied er, pustete die Kerzen aus und schnitt für jeden von uns ein Stück ab. Ich holte mir einen Kaffee vom Automaten und las die Antwort, die von Mama eingetrudelt war.

»Hallo, Schatz, ich freue mich über deinen Glückwunsch, auch wenn er nicht nett gemeint ist. Und ich verstehe, dass du sauer bist. Die eigene Mutter mit dem eigenen Klassenlehrer – das ist wie in den schrecklichen Dokusoaps, die du so gerne guckst. Ich würde mich freuen, wenn ich dir bei einem Essen – nur wir beide – erklären dürfte, warum es doch nicht so ist. Das wünsche ich mir sozusagen von dir zum Geburtstag. Ich vermisse dich, Mama.«

Kopfschüttelnd schaltete ich das Handy aus und kehrte mit meiner Tasse zurück an den Küchentisch.

»Was mache ich jetzt mit ihrem Geschenk?« Papa blickte kauend auf vier Tickets, die auf dem Tisch lagen. »Ich hatte Karten für die Domfestspiele heute Abend gekauft. Ein richtiger Familienausflug. Und jetzt fehlt diejenige, der ich das schenken wollte.«

»Familie ist eh ein Konstrukt«, zitierte ich aus meinem letzten tiefsinnigen Telefonat mit Dominik. »Du bringst Max an den Start, und ich sage Krissi, dass sie mitkommen soll«, entschied ich.

»Sagt die nicht immer, Theater ist was für Streber?«, fragte Papa.

Ich schaute mir die Tickets an. »Freikarte für sechzig Euro und neben Max sitzen sind zwei Argumente, die zählen dürften«, sagte ich und wählte ihre Nummer.

Guten Abend, Tagebuch!
Und was für ein Abend! Wir sind gerade von den Domstufen zurück. Ich hatte ja, ehrlich gesagt, keine allzu hohen Erwartungen. „Jedermann" als Musical - das macht Fünfzehnjährige eigentlich nicht wirklich heiß. Es geht um irgendeinen mittelalterlichen kapitalistischen Drecksack, den der Tod einkassieren will, und der Typ muss dringend noch jemanden finden, der ein gutes Wörtchen für ihn einlegt. Was etwas schwierig ist, wenn man alles und jeden wie Scheiße behandelt. Beim Lesen des Programmheftes dachte ich noch, dass Kristine danach nie wieder mit mir irgendwohin gehen wird, zumal sie Musicals eh hasst („Ich verstehe einfach nicht, warum die immer singen müssen."), aber es hat dann doch ganz schön gefetzt. Die Musik war rockig, die Kostüme abgefahren wie in einem Horrorfilm (was mir sehr gut gefiel), die Tänzer größtenteils männlich und halb nackt (was Krissi und wahrscheinlich auch Max den Abend versüßt haben dürfte), und diese ganze Domkulisse hat echt für Atmo gesorgt. Und dann gab es am Schluss einen ganz seltsamen Moment.

Da ist dieser Jedermann ganz alleine, keiner seiner Freunde oder Verwandten will mit ihm gehen und seine ganze Kohle und Klamotten und sein Haus kann er nicht mitnehmen. Und dann kommt so eine Tante dazu, die „Werke" heißt (die Rolle habe ich nicht kapiert, aber egal), und singt mit ihm ein letztes Lied. Das handelt erst davon, dass man leicht sein muss und es sich vor allem leicht machen muss, auch wenn gerade das so schwer ist, und letzten Endes geht es darum, dass einem nur das bleibt, was man gibt. Was man loslässt.

Da saßen Max, Krissi, Papa und ich in einer Reihe und fingen gleichzeitig an zu heulen. Die anderen Zuschauer haben sich ganz irritiert umgedreht, aber das hat nichts geändert. Da saßen wir alle vier, jeder mit seinen eigenen Gedanken, was er in den vergangenen Wochen hergeben musste, und weinte. Aber es waren keine Tränen über den Verlust, glaube ich. Es waren Tränen der Erleichterung. Weil wir wohl alle zum ersten Mal ein Gefühl hatten, dass vielleicht erst dieser Verlust uns die Dinge so wertvoll gemacht hat, wie sie sind.

Ich weiß selbst nicht, ob ich den letzten Satz kapiere, aber er fühlt sich richtig an. Ich weiß auch gar nicht, warum ich mich so getröstet fühle von der Einsicht, dass es richtig sein kann loszulassen.

Ich vermute, das nennt man Hoffnung.

Und wenn man Hoffnung hat, kann man ja vielleicht doch mal mit seiner Mutter essen gehen. Vielleicht wird das auch mit der wieder gut. Ich meine, selbst unser bescheuerter Getränkeautomat an der Schule hat irgendwann aufgehört, nur Gemüsebrühe auszuspucken. Einfach so. Am letzten Schultag. Wenn es selbst für einen Getränkeautomaten Hoffnung gibt, dann doch wohl auch für das ramponierte Verhältnis zu Mama.

Ich glaube, ich rufe sie morgen mal an.

© Maria Himmel

Der Autor

Mario Fesler, geboren 1978, war seine gesamte Schulzeit umgeben von cleveren und schlagfertigen Mädchen. Daher wusste er ziemlich genau, wie die Heldin seiner ersten Romanreihe auszusehen hatte. Er lebt, arbeitet und moderiert nebenher Quizveranstaltungen in seiner Wahlheimat Berlin.

Mehr von Lizzys turbulentem Leben:

Nominiert für den Deutschen Jugendliteraturpreis 2017 (Sonderpreis »Neue Talente«)

ISBN 978-3-7348-5025-7

Nominiert für den Deutsch-Französischen Jugendliteraturpreis 2017

Natürlich magellan©

FSC
www.fsc.org
MIX
Papier aus verantwortungsvollen Quellen
FSC® C083411

Wir pflanzen Bäume
Für unsere Umwelt
www.magellanverlag.de

Säurefreies und chlorfrei gebleichtes FSC®-Papier
Lösungsmittelfreier Klebstoff
Lacke auf Wasserbasis
Zellophanierfolie ohne Weichmacher
Hergestellt in Deutschland

1. Auflage 2017

Lektorat: Marion Perko
Umschlaggestaltung: Christian Keller unter Verwendung
von Motiven von iStock / dddb und Cofeee und sv_sunny
ISBN 978-3-7348-5026-4

www.magellanverlag.de